사랑하지 않고 행복한 사람은 없다

사랑
하지 않고
행복한 사람은 없다

Courtship After Marriage

지그 지글러

조동춘 옮김

큰나무

진 애버내시 지글러에게

이 책을 내가 아는 이들 중
가장 사랑스럽고, 가장 충실하며, 가장 통찰력 있는 당신에게 바치오.
당신은 로맨스가 일생 동안 유지될 수 있으며
세월이 갈수록 오히려 깊어질 수 있음을 보여줌으로써
사랑과 결혼, 구애에 대해 나에게 많은 것을 가르쳐 주었소.
사랑하오, 스위트하트.

저자 서문 ————————————————————————

몇 년 전, 나는 비행기 안에서 옆자리에 앉은 남자가 결혼반지를 오른 손 둘째손가락에 끼고 있는 것을 보았다. 도저히 그냥 넘길 수가 없어서 그에게 말을 걸었다.

"저, 결혼반지를 맞지 않는 손가락에 끼셨군요."

그러자 그는 이렇게 대답했다.

"맞아요, 전 이렇게 저와 안 맞는 여자와 결혼했거든요."

그 사람이 자신에게 맞는 여자와 결혼했는지 안 맞는 여자와 결혼했는 지는 나로선 알 방도가 없다. 그러나 한 가지는 안다. 많은 사람들이 결 혼과 행복, 성공적인 결혼 생활에 필요한 것이 무엇인지에 대해 잘못 생 각하고 있다.

먼저, 자신과 안 맞는 사람과 결혼할 수도 있다는 점은 인정하겠다. 그 러나 상대를 잘 맞는 사람으로 대우해 준다면, 결국 당신은 가장 잘 맞는 사람과 살 수 있게 된다.

반면에 잘 맞는 사람과 결혼해 놓고서도 제대로 대우해 주지 않는다면 결과적으로 불행한 결혼 생활을 해야 할 것이다.

자신에게 맞는 사람과 결혼하는 것보다 자신이 상대방에게 어떻게 맞춰 주느냐가 더 중요하다. 간단히 말해서, 자신이 잘 맞는 사람과 결혼했는지 전혀 맞지 않는 사람과 결혼했는지는 어디까지나 전적으로 당신 자신에게 달렸다.

결혼 생활이 지속될수록 당신은 행복한 결혼이 주는 이점을 깨닫게 될 것이다. 바로 자신을 받아들여 주고 사랑하며 이해해 줄 뿐 아니라 진정한 조언자이자 후원자가 되어 주는 사람을 갖고 있다는 안정감이다.

세월이 흐르면서 파트너가 육체적으로 상처 입거나 지쳤을 때, 갑자기 자신의 일을 해나갈 수 없을 만큼 정신적인 고통을 받았을 때, 서로 감싸 주고 책임을 나눠진다면 더할 나위 없는 참기쁨을 느끼게 된다.

참사랑은 상대방이 자신을 위해 무엇을 해주었을 때가 아니라 자신이 상대방을 위해 무언가를 해주었을 때 기쁨이 배가 되기 때문이다. 서로에 대한 신뢰, 부드러움, 애정어린 손길, 도와주고 아껴주며 상대에게 기쁨을 주기 위해 희생하는 이런 모든 '사소한 일들' 이 참사랑이라는 '큰 성공' 으로 이끌어 준다는 것을 차츰 알게 된다. 하지만 인생에서 오직 '쾌락' 만을 추구하는 사람들은 인생이 오직 재미와 즐거움만으로 가득해야 한다는 잘못된 생각을 갖고 있다.

시간이 지날수록 성공적인 결혼 생활이 주는 긍정적인 요소가 당신을 보다 멋진 사람, 멋진 부모, 더 나아가 성공한 사회인으로, 좋은 본보기로, 집안의 기둥으로 만들어 줄 것이다.

이 책에 있는 개념과 원칙, 행동 단계들이 실증적이고 적절하며 장기간에 걸쳐 효과적이었음을 분명히 하기 위해 우리 연구원들은 25년 이상 결혼 생활을 유지하고 있는 부부들을 대상으로 광범위한 설문조사를 했다. 설문과 연구의 결과는 명확했다.

결론은 옳은 방법이 최선의 방법이라는 것이다. 파트너에게 충실하는 것은 결혼 생활의 성공과 행복에 선결요건이다. 부드럽고 친절한 대화, 사려 깊고 신중한 행동은 둘 사이를 친밀하게 유지할 수 있도록 하고 서로에게 흥미를 잃지 않도록 돕는다.

결혼식이 멋지지만 오래된 추억이 되어 버린 이후에도 상대방에게 애정을 표현해 보라.

이 책의 부록에 설문이 나와 있다. 이제 잠시 멈추고 책 뒤의 설문에 답해 보기 바란다. 결혼 햇수에 상관없이 자신의 답변을 평가해 보면서 많은 사실들을 알게 될 것이다. 이 설문은 또한 이 책을 읽으면서 강화시키고 싶은 부분에 중점을 둘 수 있도록 도와주는 예비 테스트이기도 하다. 책을 다 읽고 나서 설문의 마지막 22개 질문(45-66)에 답해 보기 바란다. 만약 답이 똑같다면, 우리 둘 중 한 사람은 실패한 것이다.

결국 이 책의 컨셉은 간단하다. 그리고 이 책을 읽어갈수록 당신은 아래의 기본 개념에 더욱 고개를 끄덕이며 열광하게 될 것이다.

"만약 다른 사람들이 원하는 것을 얻을 수 있도록 그들을 도와준다면, 당신은 인생에서 자신이 원하는 것을 모두 가질 수 있다."

어떤 관계에서도 파트너 중 한 사람만 온전히 행복할 수는 없다. 두 사람 모두 행복하거나 모두 행복하지 않거나이다. 상대방을 존중하지 않는 관계는 지속되지도 못하고 행복하지도 않다.

앞에서도 언급했지만 이 책을 위해 수백 쌍의 부부들이 우리 조사에 직접 참여해 주었고, 수천 쌍의 부부가 자료와 정보들을 제공해 주었다. 수천 쌍의 부부가 '사랑이 영원할 수 있다' 는 것을 알게 되었다면, 당신과 당신의 배우자 역시 그렇지 못할 이유가 없지 않은가?

이미 알고 있을지도 모르겠지만, 나는 어쩔 수 없는 낙관주의자여서 이 책에 담겨져 있는 원칙들과 방법들이 결혼 생활뿐만 아니라 이 나라까지 변화시킬 수 있다고 확신한다.

또한 사랑과 로맨스는 실재하며, 결혼 생활 속에서 더욱 성장해 나갈 수 있다고 확신한다. 내가 이 책을 쓴 것은 그 방법을 알려주고, 결혼 후의 구애를 통해 로맨스가 영원히 지속될 수 있음을 확신시켜 주기 위해서이다.

지그 지글러

사랑을 원하는 당신에게

당신이 결혼을 했든지 아니면 곧 결혼을 할 예정인지, 기혼자이든지 미혼자이든지 지금 이 책을 든 당신의 관심사는 '영원히 아름다운 사랑과 행복한 결혼'일 것이다.

옛부터 사랑하는 두 남녀의 결합인 결혼은 '인륜대사'라 하여 우리 삶 중 가장 중요한 일 가운데 하나로 여겨 왔다. 지금도 일생의 행·불행을 좌우하는 가장 중요한 선택은 결혼이라고 생각한다. 그래서 결혼 적령기의 남녀는 일생 동안 사랑할 짝을 찾아다니고, 부모는 자녀에게 보다 좋은 배필을 찾아주려고 갖가지 조건을 따져가면서 마침내 결혼식을 올리게 된다.

그렇다면 이렇게 결혼한 당신의 생활은 지금 어떤가? 당신의 가정은 사랑이 샘솟고 행복을 만끽하고 있는가? 아니면 부부가 서로 증오하지는 않는가? 또 불행하다고 후회하는 것은 아닌가? 결혼 생활이 사랑과 행복, 증오와 불행 중 어느 것이든, 당신의 현재 생활은 당신이 과거부터 지금까지 스스로 만들어 온 결과라는 사실을 알아야 한다.

나는 20여 년 전부터 '화목한 가정 만들기 운동'을 해오고 있다. 역자는 학창 시절 만난 그이와 십년 연애 끝에 결혼을 했다. 그러나 신혼 생활은 기대와 달리 트러블의 연속이었다. 연애 시절, 그이는 내게 헌신적이었다. 모든 의사결정도 내 뜻에 따라 주었다. 그런데 결혼을 하고 나니 그게 아니었다. 남편은 자기 주장이 강한 남자였고, 연애 시절에 보지 못했던 단점이 한두 가지가 아니었다. 그래서 나는 그것을 뜯어고치려 하였다. 그러나 그럴수록 남편은 더욱 미운 짓만 하였고, 부부싸움은 잦아졌다. 나는 참으로 불행하였다.

그러던 어느 날, 문득 '애증'이라는 말이 생각났다. 사랑과 미움은 병존하는 것이며 사람이란 누구에게게나 장점과 단점이 있게 마련이다. 그리고 사랑하는 사람의 장단점을 모두 있는 그대로 받아들이는 것이 참사랑이라는 것을 깨닫게 되었다.

다음날부터 내 생활태도를 바꾸었다. 남편을 내게 맞추려 하지 않고, 내가 남편에게 맞추려고 노력하였다. 그러자 변화가 일어나기 시작하였다. 대립상태에서 협력상태로 부부관계가 바뀐 것이다. 다시 사랑이 샘솟고 행복을 느끼게 되었다.

나는 뼈아픈 체험을 통해 얻은 참사랑과 행복의 비결을 이웃에게 나누어 주고 싶었다. 이것이 내가 화목한 가정 만들기 운동을 하게 된 동기이다.

화목한 가정 만들기 운동은 나만 하는 것은 아니다. 미국의 마라벨 모건과 이 책의 저자 지그 지글러 역시 같은 운동을 하고 있다. 〈시도하지 않으면 아무것도 할 수 없다〉로 우리에게 잘 알려진 지그 지글러의 이 책은 화목한 가정을 만드는 비결들을 제시하고 있다. 결혼한 부부들에게 좋은 지침서가 될 것을 믿어 의심치 않는다. 결혼한 당신에게 행복이 충만하기를, 인생과 사랑에 성공하기를 빌어마지 않는다.

조 동 춘

CONTENTS

CONTENTS

1 행복하라, 당신은 사랑하고 있다

우리에게 가장 중요한 것은 단 두 가지, 가족의 사랑과 이해이다.
가족의 사랑과 이해가 없다면 모든 성공이 무의미하다.
그런 것들은 바람에 따라, 편견의 조류에 따라 흔들리는 조각배와 같다.
그러나 가족은 인간이라는 배를 자부심과 충실함이라는
지주에 단단히 매어주는 영원한 정박지이자 고요한 항구인 것이다.
— 리처드 버드 장군의 유언 중에서

아내와 결혼한 지 30년이 된 어느 날, 나는 영혼이 충만해지는 경험을 하게 되었다. 우리는 침실에 앉아 커피를 마시며 하루를 조용히 맞고 있었다. 그때 문득, 아내가 나를 바라보더니 아주 차분한 목소리로 말했다.

"여보, 난 내가 좀더 젊었으면 좋겠어요."

"뭐라구? 대체 왜?"

"더 젊어지면 당신과 더 오랫동안 살 수 있을 테니까요."

그 말처럼 나를 감동시킨 고백은 이전에도, 또 그 이후에도 전혀 없었다! 바로 그 특별한 순간만큼 우리가 하나라고 느꼈던 적은 없었다. 그리고 그 이후 우리는 훨씬 더 특별한 시간들을 나누고 있다.

수없이 아름다운 곳을 여행하고 재미있는 경험들도 많이 했지만 나에게 가장 소중했던 순간은 아름다웠던 그날 아침이다.

사랑과 행복은 특별한 장소나 특별한 순간에 발견되는 것이 아니다. 파랑새는 늘 가까이에 있으며 우리가 사랑을 찾을 수 있는 곳도 가정이다. 날마다 사랑을 키워나가는 다정하고 사려 깊은 배우자가 있는 곳 역시 가정이다.

이 책은 나이나 직업, 결혼 여부와 상관없이 모든 사람들에게 이토록 아름다운 순간이 있음을 알게 해주고, 그런 순간들을 더욱 자주 만들도록 도와주기 위해 쓰여졌다. 지금 멋진 결혼 생활을 하고 있는 사람들도 그보다 더 아름다운 결혼 생활을 즐길 수 있고, 불행한 결혼 생활을 하고 있는 사람이라면 좀더 낫게 발전시킬 수 있다. 또한 독신이라면 훌륭한 결혼 생활을 위한 토대를 만들어 줄 것이다.

그렇게 만드는 것이 나의 목적이자 여러분께 하는 약속이다.

행복한 남녀 관계가 중요한가?

두 친구가 함께 사슴사냥을 나가 뿔이 열한 가지나 뻗어 있는 수사슴을 잡는 횡재를 했다. 그들은 그 수사슴을 우거진 덤불을 지나 트럭까지 끌고 갔다. 그때 한 사냥꾼이 주제넘는 참견을 하고 나섰다.

"이보시오, 내가 상관할 바는 아니지만 사슴의 다리가 아니라 뿔을 잡고 가면 뿔이 덤불에 걸리지 않아 훨씬 쉽게 끌고 갈 것 같소."

온순한 성격의 두 사람은 그 충고를 받아들여 다리를 놓고 대신 뿔을 잡고 끌기 시작했다. 몇 분 후, 한 친구가 그 영리한 사냥꾼 덕분에 일이 훨씬 쉬워졌다고 말했다. 그렇지만 다른 친구는 그 충고를 별로 달갑게 여기지 않았기에 이렇게 대꾸했다.

"맞아, 하지만 덕분에 트럭에서는 점점 더 멀어지고 있잖아!"

물론 이것은 농담이다. 하지만 시간이 지날수록 서로 더 가까워져야 할 연인 사이가 많은 경우 오히려 멀어지고 있는 게 사실이다. 그 결과 우리 사회, 생활 모두는 악영향을 받고 있고 역사적인 사실에 기초해 보면 국가 자체까지 위협받는다.

영국의 고고인류학자 존 D. 언윈은 4,000년 동안 흥망성쇠한 80개의 문명에 대해 연구한 결과, 그 모든 문명에 공통점이 있음을 발견했다.

모든 문명은 가족을 가장 소중히 여기는 강력한 도덕적 가치를 지닌 보수적인 사고방식에서 출발했다. 그러나 오랜 시간이 흐르면서 보수적이던 사고방식은 자유로워지고 도덕적인 가치도 타락했으며 가족의 개념까지 사라져갔다.

중요한 것은 가족의 개념이 쇠퇴하면서 문명 자체도 분열되기 시작했다는 점이다. 80개의 문명 모두, 국가의 붕괴가 가족 단위의 붕괴와 관계가 깊었다. 대부분의 경우 문명은 가족이 붕괴되고 난 후 한 세대가 지나기도 전에 사라져 버렸다.

언윈의 연구를 보면, 한 남자가 여자와 사랑에 빠지고 가족을 보살피고 보호해 주기 위해 헌신할 때 그는 사회적 질서의 기둥이 된다. 자신의 욕망이나 욕구를 추구하는 데 몰두하는 게 아니라, 가정을 만들고 미래를 위해 저축을 하며 최고의 직장을 잡기 위해 노력한다. 이기적인 충동은 억제되며 성적 열정의 방향도 변한다. 그는 자부심(남성적인 자부심)을 발견하게 되는데 이는 자신이 아내와 아이들에게 꼭 필요한 존재가 되었기 때문이다.

어떤 사회가 도덕적으로 건전한 행동규범 위에 세워진 수백만의 가족 단위로 이루어진다면, 그 국가는 강력하고 안정된 나라가 된다. 강력함과 굳건함이야말로 하나하나의 결혼을 문명으로 만드는 가장 큰 요인이다. 남편과 아내가 가족을 지키는 데 소홀할 때 마약 복용이나 알코올 중독, 성적 타락, 실업, 폭력들이 아무런 제재 없이 난무하게 된다. 가족이라는 응축된 에너지가 없어지는 게 바로 종말의 시작인 것이다.

그러나 알렉산드로비치 소로킨, 아널드 토인비, 윌과 아리엘 듀랜트, 윌리엄 스티븐스, S. 프로이트, 제임스 도브슨 그리고 존 언윈 같은 유명한 과학자, 심리학자, 사회학자들은 이 이야기에 긍정적인 면들도 있음을 증명하였다.

문명은 도덕적·성적 규제 하에서 번성할 수 있다는 것이다.

성적 에너지는 모든 에너지 가운데 가장 창의적이며 인간 본성이기 때문에 우리가 배우자에게 충실할 때 이런 에너지의 잉여분을 비축할 수 있게 된다. 이 잉여 에너지는 사람들을 보다 생산적이고 창의적으로 만들어 제조업뿐 아니라 문학이나 과학에서도 훌륭한 성과를 낳게 한다.

이 에너지의 창의적인 이용으로 혜택을 보는 것은 가정만이 아니다. 전 사회적으로 생활 수준이 향상되고 모든 사람들의 삶의 질이 높아진다.

이 잉여 에너지는 사랑과 관용의 이타적인 행동으로만 만들어진다. 반면, 혼외 관계 등으로 이 에너지를 낭비하는 사람들은 이기적인 행동을 하는 것이다. 자신의 가족과 아이들뿐만 아니라 관계한 상대와 그 가정에까지 해를 입힐 것이라는 생각은 전혀 하지 않고 오직 쾌락만을 추구하기 때문이다. 그 결과 창의력은 억제된다.

사랑의 성공이 인생의 성공을 불러온다

남자들은 선천적으로 과시욕을 지니고 있으며 자신이 진정으로 사랑하는 사람에게서 받은 인정과 칭찬에 강한 동기부여를 얻는다.

여러 해 동안, 마라벨 모건은 미식축구팀인 마이애미 돌핀스의 선수 부인회를 연구했다. 그녀는 돌핀스 팀이 홈구장에서 경기를 할 때면 언제나 관중석의 특석에서 다른 부인들과 함께 경기를 관전했다.

플레이오프에 진출할 수 있는가의 여부를 결정짓는 어느 중요한 경기에서 돌핀스의 명 쿼터백 밥 그리즈가 폴 워필드에게 공을 던졌고, 그는 30야드를 더 달려가 터치다운을 성공시켰다. 그 결과, 돌핀스 팀은 승리를 차지했다!

그는 엔드존을 한 바퀴 돌고 공을 높이 찼다. 폴이 사이드라인을 달릴 때 6만 명 이상 되는 팬들의 함성이 터져나왔지만 그의 눈은 단 한 사람, 관중석에 앉아 있는 사랑하는 아내의 얼굴만을 찾았다. 마침내 그들의 눈이 마주쳤을 때 그는 아내에게 힘껏 손을 흔들었다. 그녀 또한 '저 사람이 바로 내 남편이에요' 라고 소리치며 박수를 쳤다.

운동장에 있던 6만 명의 팬뿐만 아니라 TV를 보던 수백만의 시청자들이 그에게 박수를 보냈지만 폴에게 가장 중요했던 것은 바로 오직 한 사람, 그의 아내가 인정해 주는 것이었다.

그들 부부는 다음과 같은 진실을 확인시켜 주고 있었다.

"배우자에게 확신을 주고 인정하며 격려해 주는 것은 가장 평범한 사람조차 챔피언이 될 수 있도록 만드는 힘을 지니고 있다."

내 경우를 보더라도(나를 가장 잘 알고 있는 친구들의 말을 들어 보면), 나는 아내가 청중석에 앉아 있을 때 최고의 연설을 한다. 이것은 노력을 얼만큼 들였느냐와는 관계가 없다. 물론 나는 항상 최선을 다하지만 솔직히 아내가 있을 때 최고의 실력이 발휘된다. 연설 후 누군가 나에게 훌륭했다고 칭찬을 해주면 나는 감사하고 기분이 좋아진다. 하지만 그녀가 다가와 잘했다는 말을 하기 전까지는 뭔가 빠진 것 같은 느낌이 든다.

자신이 사랑하는 사람으로부터 칭찬이나 인정을 받는다면 우리 모두는 더욱 많은 성과를 올리게 된다.

슬픈 사실은 많은 남성들이 여성도 남자들만큼 칭찬과 인정을 받고 싶어한다는 것을 잊고 있다는 점이다. 남자들과 마찬가지로 여자들도 배우자에게 인정받았을 때 최고의 만족감을 느끼며 완전한 사랑을 받고 있다고 생각한다. 솔직히 나의 경우도 예외는 아니었음을 고백해야만 한다. 하지만 나는 이제 확실히 안다.

나의 사랑, 나의 인생

어느 해 4월, 나는 버지니아 주 리치먼드에 있는 호텔에 밤늦게 도착해 체크인을 한 다음 가방을 집어들고 엘리베이터를 향해 걸어갔다. 여러 개의 가방을 든 한 여자가 나보다 두어 걸음 정도 뒤에서 따라오고 있었다. 나는 엘리베이터 버튼을 누르고 기다리는 동안 그 여자와 목례를 나누었다.

그때, 엘리베이터의 문이 열리고 젊은 벨보이가 나와 여자 손님의 가방을 엘리베이터 안으로 옮기며 쾌활하게 인사를 건넸다. 나는 그가 여자의 가방을 모두 옮길 때까지 기다렸다가 내 가방을 들고 엘리베이터에 탔다. 그 순간 벨보이가 너무나 환희에 찬 얼굴로 내 이름을 외쳤다.

"지그 지글러 선생님!"

몇 초 동안 그는 넋이 나간 듯 나를 쳐다보고만 있었다. 그런 후 나를 만나서 얼마나 기쁜지, 내가 그의 삶을 어떻게 바꾸어 놓았는지 열광적으로 말했다.

그러자 어리둥절해진 여자가 나를 쳐다보면서 물었다.

"도대체 무슨 일을 하세요?"

내가 대답하기도 전에 벨보이가 다시 열광적으로 대꾸했다.

"이분은 책을 저술하시고 강연을 하세요! 이 세상에서 가장 위대한 분이랍니다."

그러자 그 여자는 냉소적인 어투로 물었다.

"어떻게 그렇게 성공할 수 있었겠어요?"

그 말을 듣자마자 벨보이가 큰 소리로 외쳤다.

"그게 다 빨강머리 부인 덕분이죠."

(나는 사람들에게 아내를 '빨강머리' 라고 말하고, 그녀와 얘기를 할 때면 '귀여운 당신' 이라고 부른다. 그녀의 이름은 진이다.)

그 벨보이는 자신이 한 말이 얼마나 진실에 가까운지 결코 모를 것이다. 대다수 사람들이 모르는 사실이지만 사실 나는 결혼하고 처음 27년 동안 아내에게 경제적으로 안정된 삶을 보장해 주지 못했다. 물론 언제나 파산 상태였다는 것은 아니다. 하지만 대부분의 경우 우리는 경제적으로 오르락내리락거렸다.

예를 들어, 어떤 때는 5년 동안 17개의 사업에 관여하기도 했었다. 나는 매번 빨리 돈을 벌려고 노력했지만 결국 실패하고 또 다른 일을 해야만 했다. 그러나 그 힘든 시기 동안 나는 빨간머리에게서 '우리한테 돈이 조금만 더 있었으면 좋겠어요' 라는 말을 한 번도 들어보지 못했다. 그녀는 언제나 내게 힘을 주었다.

"당신은 할 수 있어요. 여보, 내일은 좀더 나아질 거예요."

여성들이여, 날마다 나를 격려해 주고 밤마다 나를 위해 기도해 주는 치어리더가 있다는 사실이 나에게 얼마나 큰 의미가 되었는가는 말로 다 설명할 수 없다.

남성들이여, 당신이 아내를 위해 치어리더, 최고의 격려자가 되어 주었을 때 아내에게 어떤 영향을 미치며 부부 관계에 어떤 효과가 나타나는지도 역시 말로 표현할 수 없다.

서로를 믿고 격려하고 지원해 주는 것은 정말로 큰 차이를 만든다. 신은 우리가 하나의 팀으로 제 기능을 발휘할 수 있도록 만드셨고, 한 팀은 두 명의 개인보다 훨씬 더 좋은 결과를 낳을 수 있다.

성공한 이들의 이야기를 들어보라

행복한 결혼 생활이 사회적, 개인적으로 무한한 성공의 기회를 제공한다는 증거는 너무도 많다. 물론 결혼 생활이 안정되지 않으면 아예 성공할 수 없다는 말은 아니다. 하지만 행복한 결혼 생활을 하는 사람이 더 충만한 삶을 살며 사회적으로도 더 성공할 가능성이 높다는 것단은 사실이다.

회사에서 중책을 맡은 기업가는 훌륭한 배우자나 부모가 될 수 없다는 통념이 팽배해 있지만 그건 절대 신빙성이 없는 말이다. 4개의 서로 다른 연구 결과를 살펴보면, 높은 급료를 받는 성공한 남성과 여성들은 몇 가지 비슷한 특징들을 보여주고 있다.

(이 중 한 그룹은 연봉이 평균 356,000달러인 1,139명의 CEO로 구성되어 있으며 모두 이사급 이상의 기업가들을 대상으로 하고 있다.)

■ 배우자에게 충실하다
대다수가 결혼한 지 25년이 넘었고, 많은 사람들이 고등학교나 대학교 때의 연인과 결혼하여 지금까지 함께 살고 있다.

- **가족에게 책임을 다한다**

  10명 중 8명이 둘 또는 넷 이상의 아이들을 키우고 있으며, 10명 중 9명이 가족을 가장 중요하게 생각하고 있다.

- **종교 생활을 한다**

  수천 명의 대상자 가운데 대다수가 교회나 종교 집회에 정기적으로 참석하고 있다.

- **균형잡힌 생활방식을 갖고 있다**

  10명 중 9명이 정기적으로 운동을 하고 금연을 하며 여가 시간을 충실히 보내고 적당한 수면을 취한다. 또 대다수가 일주일에 50시간에서 55시간 일한다. 긴 시간이지만 결코 일벌레라고는 할 수 없는 정도이다.

- **사람들을 진심으로 아낀다**

  이런 특성은 배우자나 아이들에 대한 관심에서부터 시작된다. 대다수의 진정으로 성공한 기업 간부들은 거의 대부분의 여가 시간을 가족들과 함께 보낸다.

여기서 잠깐 당신의 상황을 생각해 보라. 만약 화목하고 사랑이 넘치는 가정을 이룰 수 있다면, 직장에서도 성공적인 관계를 확립할 수 있다. 현실적으로 당신은 자기 자신과 가족, 사회 생활을 분리시킬 수 없기 때문이다. 자신의 개인적인 부분이나 가족 문제는 당신에게 속해 있기에 당신의 실적에 영향을 미친다.

여기 그 영향이 실질적으로 어느 정도인지 USA 투데이 지에 실린 기사를 인용해 보자.

결론은 명확했다. 이혼 같은 결혼 생활의 문제들이 알코올이나 마약 중독보다도 생산성에 더 많은 영향을 미친다. 설문에 응한 사람들 중 42%가 결혼 생활의 문제가 일에 매우 부정적인 영향을 미친다고 대답했다. 알코올 중독(27%), 마약(22%)보다 훨씬 높은 수치이다.

결국 안정된 가정 환경이야말로 성공에 이르는 가장 이상적인 출발점인 것이다. 배우자와의 아름다운 관계는 창의력을 증가시켜 주고 삶의 질을 높일 뿐 아니라 생활 수준까지 향상시킨다.

사랑하면 오래 살 수 있다

개인적으로나 책, 테이프, 세미나를 통해 나를 알고 있는 대다수 사람들은 나를 낙관주의자라고 생각한다. 누구나 알고 있듯이 낙관주의자는 신발이 다 닳았을 때도 단지 '드디어 맨발이 되었구나' 라고 생각한다.

낙관주의자인 나는 때때로 사람들에게 내가 단지 중년을 약간 지난 나이라고 말한다. 이 말에 사람들은 놀라며 웃음을 터뜨리는데 왜냐하면 내 나이가 예순이 넘었기 때문이다. 그러면 나는 120세까지 살 것이기 때문에 분명 중년이 약간 넘은 나이가 맞다고 천연덕스럽게 덧붙인다.

물론 나는 내 삶이 57초 남았는지 또는 57년이 남았는지 보증할 수 없음을 안다. 그러나 내가 결혼했다는 사실은 더 오래 살 가능성을 높여 준다.

한 연구 조사 결과, 25~44살 사이의 남성 사망률을 비교해 보면 기혼자가 미혼 남성보다 절반 가량 사망률이 낮다고 한다. 여성들 역시 미혼 여성이 기혼 여성보다 두 배나 사망률이 높다.

그리스 철학자 소크라테스도 결혼 찬성론자였다. 그는 제자들에게 이렇게 말했다.

"결혼하라, 좋은 아내를 얻는다면 정말로 행복할 것이고 나쁜 아내를 얻는다 해도 철학자가 될 터이니 그 또한 좋은 일이 아니겠는가!"

결혼은 언제까지나 행복하게 산다는 절대 진리가 아니라 더 행복하게, 더 오래 살 수 있다는 상대적 의미이다.

그렇기 때문에 나는 결혼에 대하여, 특히 이 글을 읽는 사람들과 나의 결혼에 대해 상당히 낙관적이다. 이 낙관주의는 그렇게 믿고 싶다는 단순한 희망에 근거한 환상이나 맹목이 아닌 43년 간 나 스스로가 누려온 극히 행복한 결혼 생활에 기초한 것이다.

만약 여러분의 결혼 생활이 지금 이 순간 최고가 아니라고 해도 세기의 로맨스로 발전할 잠재력을 지니고 있다고 믿는다. 때때로 마음과 태도의 변화야말로 성공에 필요한 전부이다.

솔직히 고백하건대 내 자신의 결혼 생활도 항상 100% 행복했던 것은 아니었다. 우리도 힘든 시간을 겪었다. 하지만 시간이 지날수록 우리의 사랑은 깊어가고 서로를 더욱 사랑하게 되어 전보다 훨씬 좋아하게 되었다.

여러분의 결혼 생활에도 이미 성공의 씨앗이 심어져 있다고 생각하지만, 현실적으로 볼 때 그것은 실패의 씨앗도 될 수 있다. 사실, 어떤 씨앗을 심고 물을 주며 어떻게 기를 것인가를 선택하기란 정말 어려운 문제이다.

대부분의 경우, 행복한 결혼 생활은 오랫동안 올바른 선택을 꾸준히 해 왔기 때문이고, 불행한 결혼 생활은 잘못된 선택이 계속되었기 때문이다.

여러분들이 여기까지 이 책을 읽었다는 사실에 근거하여 낙관주의자인 나는 행복한 결혼 생활을 위한 선택에 당신들이 실질적인 관심을 갖고 있다고 믿는다.

진짜진짜 러브 스토리

나는 가장 진실된 사랑을 내 눈으로 직접 보았던 그때를 결코 잊을 수 없다. 그것은 사우스앨라배마에 있는 동생 휴이 지글러를 만나러 갔을 때의 일이다.

동생의 아내 주엘은 그들의 첫 손자를 출산하는 딸을 돕기 위해 인디애나 주의 미시건 시에 가고 없었다. 나는 그때 발코니에 있는 의자에 앉아 여름날 오후를 즐기고 있었다. 그 순간 동생의 아들이 어머니를 마중 나갔다 버스 정류장에서 태워 돌아왔다.

그들이 도착해 차문이 열리는 소리가 들리자마자 부엌에 있던 동생은 순식간에 달려나왔다. 막 차에서 내린 주엘은 달려나온 남편과 얼싸안고 키스를 하더니 다시는 떨어지지 말자고 약속하며 아이처럼 눈물을 흘렸다.

그들은 33년을 함께 살아왔고 단지 몇 주만 떨어져 있었다!

작은 시골 마을의 목사인 동생과 그 아내의 아름다운 사랑을 목격했을 때 나는 만약 TV 카메라가 이 실재하는 사랑 이야기를 방영한다면 어떻게 될까 생각해 보았다. 서로간의 사랑과 존경, 상대방을 먼저 생각해 주는 마음, 함께 살아온 시간 동안의 희생을 다룬 진실한 사랑 이야기 말이다.

그녀는 잘생긴 아들 다섯과 귀여운 딸 한 명을 낳았는데 아이들이 아플 때는 헌신적으로 간호했고, 대부분의 옷을 만들어 주었으며, 집을 깨끗하게 치우고 식사를 준비하며, 남편에게는 항상 진실되고 사랑스럽게 대하는 아내였다. 그도 아내에게 자신의 모든 것, 사랑과 헌신, 성실함 등을 다 주었다.

시골 교회 목사인 동생의 수입으로는 가족들을 충분히 부양할 수 없었다. 그래서 그는 부업으로 소, 닭, 돼지들을 길러 식탁을 풍성하게 하고 적으나마 수입도 얻었다. 또 한쪽 땅에 과일과 채소를 키웠다. 휴이와 주엘은 종종 경제적으로 아주 궁핍해지기도 했지만 그때마다 허리띠를 졸라매는 내핍생활로 다시 원상복구가 되었다.

그들은 결코 부유하지 않았지만 나는 그들만큼 사랑과 웃음이 넘쳐나는 가족은 본 적이 없다. 남편과 아내는 정말로 서로 사랑했고 부모와 자식 간의 관계도 너무나 가까웠다.

미국의 모든 아이들이 이런 사랑 이야기를 날마다 접할 수 있고 실제적인 본보기로 삼을 수 있다면 얼마나 좋겠는가!

나는 이 책을 읽는 독자들과 그 배우자들에게, 내 동생과 그 아내가 나누었던 진실하고 깊은 사랑을 얻을 수 있는 방법과 구체적인 행동 단계를 말해 주려고 한다.

제발 죄의식은 느끼지 마라

이 장을 끝내기 전에 강조하고 싶은 것은 만약 당신이 잘못된 결혼 생활을 하고 있거나 가족 내에 어떤 문제가 있다 해도 죄의식에 시달리지 말라는 것이다. 과거는 말 그대로 과거일 뿐이다. 엎질러진 물은 다시 담을 수 없고, 한 번 행해진 것은 돌이킬 수 없다. 대부분의 사람들처럼 당신이 그때 그렇게 행동한 이유는 그 상황과 시기에서 할 수 있는 최선의 선택이라고 생각했기 때문이다.

그런 것들은 잊어버리자. 지금 이 순간 자신을 책망한다고 해서 얻어지는 것은 아무것도 없다.

지나간 페이지는 다시 쓸 수 없지만 앞으로 펼쳐질 페이지는 비어 있다. 그 페이지들을 즐겁고 긍정적으로 함께 채워나가도록 하자. 나는 개인적으로 최상의 선택을 할 수 있는 기회가 아직 남아 있기를 바라며, 또 그렇다고 믿는다. 우리가 현재의 기쁨과 행복을 증대시킬 수 있고, 미래의 슬픔과 고통을 막아낼 수 있게 된다면, 이 책은 그 목적을 다소나마 달성하는 것이라고 생각한다.

2 나는 맞지 않는 사람과 결혼했다

결혼은 하늘에서 맺어지는 것일지도 모르지만
수많은 세세한 부분들은 바로 이 땅 위에서 만들어진다.
— 글로리아 피처

로마 가톨릭교도인 한 처녀와 남부 침례교도
인 청년이 데이트를 했다. 그들이 다섯 번쯤 만났을 때 처녀의 어머니는
딸이 청년에게서 많은 영향을 받고 있음을 알게 되었다.

어머니는 딸을 불러 앉히고는 여자 대 여자로 이야기를 시작했다.

단도직입적으로 어머니가 말했다.

"얘야, 가톨릭교도는 침례교도와 결혼하지 않는다는 걸 너도 알고 있
을 거다. 침례교도도 가톨릭교도와는 결혼하지 않는단다. 그러니 그 사
람과의 관계를 끝내도록 해라."

"엄마, 너무 늦었어요. 전 그를 사랑해요. 뭔가 방법이 없을까요?"

딸의 눈에 어린 고통을 보자 어머니는 잠시 생각에 잠기더니 말했다.

"물론 있지. 그 사람을 설득해서 교리문답을 듣게 하는 거야. 그를 훌
륭한 가톨릭 신자로 만들면 결혼할 수 있을 거다."

그녀는 곧 남자를 설득했고 청년은 여자에게 완전히 빠져 있었기 때문

에 쉽게 넘어왔다. 그래서 남자는 교리문답을 받았고 결혼 계획을 세운 후 발표를 하고 성당을 예약했다. 결혼 선물이 들어오기 시작했으며 모든 사람들이 부지런히 움직였다.

그런데 결혼식을 일주일 남겨둔 어느 저녁, 애인을 만나러 나갔던 딸이 눈물을 펑펑 흘리며 들어오는 것이 아닌가.

"엄마, 다 끝났어요. 신부님께 전화해서 결혼식을 취소해 주세요. 손님들에게도 모두 전화하고 선물들도 돌려보내시구요."

놀란 엄마가 물었다.

"잠깐만, 애야. 무슨 영문인지 모르겠구나. 도대체 무슨 일이냐? 난 우리가 그 사람을 설득해서 훌륭한 가톨릭 신자로 만들었다고 생각했는데 말이다."

딸이 울면서 대답했다.

"엄마, 그게 문제예요. 우리가 너무 지나쳤었나 봐요. 그 사람은 신부님이 되겠대요."

사실 많은 연인들이 구애를 할 때 지나치게 오버하는 경우가 많다. 연인들은 최소한 처음에는 자신이 어떤 사람인지, 무슨 생각을 하고 무엇을 믿는지 정확하게 말하려 들지 않는다.

바로 그렇기 때문에 구애의 시간이 가능한 길어야 하는 것이다. 물론, 빌과 샐리가 화요일 날 만나서 3주 후에 결혼식을 올리고 그 후로 40년간을 행복하게 살았다는 식의 이야기도 있다. 하지만 그런 경우는 보기 드물다.

최고의 사랑 사기꾼에서 최고의 불평불만주의자로

어려운 문제는 종종 신혼여행이 끝난 다음, 매력적인 왕자님이 자신이 말한 것과는 다른 사람으로 변하고 신데렐라가 사람들에게 알려진 기대치에 미치지 못할 때부터 시작된다. 간단히 말해서, 당신은 자신이 나쁜 사람과 결혼했거나 최소한 자신이 생각했던 사람이 아닌 다른 사람과 결혼했다는 결론에 이르게 된다.

심리학자 찰스 로어리의 말에 따르면, 결혼 4주 후부터 이런 결론에 도달하게 되는 이유는 명백하다고 한다. 결혼을 마음에 두고 있는 사람들은 구애하는 과정에서 세계 최고의 사기꾼이 되기 때문이다.

연애를 하는 사람은 자신의 가장 좋은 면만을 내세울 뿐만 아니라 그것을 갈고 닦아서 구애 과정에서 계속 빛나게 한다. 그렇기 때문에 현명한 사람들은 결혼을 결정하기까지 2년 정도를 기다린다.

정신분석학자 로스 캠벨은 그 정도는 되어야 상대방의 성격을 거의 다 알 수 있으며, 심지어 2년도 짧은 경우가 있다고 한다.

그러나 대부분의 경우 구애 과정은 빠른 속도로 진행되는데, 그 이유는 상대에게 매료당해 마음속에서 계속 '바로 이 사람'이라고 재촉하기 때문이다.

"우리 두 사람에게 얼마나 공통점이 많은지 놀라울 정도야. 믿지 못하겠지만, 그 사람은 미국에서 가장 큰 도시 출신이고 나는 가장 작은 도시 출신이야. 정말 굉장하지? 더 신기한 것은 그 사람이랑 내가 음식 취향이 비슷하다는 사실이야. 우리가 모두 대가족이라는 것은 운명의 장난이라고밖에 말할 수 없지. 둘다 독서를 좋아하고, 형제 중 둘째이고, 학교 성적이 중간이었다는 것도 기막힌 우연의 일치야.”

그렇다, 정말 놀랍게도 열심히만 찾는다면 하늘이 맺어 준 인연이라고밖에 생각할 수 없는 이유를 어떻게든 갖다붙일 수 있다.

그러나 더욱 놀라운 사실이 있다, 신혼여행이 끝나자마자 갑자기 처음에 서로에게 매력을 느끼게 했던 바로 그 점들이 함께 살아갈 수 없는 결점이 된다는 사실이다.

강하고 조용한 타입이었던 그가 이제는 ‘대화조차 통하지 않는’ 벽창호 같은 사람이 되어 버렸다. 개성이 강하고 개방적이며 새로운 아이디어가 넘치던 그녀가 이제는 미신적이고 경박하며 천박한 여자가 되어 버렸다. 시간이 우리의 눈을 뜨게 만들어 구애 기간에는 볼 수 없었던 점을 보게 한 것이다.

문제는 배우자를 선택하는 기술은 연습을 한다고 해서 더욱 좋아질 거라는 보증이 없다는 사실이다. 미국에서 초혼의 경우 대략 50% 정도가 이혼을 한다. 재혼은 약 60%, 세 번째 결혼은 70%, 네 번째 결혼한 사람들은 80%가 이혼하는 것으로 나와 있다. 이러한 통계를 보면 첫번째 배우자를 선택할 때 가장 훌륭한 결정을 할 수 있음을 알 수 있다.

그렇다면 문제는 아주 간단하다. 배우자와의 관계를 어떻게 발전시키고 변화시켜야, 우리가 영원히 사랑하고 소중히 여기겠다고 약속한 연인과의 관계를 의미 있고 즐거우며 세월이 갈수록 더욱 멋지게 만들 수 있을까(혹은 현재 당신이 재혼이나 세 번째, 네 번째 결혼을 한 상태라면, 이를 가장 훌륭한 결혼으로 만들기 위해 무엇을 해야 하는가)?

이렇게 시작한다

처음 시작은 〈＋긍정적인 사고의 잡지〉의 루스 스태퍼드 필 여사의 충고에 따라라. 그녀는 젊은 아내들에게 다음과 같이 충고한다.

"남편에 대해 연구하라. 그가 마치 희귀종이고 신기하며 매력적인 동물인 것처럼 연구하라. 연구는 꾸준히 해야 하는데 그것은 그가 끊임없이 변하기 때문이다. 그가 좋아하는 것과 싫어하는 것, 장점과 단점, 취향과 습관에 대해 연구하라. 단순히 한 남자를 사랑하는 것도 괜찮지만 그것만으로는 충분치 않다. 한 남자와 성공적으로 살아가기 위해서는 그에 관해 알아야만 한다. 그를 알기 위해서는 그에 궤해 연구해야 한다."

어느 누구도 이 충고에 이의를 제기하지 않을 것이다.

이제는 나도 젊은 남편뿐만 아니라 모든 남편들에게 충고해 줄 수 있을 만큼 충분히 나이들었다고 생각한다. 그리고 나의 충고도 똑같다.

"아내에 대해 연구하라. 그녀가 마치 희귀종이고 신기하며 매력적인 동물인 것처럼 연구하라. 연구는 꾸준히 해야 하는데 그것은 그녀가 끊임없이 변하기 때문이다. 그녀가 좋아하는 것과 싫어하는 것, 장점과 단점, 취향과 습관에 대해 연구하라. 단순히 한 여자를 사랑하는 것도 괜찮지만 그것만으로는 충분치 않다. 한 여자와 성공적으로 살아가기 위해서는 그녀에 관해 알아야만 한다. 그녀를 알기 위해서는 그녀에 대해 연구해야 한다."

이유는 명확하다. 만약 당신이 자신과 안 맞는 사람과 결혼했거나 최소한 상대가 자신이 결혼하리라 생각했던 사람이 아니라고 했을 때는,

분명히 결혼한 상대에 대해서 잘 모르는 것이다. 이런 '이방인'과 잘 지내기 위한 첫번째 단계는 가능한 한 그나 그녀에 대해 많이 아는 것뿐이다.

배우자를 주의 깊게 연구해야 한다.

우리는 바꾸지 않을 것이다

25년 이상을 함께 살아온 부부 중 다시 결혼해도 현재의 배우자와 하겠다는 커플을 조사해 본 결과, 우리는 대부분(84%)이 배우자가 더도 덜도 말고 지금 모습 그대로 있어 주기를 원한다는 사실을 알게 되었다. 그 중 89%가 배우자를 현재의 모습 그대로 받아들이기 위해 노력하며 살아왔다고 했다. 만약 가능하다면 배우자를 어떻게 바꾸고 싶냐는 질문에 한 여성이 아주 쉽게 대답했다.

"25년을 살고 나면 그런 건 없어요."

어떤 남편은 이렇게 말했다.

"단지 아내가 더 건강했으면 해요."

몇몇은 '운전 습관'이나, '집안 일을 잘 도와주는 것', '외출 준비하는 동안 기다려 주는 것' 등을 꼽았다.

그리고 자신의 배우자를 바꾸고 싶어하는 사람들(16%) 또한 다음과 같은 변화만을 바랐다.

"남편이 사랑과 애정을 근사하게 표현해 주면 좋겠어요."

분명 이 부부들은 배우자를 있는 그대로 받아들일 수 있는 지혜를 갖고 있고, 완벽함을 추구하거나 그들을 바꾸려고 하는 건 쓸데없는 짓이라고 확신한다.

그렇다면 이런 문제가 제기된다.

"그들에게는 그걸로 충분하지만 내 결혼 생활은 그렇게 행복하지가 못해요. 원만한 결혼 생활을 위해 내가 무엇을 해야 할까요?"

좋은 질문이다. 답은 여기에 있다.

가장 먼저 당신이 현재 배우자에게 사랑을 어떤 식으로 표현하고 있는지 정확하게 알아야 한다.

돈 호킨스와 그의 연구원들이 가장 논리적이고 이해하기 쉬운 '구애도 퀴즈'를 만들었다. 필기구와 점수를 매길 수 있는 종이를 준비하고 당신이 지금까지 해본 그 어떤 문제보다 진지한 태도로 임해라.

먼저 당신 자신의 답을 매긴다. 그러고 나서 당신 생각에 배우자가 어떻게 대답할지 떠올려 답을 해본다. 다 끝내면, 배우자에게도 당신이 한 그대로 해보라고 권해라. 그리고 서로의 답을 비교해 보라.

결과는 당신과 당신의 배우자 모두에게 새로운 사실을 깨닫게 도와줄 것이다. 아마도 결혼 생활이 당신이 생각했던 것이나 배우자가 생각했던 것과는 상당히 다르다는 사실을 알게 될 것이다. 또한 현재의 결혼 생활이 어떤가를 정확히 알게 만든다. 이런 깨달음과 이 책에 나와 있는 다른 사실들(부부가 함께 읽고, 연구하고, 가장 중요한 것은 토론해 보아야 한다)을 알게 된다면 결혼 생활이 훨씬 좋아질 거라고 확신한다.

노력해 보라. 한 번뿐인 인생, 당신과 당신의 배우자는 행복해질 권리가 있다.

구애도 퀴즈

1. 우리는…… 손을 잡는다.
   ① 하루에 여러 번, 특히 산책을 할 때나 남들 앞에서
   ② 일주일에 두세 번, 필요하거나 그렇지 않을 때나 상관없이
   ③ 가끔씩, 그러나 드물게
   ④ 거의 없거나 아주 없음

2. 나는 배우자와 ~을 함께 나눈다.
   ① 매일매일 좋은 일이든 나쁜 일이든 함께 이야기한다.
   ② 좋은 일은 공유한다. 하지만 나쁜 일은 거의 이야기하지 않는다.
   ③ 일주일에 한두 번은 이야기를 나눈다. 그러나 우리는 대개 너무 바쁘다.
   ④ 내 사생활에 대해 거의 말하지 않는다. 대개 너무 사소하거나 그럴 만
      한 가치가 없는 일들이다.

3. 우리는 이런 것들에 대해 이야기한다……
   ① 일상의 모든 일들과 그것에 대한 감정까지
   ② 일상에서 일어나는 사건들. 그러나 감정 공유는 무척 조심스럽다. 그
      건 너무 위험하다.
   ③ 몇몇 일들만. 대부분은 함께 얘기할 만한 것들이 아니다.
   ④ 아주 기본적인 것들. 아이들, 차, 스케줄, 재산 등

4. 육체적, 성적 관계는……
   ① 최고다, 사실 처음 결혼했을 때보다 훨씬 좋아지고 있다.
   ② 정기적으로 하고 있으며 상당히 만족스럽다. 그러나 환상적인 경우는
      거의 없다.
   ③ 되는 대로 한다.
   ④ 거의 언제나 문제가 있다.

5. 우리의 관계 중 로맨스는……

　① 단순히 섹스만이 아니라 일상 생활의 가장 중요한 부분이다. 손을 잡으
　　려 들고, 떨어져 있어도 서로 바라보고, 이유 없이 선물을 하기도 한다.
　② 대부분 잠자리와 상관이 있고 다른 경우에는 거의 볼 수 없다.
　③ 대개 발렌타인데이나 결혼기념일 등과 같은 특별한 날에만 신경쓴다.
　④ 그다지 손이 가지 않는 싸구려 사탕과 비슷해졌다.

6. 결혼 생활 중 돈은……

　① 동반자로서 함께 다루어야 할 주제이다.
　② 피해야 할 문제이다.
　③ 가끔씩 싸움을 하는 이유가 된다.
　④ 끊임없는 부부 싸움의 원인이다.

7. 결혼 생활 중 대부분의 결정, 특히 중요한 결정을 내릴 때는……

　① 철저히 이야기를 나눈 후 함께 결정한다.
　② 두 사람 중 한 사람이 결정한다.
　③ 부부간의 갈등이나 상처가 있고 나서야 결정한다.
　④ 큰 싸움을 치른 후에야 가능하며 때때로 전혀 결정하지 못할 때도 있다.

8. 우리는 갈등에 이렇게 대처한다……

　① 함께 직면하며 감정을 공유한다. 상대방의 말을 경청하고 손을 잡고
　　대화를 나눈다. 그리고 화해한다.
　② 대부분 아주 사소한 갈등이기 때문에 무시하지만, 때로 심각한 싸움이
　　되기도 한다.
　③ 종종 갈등이 빚어진다. 가끔 끔찍한 부부 싸움으로 발전해 욕설이 오
　　갈 때도 있다.
　④ 갈등을 현명하게 처리하지 못한다. 거의 매번 과거의 일까지 끌어내
　　욕을 하고 서로 많은 고통과 상처를 받는다.

9. 우리는 밖에서 데이트를……

　① 정기적으로 한다. 적어도 일주일에 한 번씩 외출해 즐긴다.

　② 한달에 한두 번. 대개의 경우 즐거운 시간을 갖는다.

　③ 가끔씩. 때때로 즐겁기도 하다.

　④ 전혀. 데이트는 연애할 때나 하는 것 아닌가요?

10. 결혼에 대한 나의 생각은……

　① 평생 동안 동반자라는 느낌을 공유하는 것이며, 둘 사이에 이루어질
　　 수 있는 가장 이상적인 관계이다.

　② 공식적으론 ①과 같지만 가끔 부족한 점들에 대해 이야기한다.

　③ 내 배우자와 비슷하다. 두 사람 모두 서로에게 '아주 잘 맞는' 짝은
　　 아니라고 생각하지만 우리는 그냥 이대로 살 것이다.

　④ 만약 이 결혼 생활이 계속 유지된다면 그건 기적일 것이다.

11. 나의 배우자는……

　① 나의 가장 친한 친구이자 연인이고 연애 감정을 느끼는 유일한 사람
　　 이며, 인생의 동반자이다.

　② 위에 나온 말 중 두 가지 정도만 해당된다.

　③ 위에 나온 말 중 한 가지 정도만 해당된다.

　④ 위에 나온 말 중 해당되는 것이 하나도 없다. 그러나 최소한 우리는
　　 여전히 함께 있다. 한 가닥 실오라기로만 연결되어 있지만…….

12. 우리의 결혼 관계는……

　① 여전히 노력해야 할 여지는 존재한다. 그리고 그럴 만한 가치가 있다,
　　 보상이 훨씬 크기에.

　② 원만한 편이지만 가끔 더 열심히 노력해야 할 필요가 있다고 느낀다.

　③ 때때로 노력을 할 만한 가치가 없어 보일 때도 있다.

　④ 더 이상 노력조차 하지 않는다.

13. 나의 배우자는 나를 이렇게 받아들인다……
　　① 조건 없이, 진정한 사랑과 포용으로 결점과 그 외의 모든 것을 있는
　　　　그대로 받아들인다.
　　② 대부분 받아들이지만 몇 가지는 분명히 바꾸고 싶어한다.
　　③ 있는 그대로 받아들이기는 하지만, 그(그녀)는 내가 얼마나 발전이 필
　　　　요한 사람인가를 지속적으로 알려준다.
　　④ 포용은커녕 언제나 최후통첩만 받는 것 같다. 바꾸든지, 끝장을 내든지.

14. 나는 배우자를 이렇게 받아들인다……
　　① 조건 없이 장점이나 단점, 강점이나 결점을 모두 받아들인다.
　　② 상당 부분 그대로 받아들이지만 고쳐야 할 점이 몇 가지 있다.
　　③ 어느 정도는 그대로 받아들이지만 상대를 변화시키기 위해 애쓴다.
　　④ 그녀(그)를 변화시키려는 노력을 포기하려는 참이다. 포용하는 것은
　　　　이미 오래 전에 포기했다.

15. 신앙면에서 우리는……
　　① 항상 함께 신에 대한 믿음을 공유한다.
　　② 두 사람 모두 강한 신앙을 가지고 있지만, 몇 가지 중요한 문제에서는
　　　　의견일치를 보지 못한다.
　　③ 거의 관심을 갖지 않지만 우리 두 사람 모두 대체로 만족하고 있다.
　　④ 대부분의 경우 심각한 부부 싸움을 하게 된다.

16. 의견의 일치를 보지 못할 때, 예를 들어 아이들에게 얼마나 엄격해야 하는가나,
　　중요한 지출을 결정해야 할 때 우리는……
　　① 모든 가능성에 대해 토론을 하고 나서 타협존을 찾는다.
　　② 누가 포기할 것인가를 결정한다. 즉, 둘 중 한 사람이 결정권을 갖는다.
　　③ 결국 큰 싸움으로 번진다. 그럴 경우 아무 해결책도 나오지 않는다.
　　④ 앞으로 계속될 부부 싸움에 한 요인을 더 첨가할 뿐이다.

17. 배우자와 멀리 떨어져 있어야 될 경우, 심지어 하룻밤 출장일지라도……

① 헤어져 있는 시간이 참기 힘들다. 다시 만났을 때 정말로 기뻐한다.

② 시간이 지날수록 익숙해지지만 우리는 아직도 서로를 그리워한다.

③ 갈등과 싸움으로 얼룩진 결혼 생활에서 위안을 얻을 수 있는 기회이다.

④ 각자의 존재에 대해 가장 잘 생각해 볼 수 있는 기회가 되어 버렸다.

18. 만약 가능하다면……

① 배우자와 함께 최대한 오랫동안 즐거운 곳으로 여행을 가겠다.

② 함께 짧은 여행을 가겠다. 우리 둘만 너무 오래 있으면 지루할 것 같다.

③ 우리는 어디에도 함께 가지 않을 것이다. 그렇게 난리 칠 가치도 없고
   집에서 해야 할 일이 너무 많다.

④ 가능한 시간을 모두 사용해 타이티로 여행을 가겠다―혼자서.

19. 주말이나 밤의 낭만적인 분위기는……

① 정기적인, 또는 계획된 일이다. 항상 엄청난 즐거움을 안겨준다.

② 가끔씩 있다. 그리고 더 자주 있기를 바란다.

③ 예전보다 훨씬 적어졌다고 생각한다.

④ 과거에나 있었던 일이다. 만약 그런 일들이 있기나 했다면 말이다.

20. 다른 친구들(부부나 개인)은……

① 우리 관계를 더욱 공고히 해주거나 발전시켜 준다.

② 도와주기도 하지만 때때로 우리 관계를 빗나가게 만들기도 한다.

③ 우리에게 다른 친구들은 없다. 단지 우리 둘뿐이다.

④ 끊임없는 문제와 갈등의 원천이다.

점수 계산

①번 항목에 해당된다면 5점을 준다. 그리고 ②번은 3점, ③번은 1점, ④
번은 0점을 각각 준다.
그 점수들을 전부 더해서 아래 해당되는 곳의 설명을 읽어보아라.

80 - 100점　　당신의 구애 상태는 아주 양호하다.
60 - 80점　　당신의 구애 방법에 약간의 조정이 필요하다.
40 - 60점　　상대방에 대한 구애를 가능한 빨리 시작하길 권하고 싶다.
　　　　　　　이 책이 도움이 될 것이다.
40점 이하　　아마도 이 책 이상의 것이 필요하다. 지금 곧 결혼 상담가
　　　　　　　를 찾아보길 권한다.

구애에 지나침은 없다

구애하는 사람들이 상대방에게 잘 보이기 위해 어떻게 속임수를 쓰는
가에 대해 다시 생각해 보자. 물론 나는 거기에 어느 정도 과장이 있다는
것은 인정한다.

그러나 과장보다 더 많은 진실이 있다.

또한 우리의 삶을 훨씬 풍성하게 해주고, 결혼 생활을 영원히 행복하
게 해줄 두 가지 커다란 교훈이 있다. 주의 깊게 읽고 결혼 후에도 이를
실천해 보아라.

구애하는 과정에서 상대를 즐겁게 해주기 위해 도를 지나치기도 한다

전혀 관심이 없던 것도 상대방을 위해 한 번 해보겠다는 열성을 보인다. 상대방을 즐겁게 해주고, 함께 시간을 보내기 위해.

좀 도가 지나치더라도 이런 의도로 어떤 일이든 배우자와 함께 하는 것은 좋은 관계를 형성시키는 데 확실히 도움이 된다. 장기적으로 이런 시도는 결혼 생활을 건실하게 이끈다.

혹시 아는가, 이런 '배우자와 함께 하기' 과정중 자신도 몰랐던 재능과 흥미를 깨달아 새로운 취미를 갖게 될지.

내 결혼 생활도 다른 이들과 다르지 않기에 나에게 아주 훌륭한 예가 있다. 다들 알듯이 나는 골프를 무척 좋아한다. 그러나 내 아내는 골프에 거의 관심이 없었다. 그런데 5년 전, 그녀는 갑자기 다시 한 번 골프를 해보겠다는 말을 했다(그녀는 8년 전에도 시도해 본 적이 있었다).

그래서 나는 한 골프 자선 시합에 참가해 받은 200달러 상당의 상품권에 돈을 더 보태 아내에게 골프 클럽 세트를 사주었다. 그녀는 초보자를 잘 지도해 주는 프로 강사에게서 두어 번 레슨을 받고는 처음으로 멋진 샷을 치게 되었다. 그 결과, 그녀는 골프를 좋아하게 되었다.

이제 그녀는 내가 없어도 아들과 곧잘 치러 갈 정도로 골프를 정말로 좋아한다. 지난번에는 처음으로 아내가 나를 9번 홀에서 이기기까지 했다. 말할 것도 없이, 그 골프 스코어는 친구들뿐 아니라 친척, 클럽 동료들 그리고 처음 본 사람들에게까지 알려지게 되었다.

이야기의 요점은 이렇다. 그녀는 단지 나와 함께 하기 위해 골프를 하겠다고 결심했었다. 나는 물론 내가 사랑하는 사람과 내가 사랑하는 운동을 함께 할 수 있어 기뻤다.

지금 그녀는 나만큼 골프를 좋아하게 되었고 우리는 함께 할 수 있는 무언가를 갖게 되었으며, 그로 인해 이전보다 훨씬 우리 사이가 가까워졌다.

인생의 대원칙이 여기서도 확실히 증명된 것이다.

"다른 사람들이 원하는 것을 얻도록 도와주면 당신도 자신이 원하는 것을 모두 얻을 수 있다."

결혼 전, 배우자가 될 연인의 장점을 최대한 찾아내 남들에게 자랑하라

인내와 이해심을 갖고 피앙세의 장점을 찾아라. 이는 결혼 후 미래를 위한 훌륭한 훈련이 될 것이다.

결혼이란 가족과 맺어지는 일이기 때문에, 배우자의 부모와 잘 지낼 수 있는 능력 또한 중요하다.

보통 장점은 작게 보이고 단점은 아무리 사소한 일이라도 크게 보여 가정 내의 불화를 키운다. 의식적으로 배우자와 그 가족들의 장점을 찾는 버릇을 길러라. 이는 비단 가정 생활뿐 아니라 사회 생활에도 긍정적인 영향을 미친다.

결국, 인내심과 이해심이 있어야 행복한 결혼 생활을 유지할 수 있음을 절대로 잊어서는 안 된다.

앤드루 카네기의 43명을 백만장자로 만든 비결

철강왕 앤드루 카네기는 이런 말을 했다.

"다른 사람들을 부자로 만들지 않고서 혼자서만 부자가 될 수 있는 사람은 없다."

그는 평생 이런 철학을 갖고 살았고 그래서 그의 회사에는 무려 43명의 백만장자가 있었다.

어느 인터뷰 도중, 기자가 카네기에게 이렇게 질문을 했다.

"그렇게 많은 백만장자를 고용할 수 있었던 방법이 무엇입니까?"

"그들이 처음부터 백만장자였던 게 아니라 나와 함께 일함으로써 백만장자가 되었던 걸세."

카네기는 이렇게 대꾸했다.

기자는 질문을 계속했다.

"당신은 그 사람들을 어떻게 부자로 만들었습니까? 그들이 백만장자가 될 수 있을 정도로 많은 월급을 어떻게 지불할 수 있었죠?"

"그들을 어떻게 부자로 만들었는가 하는 질문에 이렇게 대답할 수 있네. 우리가 황금을 찾는 것과 같은 방법을 쓰면 사람들을 발전시킬 수가 있지. 황금을 캐낼 때, 1온스의 황금을 얻기 위해 말 그대로 수백만 톤의 흙을 옮겨내야 하네. 하지만 우리가 찾는 것은 흙이 아니라 황금이지."

보통 기업에서는 직원들의 황금(장점)을 찾아내려 애쓰고 그렇게 찾아낸 황금은 기업 운영에 매우 큰 도움이 된다. 결혼 생활도 다를 바 없다. 단지 인원만 적을 뿐이다. 우리가 배우자의 장점만을 찾아낸다면 결혼 생활 또한 성공시킬 수 있다.

다음 이야기를 그저 한 편의 동화에 불과하다고 생각하는 사람들도 분명 있을 것이다. 하지만 확신컨대, '조니 링고'의 이야기는 그 이상의 의미이다.

추녀를 신부로 맞아들인 부자 신랑

오래전, 하와이 제도의 오아후 섬에는 정말로 독특한 관습이 있었다. 결혼을 하려는 남자가 신부의 집에 소 몇 마리씩을 주어야 했던 것이다.

그 당시 신부를 데려오기 위한 평균적인 대가는 소 세 마리였다. 신부가 특별히 아름답고 매력적인 경우엔 네 마리를 주었는데 이런 경우도 가끔 있었다. 그리고 확실치는 않지만, 아주 먼 옛날 정말로 아름답고 매력적인 아가씨가 소 다섯 마리라는 천문학적인 대가를 받고 시집갔다는 이야기도 있었다.

바로 그 섬에 사는 한 남자에게 딸이 둘 있었다. 큰딸은 흔히 '불합격품'이니 '신의 실수'라고 일컬어지는 '추녀 중의 추녀'였다.

그녀의 아버지는 큰딸의 경우 소 세 마리를 받는다는 것은 오래전에 포기하고 두 마리만이라도 받는다면 아주 기쁘겠다고 생각했다. 그리고 만약 구혼자가 말만 잘한다면 소 한 마리에도 딸을 보내겠다고 결심하고 있었다. 사실, 누군가 청혼만 한다면 자신의 딸을 평생 동안 먹여살려야 하는 짐을 더는 셈이니 아무것도 받지 않고 기쁘게 보내려 했다.

그러나 작은딸의 경우는 전혀 달랐다. 그녀는 너무나 아름답고 매력적이었기 때문에 아버지는 쉽게 결혼시킬 수 있을 거라고 생각했고 작은딸의 앞날은 전혀 걱정하지 않았다.

그러던 어느 날, 그 섬에서 가장 부자이고 젊은 조니 링고가 찾아왔다. 모든 사람들은 그가 작은딸을 보기 위해 왔을 것이라고 생각했다. 그러나 그는 큰딸을 찾아왔다!

마을 사람들은 깜짝 놀랐고 아버지는 기뻐서 하늘을 날아갈 것 같았다. 조니는 그 섬에서 가장 인심이 후했기에 적어도 소 세 마리는 기꺼이 줄 것이라고 생각했다. 아버지는 더욱 상상력을 발휘해서 조니가 부자이기 때문에 적어도 소 네 마리를 줄지도 모른다고 생각했다. 그러고 나서 그의 상상력은 도를 지나쳐 조니가 전설의 소 다섯 마리를 주지는 않을까 하는 공상까지 하게 되었다.

그런데 조니가 모두의 예상을 훨씬 넘는 열 마리의 소를 몰고 와 신부를 청했다. 아버지의 기쁨이 얼마나 컸을지 한번 상상해 보라! 늙은 아버지는 거의 심장마비로 쓰러질 지경이었다. 그는 조니가 마음을 바꾸거나, 갑자기 죽거나, 아니면 제일 가능성이 높은 경우인 제정신을 차릴까봐 서둘러 추장을 불러 결혼식을 올려달라고 부탁했다.

그리고 신혼여행이 시작되었다. 당시 평균적인 신혼여행 기간은 1년이었다. 그러나 열 마리의 소를 주고 데려온 신부와는 분명 평균적인 신혼여행으로 충분치 않았을 것이다. 자세한 것은 알려지지 않았지만 신랑과 신부는 공식적으로 2년 간의 신혼여행을 가겠다고 했다.

마침내 신혼부부가 돌아올 때가 다가오자, 마을 입구에서 한 사람이

망을 보며 그들이 돌아오는 것이 보이자마자 알려주겠다고 했다.

날이 새자마자 큰 목소리가 들려왔다.

"저기 신혼부부가 온다."

"신랑과 신부가 맞아?"

망을 보던 이는 이 질문에 그런 것 같지만 확실치는 않다고 대꾸했다. 조니는 즉시 알아볼 수 있었는데 신부는 그렇지 않았던 것이다. 뭔가 낯익은 듯했지만, 놀랄 정도로 아름다워지고 우아하며 침착하고 자신감이 넘쳤으며 확신에 차보였기 때문이었다. 그들 부투가 점점 가까이 다가오자, 마을 사람들은 분명 신부가 예전의 그녀라는 걸 알 수 있었다.

그러나 그녀는 너무나도 변해 있었다!

그냥 얼핏 본 사람도 그녀의 아름다움과 매력적인 모습, 침착성을 분명히 알 수 있었다. 그녀를 자세히 본 사람들은 조니 링고가 '겨우' 소 열 마리에 값싸게 신부를 데려갔다고까지 생각하게 되었다.

이 이야기를 단순히 전설일 뿐이라고 생각할 수도 있을 것이다. 그러나 사실, 조니 링고의 이야기는 아주 먼 옛날 외딴 섬에서만 일어났던 일이 아니라 전세계적으로 수천 번 이상 현재도 계속해서 일어나고 있는 일이다.

조니의 행동이 그 신부의 자신감과 자아상, 정신 상태에 어떤 긍정적인 작용을 했을지 생각해 보라. 실제로 조니가 열 마리의 소를 지불하자마자 그 신부는 그만큼의 가치를 지닌 여성으로 바뀌었다. 그리고 그런 일은 언제든지 일어날 수 있다.

남성 여러분, 만약 당신이 소 열 마리의 값어치를 지닌 여성을 원한다면 그녀가 그만한 가치가 있는 것처럼 대우해야 한다. 아내를 훌륭한 여성으로 대우한다면 심술쟁이, 잔소리꾼 마누라는 결코 얻지 않게 될 것이다.

여성 여러분, 남자는 빵만으로는 살 수 없는 동물이다. 때때로 그들은 칭찬을 바란다. 남자를 '챔피언' 으로 대우하라. 당신은 결코 멍청이, 얼간이와는 살지 않게 될 것이다.

괴테는 이런 말을 했었다.

"만약 당신이 남자를 있는 그대로의 모습으로 대우한다면, 그는 언제나 그런 모습으로 남을 것이다. 만약 그를 그가 되어야 하는 어떤 모습인 것처럼 대우해 준다면 그는 보다 크고 더 멋진 남자가 되어 줄 것이다."

배우자가 더 발전하도록 노력하라. 그러면 당신은 더 멋진 배우자와 한평생을 함께 할 수 있다. 바로 그것이 멋진 결혼 생활을 위한 열쇠이다.

3 나는 곧 이혼할 것이다

동반자 의식이 그 어느 것보다 선행되어야 한다. 한 남자는 먼저 남편이 되고,
그러고 나서 아버지가 되며, 세 번째로 직업인이 되는 것이다.
한 여자는 먼저 아내가 되고, 그러고 나서 어머니가 되며, 세 번째로 커리어 우먼이 된다.
화목한 결혼은 화목한 가족보다 선행된다.
결혼 생활은 영원하지만 부모가 되는 겻은 일시적이다. 결혼 생활이 가장 중요하며,
부모로서의 역할은 그 다음의 일이다. 결혼 생활은 중추적인 일이고,
아이들은 그 다음이다. 자녀 중심적인 가정은 아이들에게 올바른 교육을 시켜주지도
못하고, 결혼 생활까지 원만하지 못하게 되며, 무엇보다 아이들이 떠나버렸을 때를
제대로 준비하지 못한다. 당신의 버우자야말로 아이들이나 직장보다 우선이다.
남자는 아내를 자기 자신처럼 사랑해야 하고, 여자는 남편을 존경해야 한다.
— J. 앨런 피터슨 박사

체격이 작은 한 소년이 세 명의 건장한 덩치들과 맞부딪혔다.

그들 중 한 사람만으로도 그 작은 소년을 한 방에 날려버릴 수 있었고 그들은 분명 그럴 생각을 하고 있는 것으로 보였다. 그러나 그 작은 소년은 매우 영리했다. 그는 이 난국을 어떻게 풀어갈까 잠시 고민하더니 갑자기 세 명에게서 물러서서 땅에 선을 그었다. 그러고 나서 서너 발 더 뒤로 물러서서 세 사람 중 가장 몸집이 큰 덩치를 쏘아보면서 이렇게 말했다.

"자, 이쪽으로 한 번 건너와 보라구."

가장 덩치 큰 이가 덤벼보라는 듯이 자신 있게 그 선을 넘어가 소년을 마주 쏘아보았다.

그러자 소년은 씩 웃으며 말했다.

"자, 이제 우린 같은 편이야."

비극으로 끝내지 않기 위해

자신의 결혼을 절대 이혼으로 끝내고 싶어하지 않는다면 무엇보다 부부는 자신들이 한 편임을 확실하게 이해해야 한다. 그러기 위해 남편과 아내는 친구가 되어야 한다.

친구라는 단어를 사전에서 찾아보면 '친밀한 관계, 후원자, 상대방에게 존경과 애정을 보내는 사람, 친근한 사람, 전쟁터에서 같은 편에 속하는 사람'을 말한다.

친구가 된다 할지라도 가장 훌륭한 결혼 생활을 하고 있는 부부들조차 결혼은 끊임없는 갈등과 분쟁의 연속이라고 말한다.

또한 결혼은 50 대 50이 아닌 서로 100 대 100을 쏟아부어야 한다는 것을 명심해야 한다. 이 책에서 자주 언급하게 될 내 친구 리처드 퍼맨 박사가 어느 날 한 고등학교 미식축구 팀의 쿼터백이 치어리더와 사랑에 빠진 이야기를 해주었다. 그들의 로맨스는 매우 진지했다.

남자가 여자보다 1년 먼저 졸업을 해 대학에 진학했지만 그들은 여전히 전화나 편지를 통해 관계를 유지했다. 크리스마스가 가까워 오자 그는 애인에게 집에 오겠다는 편지를 썼다.

'금요일 밤 저녁 9시에 미식축구 경기장의 5야드 라인에서 만나 줄 수 있겠어?'

여기에 내포된 상징은 분명하다. 그들은 축구장의 한가운데서 만나는 것이다. 분명 낭만주의자들은 이 남자의 창의성을 높이 사주려 하겠지만 결혼 전문가들은 금방 결혼은 50 대 50이라는 명제가 아님을 인정할 것이다. 그것은 100 대 100이어야 한다.

남편은 아내를 기쁘게 해주기 위해 100% 노력해야 하고, 그녀를 온전히 사랑해야 하며, 그녀 곁에서 자신의 전부를 희생하고 성실한 모습을 보여야 한다. 아내도 역시 똑같은 노력을 해야 한다. 그것만이 완벽하게 성공적인 결혼 생활을 할 수 있는 유일한 길이다.

실패는 단지 실패일 뿐이다

만약 당신이 이혼을 해 '나는 실패자야' 라고 생각한다면 나는 감히 이렇게 말하겠다.

"실패는 하나의 사건일 뿐이지, 사람 자체가 실패한 것은 결코 아니다."

여기서 한 가지를 명확하게 해두겠다. 이 장은 이혼했거나, 막 이혼하려는 사람들을 위해 쓰여진 게 아니다. 그런 사람들은 내가 이제부터 이야기하려는 것들을 이미 경험했을 것이다. 오래된 상처를 끄집어 내는 것은 고통스러울 뿐이므로 '상처에 소금물을 끼얹을' 필요는 없다고 생각한다(따라서 빨리 4장으로 넘어가는 것이 좋다).

또한 이혼한 사람들을 비난해서 그들이 죄의식을 느끼게 하려는 것도 아니다. 그렇게 해서는 아무것도 얻을 수 없다.

이 장은 결혼 생활에 문제가 있거나 차라리 이혼하는 것이 낫겠다고 생각하고 있는 사람들을 위한 장이다.

만약 당신이 이혼을 고려하고 있거나, 혹은 과거에 고려해 본 적이 있거나, 앞으로 고려해 볼 생각이라면, 이제부터 진지하게 이 책을 읽어보라. 하지만 마음을 단단히 먹어야 한다. 당신은 듣기 좋은 말이 아닌 사실 그 자체에 직면하게 될 것이기 때문이다.

현실을 명확히 인식하라

미국의 경우 지난 50년 동안 이혼율이 700% 이상 증가했다. 그리고 한 부모 가정이 엄청나게 많아졌다.

예를 들어, 조사를 시작했을 당시에는 여섯 살 이하 아이들 14명 중 단지 1명만이 한 부모 밑에서 양육됐다. 하지만 현재는 5명 중 1명꼴이다. 이는 두 배가 훨씬 넘는 증가이다. 또한 58개국 종합 이혼 자료를 보면, 보통 7년이었던 결혼 기간이 4년으로 줄었다. 이혼한 사람들 중 대부분이 결혼 4년째 되던 해에 이혼한 것이다. 미국의 경우에는 이혼이 결혼 2년째 되던 해에 가장 많은 것으로 나타났다.

이런 이혼율의 증가는 출판사의 결혼 관련 책의 주제까지 바꾸어 놓은 한 원인이 되었다. 출판사는 더 이상 '이상적인 결혼 생활을 하는 법'을 알려주는 책만을 내지 않는다. 이제 그들은 '고통 없이 이혼하는 법'이란 주제로 책을 내고 있다.

만 번이 넘는 결혼식에서 연주한 어떤 오케스트라 지휘자는 단원들에게 이렇게 말한다.

 사랑하지 않고 행복한 사람은 없다

"여러분, 최선을 다해서 연주하세요. 이 중 많은 신부들이 다시 결혼하게 된다는 것을 명심해요."

그가 의미하는 것은 분명 그 신부가 다시 오케스트라의 고객이 될지도 모른다는 사실이다. 결혼한 이들의 45%가 재혼하기 때문이다.

나는 한 변호사가 이혼 정보를 원하는 사람들을 위해 드라이브 인 서비스(쉽고 간편하게 차에서 내리지도 않고 상담을 하는 것)를 실시한다는 기사를 읽은 적이 있다. 이혼을 대하는 우리 사회의 태도는 끔찍할 정도이다.

또 최근 난 재미있는 4단 만화를 봤다. 첫번째 인물이 말했다.

"있잖아, 이상하기도 하지. 실제로 약혼을 하니까 결혼에 대해 걱정되기 시작하는 거 있지."

그러자 상대방이 말했다.

"그 심정 나도 알아. 당연히 걱정될 거야, 결혼은 많은 노력을 해야 하는 일이니까. 7~8년은 정말로 긴 시간이잖아."

다른 만화에서는 한 젊은 남자와 애인이 보석상에서 약혼 반지를 고르는 장면이었다. 남자는 애인에게 이렇게 말했다.

"작은 걸로 고르자, 어차피 이번이 우리 둘에게 첫번째 결혼이니까. 다음 기회도 있잖아."

우리는 결혼에 대해 파이 껍질 같은 약속을 하고 있는 것일까? 〈메리 포핀스〉 영화를 본 사람이라면 내가 무슨 말을 하려는지 잘 알 것이다.

메리 포핀스와 환상적인 첫날을 보낸 제인과 마이클 뱅크스는 침대로 뛰어들었다.

제인이 물었다.

"메리 포핀스, 우리를 떠나지 않을 거죠, 그렇죠?"

마이클도 흥분에 가득 찬 얼굴로 새 유모를 바라보며 말했다.

"만약 우리가 착하게 굴겠다고 약속하면 계속 있어 줄 건가요?"

메리는 두 아이를 이불 속으로 밀어넣으면서 대답했다.

"애들아, 그건 파이 껍질과 같은 약속이란다. 쉽게 한 약속은
쉽게 깨지는 법이지."

오늘날에도 많은 남녀가 제단으로 나아가 판사나 사제 앞에서 수많은
파이 껍질 같은 약속들을 한다. 첫번째 어려움이 닥치자마자 깨어져 버
릴 약속들을 말이다. 사실 대다수 부부들은 어떻게 결혼 생활을 꾸려나
갈까 하는 계획보다는 결혼식 계획에 더 많은 시간을 소비하고 있다.

그렇다면 이제 우리는 어떻게 해야 할까?

무엇보다도 먼저 문제의 심각성에 직면해야 한다. 사실을 알고 있는
것이 그저 '모든 게 다 잘될 거야' 라는 희망만 갖고 아무것도 모르는 채
사는 것보다 더 현실적인 접근법이다. 이혼에 대해 알면 알수록 자신뿐
아니라 배우자, 아이들의 삶에 있어 더 나은 결정을 할 수 있다.

이제, 당신 주변의 이혼한 사람 열 명을 자세히 살펴보도록 하자. 단,
배우자가 일방적으로 떠난 경우는 빼고 말이다.

이혼을 선택하고 대략 2년 후에는 열 명 중 7명이 그 결정은 실수였다
고 심각하게 생각하게 될 것이다. 그리고 그 중 5명은 두 번째 이혼을 하
게 된다. 여전히 대다수가 배우자를 미워하고 있으며, 이 분노는 아이들
과의 관계에도 부정적인 영향을 미친다. 열 명 중 오직 한 사람만이 10년

후에도 여전히 행복하며 만족스러운 삶을 살고 있다.

당신은 '행복해지기 위해 이혼을 택했다면 제대로 살아야지' 하고 다수의 사람들을 비난하고 그 유일하게 행복한 한 사람이 될 수 있다는 자신감이 있는가?

이혼은 단지 감정적인 문제만이 아니라 경제적으로도 참담한 결과를 동반한다(경제적 이유 때문에 이혼하지 말라고 주장하는 것은 아니다. 이혼의 결정적인 사유에 해당된다면 이혼해야 한다). 재혼을 하지 않은 여성들 가운데 거의 반 정도가 사회복지제도에 의존하고 있다(부모가 둘다 있는 가정은 10% 정도만이 그렇다). 이혼한 아버지들 중 절반 정도가 아이들을 정기적으로 볼 수 없다. 또한 여성들과 아이들의 평균적인 생활 수준은 대체로 떨어졌다.

이혼 전 1년에 10달러를 썼다면 이혼 후에는 1년에 3달러만을 써야 한다. 아버지들 중 절반 이상이 아이들을 부양하지 못하고, 거의 동수의 사람들이 1년 동안 자녀들을 보지 못한다.

아버지들에게 하는 질문 : 만약 당신 아이들의 생활 수준이 73% 떨어지고 내년까지 그들을 보지 못한다 할지라도 여전히 이혼만을 고집하겠는가? 아니면 결혼 생활을 구하기 위해 가능한 모든 조치를 취하겠는가?

어머니들에게 하는 질문 : 만약 당신과 아이들이 정신적·경제적으로 비참한 생활 수준에 고통받아야 하고 가까운(그리고 먼) 미래

에 행복해질 기회가 최소화된다고 할지라도 여전히 이혼을 고수
할 것인가? 아니면 결혼 생활을 구하기 위해 가능한 모든 조치를
취하겠는가?

요즘같이 결혼을 일회용으로 보는 태도는 돌이킬 수 없는 손해를 가져
올 것이다.

나는 어떤 선택을 할 것인가?

나와 함께 남녀 관계에 대해 연구하고 토론한 임상학자들은 이구동성
으로 이렇게 주장했다.

"상대를 변화시키려 드는 대신, 먼저 자신을 바꾸려 해야 한다."

건강하지 못한 결혼은 건강하지 못한 정서적 욕구에서 비롯된다. 이런
욕구는 행복한 결혼 생활을 위해 부부 각자 만족되는 방향으로 바뀌어야
한다.

아이러니하게도 이 결혼은 잘못되었다고 느끼며 딱 맞는 다른 상대를
찾아야겠다고 생각하는 사람들은 대부분 자신과 똑같은 정서적 욕구를
가진 배우자와 재혼하게 된다. 이혼이 진정한 해결책이 못 된다는 것은
자명한 진리로 밝혀졌다. 결국, 건강하지 못한 정서적 상황에 대한 진정
한 해결 방법은 새로운 배우자를 찾는 것이 아니라 상담을 하거나 끊임
없이 노력하는 것뿐이다.

내 친구이자 정신분석학자인 프랭크 미너스는 '미너스-마이어 클리닉'을 운영하며 우울병이나 다른 정신질환을 앓고 있는 수천 명의 환자들을 치료하고 있는데, 그는 이혼에 대해 이렇게 달한다.

"이혼은 배우자의 죽음 다음으로 강한 정서적인 충격을 준다."

미너스 박사는 이혼 시 받은 극도로 부정적인 정서적 영향이 배우자의 죽음에 의한 상실감보다 더 클 수 있다고 말한다. 그는 '배우자의 죽음은 선택할 수 없는 문제이다' 라고 말한다. 그러나 대부분의 경우 이혼은 선택하는 것이다.

이혼의 실질적인 피해자는 누구인가?

많은 경우 이혼의 실질적인 희생자는 아이들이다. 사실, 아주 '이상적인' 환경 하에서 이혼했다 할지라도 아이들은 큰 고통을 당한다.

아버지가 아이를 위해 해줄 수 있는 가장 큰 일은 그들의 어머니를 사랑하는 것이며, 어머니가 아이들을 위해 해줄 수 있는 가장 큰 일 또한 그들의 아버지를 사랑하는 것이다.

난 이 진실의 중요성을 몸소 체험했다. 내 아들이 열다섯 살쯤 됐을 때, 우리는 산책을 하면서 아버지 대 아들 간의 심각한 대화를 나누었다.

나는 아들에게 물었다.

"얘야, 아버지의 어떤 면이 가장 존경스럽냐고 누가 묻는다면 넌 뭐라고 대답하겠니?"

아이는 잠시 생각하더니 대답했다.

"아버지한테서 가장 존경스러운 점은 엄마를 사랑하는 거라고 대답할 거예요."

나는 자연스레 다시 물었다.

"왜, 왜 그렇게 말할 거니?"

"난 아버지가 엄마를 사랑하기 때문에 존중해 준다는 걸 알아요. 아버지가 엄마를 제대로 대우해 주는 한, 우리는 언제나 한가족으로 남을 거고요."

그러고 나서 모든 미국 아이들의 기분을 대변해 주는 말을 했다.

"아버지, 그건요, 내가 아버지와 엄마 중 한 사람을 선택할 필요가 전혀 없다는 뜻이거든요."

그 당시에는 몰랐지만 바로 그날 아들의 가장 친한 친구가 어머니와 아버지 중 어느 쪽과 살지 선택해야만 했다.

아이들 문제는 이혼에 있어 누가 옳고 그른가와는 전혀 관계가 없으며, 확실히 남편이나 아내의 성실성을 비난할 수 있는 문제도 아니다. 하지만 아이들에게 있어 그 영향력은 확실하고 결과는 고통스러우며 오랫동안 지속된다.

부모가 이혼하는 모습을 지켜본 아이들 중 거의 절반에 가까운 숫자가 성적이 떨어지며 불안해하고 스스로를 비하하는 경향을 보일 뿐만 아니라 사회 적응력까지 떨어진다. 여자아이들 세 명 중 두 명이 잠재적으로 남자친구와의 관계에서 실패나 배신당할까 두려워하게 된다. 그들은 친

밀한 가족 관계에서 성장한 아이들보다 알코올이나 약물 중독에 더 쉽게
빠져든다.

단지 10명 중 3명만이 정상적으로 성장한다. 약 40%는 확실한 우울증
세를 보이고 수업에 집중할 수 없으며 친구를 사귀는 데 어려움을 겪을
뿐만 아니라 다른 여러 가지 문제로 고통을 당한다.

사회과학자들은 이렇게 결론짓는다.

"그들 중 대다수가 타락한 생활을 하게 된다."

아이들은 감당하기 어려운 과도한 스트레스를 받고 그 중 많이는 특히
더 그 나이로는 어찌할 수 없는 책임감에 힘겨워한다.

이혼은 7세에서 13세 사이의 아이들에게 가장 힘든 일이다. 몇몇 학자
들의 말에 따르면 이 나이의 아동은 이혼의 개념 자체는 이해하나 정서
적 문제에는 대처할 수 없기 때문이라고 한다. 게다가 부모가 별거를 한
후에도 불화가 계속되면 아이들은 필연적으로 싸움의 무기로 얽혀 있게
된다. 이런 모든 일은 아이들에게 커다란 정서적 위험이 된다.

이런 아이들이 나이가 들어 대학생이 되었을 때, 화목한 가정에서 자
란 아이들보다 성적으로 더 적극적임을 발견할 수 있었다. 특히 두 돌이
지나기 전에 부모가 이혼한 남성들의 경우, 일반 남성들보다 성적으로
훨씬 공격적이다.

이혼 가정에서 자란 남자들은 쾌락을 위한 섹스에 관대한 생각을 가지
고 있으며, 여자들 또한 화목한 가정에서 자란 남녀보다 성적으로 더 적
극적이고 공격적이다.

여태까지 내가 말한 건 미국 사회의 주류를 이루는, 정서적으로 건강

하고 유복한 부모들의 자녀들에게 이혼이 미치는 영향이었다. 또한 이들은 부모가 이혼할 때 학교에서 모범적인 학생들이었다.

그러니 그 외 다른 아이들에 대해서는 말할 필요도 없을 것이다. 방금 설명한 아이들이 최상의 환경 아래서 이혼한 가정의 경우였으니 말이다.

결론은 명백하다.

"최상의 조건이라 해도 이혼은 너무나도 비극적이며 파괴적이다."

그렇다면 화목한 가정에서 자란 아이들은 어떠한가?

USA 투데이 지 기사에 각각 20명씩인 '미국 최우수 대학생' 제1기, 제2기, 제3기 명단이 실렸다.

판사와 교육자들로 구성된 위원회는 뛰어난 학식과 직관력, 창의력, 리더십 그리고 그런 재능을 다른 사람을 위해 사용하겠다는 의지 등을 고려해서 이들을 뽑았다.

이 기사를 살펴보고 있을 때, 한 가지 사실이 눈에 확 들어왔다. 바로 제1기 20명 가운데 18명이 어머니와 아버지 이름을 써놓은 것이다. 이는 그들이 양쪽 부모 밑에서 성장했음을 의미한다.

한 여대생은 남편의 이름을 써놓았고(양쪽 부모 밑에서 성장했을 가능성이 있다), 한 남자가 어머니의 이름만 써놓았다(아버지가 돌아가신 경우일 수도 있다). 즉, 이렇게 뛰어난 학생들 가운데 최소 18명, 혹은 20명 모두가 양쪽 부모 밑에서 성장했다는 말이다.

한 부모 아래서 성장한 아이들은 최우수 대학생에 뽑힐 수 없다고 말하려는 것은 분명 아니다. 내 아내와 나는 모두 홀어머니 밑에서 성장했고,

지금도 수천 명의 어린이들이 한 부모 밑에서 훌륭하게 성장하고 있다.

그러나 양 부모 아래서 성장한 아이들이 훨씬 많은 이점을 가지고 있음은 확실하다.

문제 의식형인가, 해결지향형인가?

만약 나에게 감기를 예방할 수 있는 가장 좋은 방법을 알려달라고 한다면 이렇게 말할 것이다.

"충분한 휴식을 취하십시오. 피로한 몸은 병균을 막아낼 수 없기 때문입니다. 또한 적당히 음식을 섭취해 세균을 이겨낼 수 있도록 몸을 건강하게 만드십시오."

손을 자주 씻고 입이나 눈을 되도록 만지지 않으면 세균에 감염되는 것을 막을 수 있고, 칫솔을 정기적으로 교환해 주면 감기와 싸우는 데 도움이 될 것이다.

여기서 내가 진정 묻고자 하는 것은 바로 이것이다. 당신은 감기에 걸리지 않도록 하는 데 더 집중할 것인가, 아니면 건강을 유지하는 것이 더 중요하다고 생각하는가? 그 차이는 미세하지만 중요하다.

오해는 하지 말기를 바란다. 감기에 걸리는 것과 이혼이 똑같다고 하는 것은 아니다. 문제의식형이든 해결지향형이든지 간에 이혼에 대한 태도가 커다란 차이를 만들 수 있음을 강조하려는 것이다.

이제부터 나는 이혼을 유발시키는 '세균'들과 훌륭히 싸워 나가기 위한 몇 가지 아이디어를 제공하겠다.

이혼의 원인—이혼의 3A

십년 전에는 한 해에 거의 1백만 쌍의 부부들이 이혼을 했는데, 이는 이십 년 전의 두 배에 해당되는 숫자이다. 그리고 요즘은 십년 전의 두 배에 육박한다.

분명히 이혼할 때에는 수많은 이유나 변명들이 있다. 나는 최근 많은 사제들이 사용하는, 사무엘 워드 허턴이 엮은 〈사제들의 결혼 입문서〉를 잠깐 살펴볼 기회가 있었다. 목차를 눈으로 훑어보는데 결혼 전의 상담이나 결혼식 에티켓, 성서에 입각한 결혼 예식, 결혼법 등의 항목이 있었다.

그 가운데 '이혼의 원인'이라는 장이 내 호기심을 끌었다. 간통이나 배우자에 대한 살인미수, 극도의 잔인성이나 배우자 유기와 같은 심각한 문제부터 시작해서 별별 이혼 사유들이 다 있었다.

우리가 이혼 이유를 살펴보는 것은 이런 비극적인 일이 발생하는 것을 되도록이면 막을 수 있기를 바라기 때문이다.

이제 우편으로도 이혼을 신청할 수 있고 그룹 이혼이나 〈혼자서 이혼하는 법〉이라는 책까지 나오는 상황이니만큼 우리는 이런 비극의 실체를 정확히 살펴보아야 한다.

나는 이혼의 원인을 '3A'로 설명한다. 물론 이에 포함되지 않는 원인도 있을 수 있다. 그러나 이 세 가지 요인을 알고 후속 조처들을 따른다면, 현재 이 세계에서 발생하는 이혼의 90%를 감소시킬 수 있을 것이다.

첫번째 A―간통(Adultery)

이혼의 가장 큰 원인은 간통(Adultery)이다.

미국 전역에서 결혼 세미나를 열고 있는 심리치료학자 레스 카터는 기혼 남성들 가운데 약 40%가 외도를 한다고 말한다. 기혼 여성들은 약 33%가 외도를 하며 가장 위험한 때는 35세에서 39세 사이라고 이야기한다.

외도를 하는 가장 큰 이유 네 가지에 대해서도 말했는데, 놀랍게도 첫 번째 이유는 표출되지 못한 분노 때문이었다. 두 번째는 과도한 개인적 욕구, 세 번째는 해방감과 자유에 대한 갈망, 네 번째는 섹스에 대한 잘못된 생각 때문이었다.

그렇다면 바람둥이 배우자와 결혼한 죄 없는 사람들은 어떻게 해야 하는가? 이 물음에 존경받는 성직자인 스티븐 올포드 박사는 아마도 죄 없는 사람은 없을 것이라고 말한다.

"세 곳의 교회에서 28년 간 봉직한 나는 과연 죄 없는 사람들이 정말로 있는가를 의심하게 되었다."

분명한 것은 대부분의 경우 남편과 아내 모두에게 어느 정도 잘못이 있으며 결혼을 지키기 위해 더 노력할 수 있다는 것이다.

나는 여기서 간통을 예방하기 위한 두 가지 실질적이며 효과가 검증된 방법을 제시하겠다.

첫번째 방법—인정과 인식

문제가 생길 증상이나 증거가 있는지 살펴보아라. 배우자가 외도를 하는지 어떻게 알 수 있겠는가? 다음과 같은 위험 신호들이 있다.

- 배우자보다 친구, 동료들과 더 많은 시간을 보내고 그들과 비밀을 갖는다.
- 특정한 한 사람(이성)과 자주 점심을 먹는다. 그리고 그 새로운 친구에 대해 물어 보면 방어적이 된다.
- 이성에 대해 환상에 빠진다. 눈을 두리번거린다(특별히 멋지거나 아름다운 사람을 보면 자주 쳐다본다).

두 번째 예방법—상담

전문가의 도움을 받는다. 객관적이고 자격이 있는 사람(친한 친구가 아닌)이라면 당신이 어려운 문제들을 해결하도록 도와줄 수 있다. 돈은 그다지 중요한 문제가 아니다. 오늘날 많은 상담가들이 적은 수입으로 일하고 있으며 종교단체에서 무료 상담도 해주고 있다.

한번 생각해 보라. 당신은 늘 여유가 없다고 생각하지만 자동차나 소파, 침대 커버, 세탁기 등을 사들일 방법을 찾아냈었다. 그러니 상담 비용을 감당 못할 리 없지 않겠는가.

두 번째 A—부재(Absence)

두 번째 'A' 는 부재(Absence)인데, 이 또한 많은 결혼을 실패로 이끄는 원인이다.

바쁘게 돌아가는 현대 사회 생활이 가장 큰 주범이다. 아버지들은 모든 인생을 직장에 바치는 일벌레로 변하고, 여자는 직장과 결혼 생활 둘 다 해내며 동시에 엄마 역할까지 해야 한다.

갈수록 두 사람은 자신이 하는 일에만 매달려 서로를 존재하지 않는 것과 마찬가지인 사람으로 취급한다. 점차 그들은 상대방의 말을 듣지 않게 되고 결국에는 정신적으로 낯선 동거인이 된다. 서로 사이가 멀어지고 부재를 인정하게 되며 종국에는 별거가 현실이 되어버린다.

부재의 또 다른 이유를 하나 덧붙이자면, 크리스틴 위커가 말한 '나 먼저 가족'을 들 수 있다. 댈러스 모닝 뉴스 지의 특집 기사에서 위커는 미국 가족 가운데 80%가 이런 행동 양식을 보인다고 말한다. 그들에게는 개인주의와 자기만족이 그 어느 것보다 중요하다. 위커는 다니엘 양 켈비치와 다른 사회 연구가들이 지난 30년 동안 시행한 설문자료에 근거해 그런 결론을 내렸다.

그들은 이런 태도를 보인다.

"내 경력에 아무 피해가 가지 않는 한 당신과의 결혼 생활을 유지하겠어."

"우리 결혼 생활은 내 성공을 방해해."

"아이를 가지면 우리들의 지금 생활 방식을 유지할 여유가 없을 거야."

텍사스 대학의 사회학과 부교수인 폴라 잉글랜드는 이렇게 말한다.

“여성들은 지쳐 있다. 또한 두 가지 딜레마에 빠져 있다. 일을 하는 여성은 아이들을 버려두고 있다고 생각하며, 전업주부는 집에 있으면서 자신의 능력과 경력을 포기하고 있다는 생각을 하는 것이다.”

부재의 또 다른 측면에서의 문제는 상품이 걸려 있는 것처럼 기를 쓰고 상대방의 결점을 찾아내려 하는 과정에서 발생한다.

남편과 아내가 서로에게 매력을 잃고 있으면, 대부분 서로 배우자의 결점을 찾아 비난하려고만 든다. 오랫동안 그들은 스스로에게 자신과 결혼한 이 ‘불량품’만 없으면 삶의 모든 문제들이 마법처럼 사라질 것이라고 얘기한다.

즉, 배우자가 없어지는 것(부재)이 영원한 해결책이 되는 것이다.

하지만 ‘싱글 맘, 싱글 대디’ 모임에 세 번만 참가해 보면 이혼이 몇 가지 문제들을 해결해 주기도 하지만 대부분의 경우 이혼 후 현재 가지고 있는 문제들보다 더 어려운 문제들이 새롭게 나타난다는 사실을 알게 된다.

로스앤젤레스 조정 재판소에서 상담사로 일하고 있는 프랭클린 C. 베일리는 자신의 사무실을 거쳐간 수만 명의 사람들에게 공통적으로 나타난 몇 가지 요인들을 언급했다.

그는 결혼 생활의 문제는 섹스, 돈, 아이들, 친척 때문에 시작된다고 한다. 그러나 소위 ‘도시에서 가장 바쁜 해체 작업소’(이혼 재판소) 옆에서 ‘가장 바쁜 수선소’를 운영하는 베일리 씨는 결혼 생활의 진짜진짜 문제는 이기심과 탐욕이라고 말한다.

나는 이런 문제들은 양적으로나 질적으로 충분한 시간을 함께 대화하고 즐긴다면, 즉 부재에 대항해 싸운다면 극복될 수 있다고 말하고 싶다.

결혼을 지키기 위해 필요한 두 가지 조처를 여기서도 시도해 보라. 문제를 인식하고 필요하다면 전문가에게 상담해라.

부재가 관계를 더 좋게 만들지 않는다는 것을 인식하기 위해서는 먼저 자신이 다음과 같은 경우는 아닌지 알아야 한다.

- 할 일이 없는데도 직장에서 많은 시간을 보낸다.
- 여유 시간이 생기면 가족과 함께 있기보다는 어떤 여가 활동을 할까 생각한다.
- 배우자가 얘기하는 것을 보고는 있지만 무슨 말을 하는지 제대로 듣고 있지 않다.
- 가족과 함께 뭘 하고는 있지만 아무 열정도 없이 그저 인형처럼 움직인다.
- 몸은 집에 있지만 마음은 딴 곳에 가 있다.

이런 인식을 하고 난 후 전문가와 상담을 해보라. 그러면 이런 문제의 증상보다는 문제 자체에 더 집중할 수 있을 것이다. 결국 해결책도 찾게 된다.

세 번째 A―학대 또는 남용(Abuse)

세 가지 원인 가운데 가장 나쁜 것은 학대와 남용(Abuse)이다.

NCADV(가정폭력근절협회)가 발표한 통계에 따르면, 3백만에서 4백만

명의 여성이 가정에서 남편이나 전남편 또는 애인에게 학대를 받는다고
한다.

심리학자 콘스탄스 도렌은 자신이 상담한 학대 가해자들의 60%가 과
거에 자신이 직접 학대받았거나 아버지가 어머니를 학대하는 것을 본 적
이 있는 사람들이라고 한다. 학대는 이혼할 수 있는 분명한 사유가 되지
만 여전히 여러 가지 면에서 해결할 수 있는 문제이다.

이 분야의 전문가인 텍사스 대학의 심리학과 부교수 로버트 게프너 박
사는 학대는 보통 매우 서서히 진행된다고 한다. 처음에는 대체로 언어
의 폭력으로 시작되었다가 신체적인 학대로까지 발전한다.

게프너 박사와 다른 전문가의 말에 따르면, 일반 사람들의 생각과는
달리 폭력을 사용하는 대부분의 남성들이 괴물은 아니라고 한다(그들 중
단 10%만이 정신병자라는 조사 결과가 있다).

대부분 이런 남성들의 폭력은 습득된 행동이다. 그들은 어릴 때 폭력
을 당했거나 가족 내에서 폭력이 행사되는 것을 보아 왔기 때문에 잠재
의식 속에서 폭력을 정당한 것으로 받아들인다. 습득된 모든 행동은 교
정될 수 있으니만큼 폭력 가해자는 무엇보다 상담을 받아야 한다.

만약 당신이 배우자(대부분의 경우 아내)나 자기 자신, 아이들에게 조금
이라도 애정을 느끼고 있다면 이런 파괴적인 행동을 중지할 수 있도록
즉시 어떤 조치든 받아야 할 것이다.

이런 불쾌한 주제를 많은 시간 설명하는 게 이 장의 목적은 아니다. 그
래서 다음 한 가지만 확실히 하겠다. U.S. 뉴스 앤 월드 리포트에 실린
미니애폴리스 대학 연구서에 따르면, 가족 구성원에게 폭력을 휘두르는

사람이 체포될 경우 이후 아무런 제재를 하지 않았을 때보다 공격적인 행동이 절반으로 줄어든다고 한다. 요점은 분명하다. 폭력을 사용하는 사람이 자신의 행동 때문에 상당 기간 구금당한다는 것을 알게 되면 자제하려고 애쓴다는 것이다.

화학적인 남용의 경우에는 치료만이 해결책이다. 알코올 중독이나 약물 남용의 경우는 인증받은 치료기관에서 제공하는 전문적인 치료를 받아야 한다. 참고 기다리는 것은 바보 같은 짓이다.

한 의사와 그의 아내

오래전에 나는 의사인 남편에게 주기적으로 심각한 학대를 당했던 한 부인의 얘기를 읽은 적이 있다.

그 의사는 가끔씩 술에 취해 인사불성 상태로 집에 들어와 학대를 하곤 했다. 일년에 두 번 정도 그런 일이 발생했는데 일단 술에서 깨고 나면 남편은 너무나 후회하며 계속해서 용서를 빌었고 자기가 무슨 짓을 했는지 모르겠다며 펑펑 울고 다시는 절대로 아내를 때리지 않겠다고 맹세했다. 착하고 헌신적인 아내는 여러 해 동안 남편을 용서해 주었지만 두려움 속에서 생활했다.

그러던 어느 날 아침 11시쯤, 술에 취해 엉망진창이 되었던 남편이 깨어나 아내가 소파에 조용히 앉아 있는 것을 보았다.

아내는 남편에게 커피를 내밀었고 그는 커피를 마셨다. 예의 사과와 변명, 간청, 눈물이 시작되었다. 그녀는 조용히 그의 말을 듣다가 20분 정도 후 차분하게 입을 열었다.

"당신의 사과를 받아들이겠어요. 그리고 당신이 정말로 나를 사랑하고, 자신이 한 짓을 모르고 있다고 이해해요. 하지만 오늘 아침에 제가 뭘 했는지 말씀드릴게요. 전 방금 전문 사진작가의 스튜디오에 다녀왔어요. 거기서 여기저기 멍들어 있는 제 몸을 찍었어요. 필름을 안전 금고에 넣어 두고 만약 나한테 무슨 일이 생기면 그 필름과 지금까지 무슨 일이 벌어졌었는지 상세하게 진술된 서류가 경찰에 보내지도록 해놨어요. 그 일을 하고 나서 사무실에 가서 당신의 환자 목록을 복사해 뒀어요. 앞으로 당신이 나를 다시는 때리지 않겠다고 약속한 것을 잊으면 내가 어떻게 할지 말씀드릴게요. 먼저, 난 아침에 찍은 사진을 의사협회뿐 아니라 친구들, 우리가 알고 있는 모든 사람들에게 보낼 거예요. 그런 다음에 사진에 설명 글을 동봉해서 당신의 환자들에게도 보내겠어요."

그 후 20년 동안 의사는 절대로 아내를 때리지 않겠다는 약속을 잊어버린 적이 없었으며, 결혼 상담을 받음으로써 오랫동안 긴장으로 가득 차 있던 악몽 같던 생활이 따뜻하고 사랑 넘치는 관계로 바뀌었다.

여기서 나는 딱 두 가지만 말하고 싶다. 먼저, 사람은 어느 때든지 자신의 행동에 책임을 져야 한다. 그러면 그의 행동은 보다 신중해질 것이다. 둘째, 우리는 변할 수 있다. 이 경우 학대받은 사람이나 학대한 사람 모두 훨씬 더 좋아질 것이다.

내가 이 의사와 아내의 이야기를 한 것은 또 다른 중요한 요점을 말하기 위해서이다. 학대받는 가정은 불행하지만 문제를 해결하려는 창의적인 접근방식으로 이혼하지 않고서도 확실히 더 좋아질 수 있다. 아내를 학대하는 남성들 가운데 90%가 '괴물들'이 아니며 도움을 받으면 나아진다는 사실을 명심하라. 내가 언급한 두 가지 방법(인식과 상담)을 따르면 말이다.

학대의 '경고 신호'를 인식하기 위해서는 다음과 같은 태도들에 민감해져야 한다.

- 화를 억제하지 못한다.
- 생각하기 전에 말이 먼저 나온다.
- 문이나 책, 캐비닛, 서류를 거칠게 다룬다.
- 화가 날 때는 뭔가 치고 싶은 욕구를 느낀다.

상담은 정서적으로나 성적, 경제적 학대에 대처할 수 있도록 도와준다.

후회 없는 이혼을 위한 5단계

진짜 이혼을 해야만 하는 경우는 얼마나 많은가? 이혼으로 양 당사자가 모두 이득을 보는 경우는 있는가? 이혼할 수 있는 정당한 이유가 존재하는가?

이 질문들에 대한 대답은 '그렇다'이다.

성경에도 분명히 간통은 이혼의 명백한 사유가 된다고 나와 있으며, 에이즈가 사회적으로 문제시되는 현 상황에서 문란한 성생활은 이제 삶과 죽음의 문제인 것이다. 남편에게 정신적으로 문제가 있거나 아내 또는 자녀들을 학대할 경우, 아내에겐 이혼할 권리와 책임이 있다. 아내는

또한 성적으로 아이들을 학대하는 아버지에게서 자식들을 보호하기 위
해 필요한 모든 조치를 취해야만 한다. 당장 이혼이 힘들다면 별거가 적
절한 선택이 될 것이다.

위의 경우 이혼은 선택이 아니라 책임이나 의무가 된다.

그러나 많은 경우 나는 기도와 상식, 상담을 통해 결혼 생활을 지킬 수
있으며 행복하고 굳건하며 심지어 낭만적인 관계로까지 발전할 수 있다
고 믿는다.

그럼에도 불구하고 여전히 이혼하는 것이 자신에게 더 좋은 길이라고
생각한다면, 원만하게 이혼을 할 수 있을 뿐만 아니라 평생 동안 죄책감
과 후회를 느끼지 않을 다음의 이혼 방법을 따라라. 다음 다섯 단계를 따
른다면 당신은 이 세상에서 가장 훌륭한 이혼을 할 수 있다.

1 정상회담을 열어라

최소 24시간 동안은 집안 일이나 그 외 신경쓰이는 일에서 벗어나
야 한다. 전화나 TV 코드도 뽑아놓는다. 또한 모든 식사는 식당에서 해
결한다.

처음 1시간 동안 배우자에 대한 불평을 적는다. 시간이 다 되면 아직
덜 적었다 할지라도 서로 종이를 교환한다. 이 동안 말을 해선 안 된다.

종이를 다 읽고 나서는 10장 O.K. 목장의 결투에 나와 있는 공정하게
싸우는 법에 따라 논의를 한다. 토론하는 데 충분히 시간을 들여라. 이야
기를 하면서 매 시간 15분씩 휴식 시간을 가진다. 이 동안 손을 잡는 것
이상으로 친밀한 행동은 하지 않도록 한다. 최소한 8시간은 정상 회담을

해야 한다.

2 결혼 상담을 받거나 세미나에 참석한다

부부가 함께 주말을 이용해 상담을 받거나 지그지글러재단의 '승리를 위하여' 라는 3일 동안의 세미나에 참석해 보면, 자신의 삶과 결혼 생활에 지침이 될 수 있는 객관적인 도움을 얻게 될 것이다.

3 책을 읽어라

결혼과 이혼, 남녀간의 관계에 관련된 책을 읽어라. 책은 어떻게 힘든 상황을 헤쳐나가는지에 대한 훌륭한 아이디어를 제공한다. 죄책감 없는 이혼을 위해서는 최소한 150페이지 이상 되는 책을 세 권은 읽어야 한다.

4 개인 상담을 하라

자신을 위한 상담가를 찾고, 배우자와 자신 둘다를 위한 또 다른 상담가를 함께 찾는다. 상담가는 정식으로 교육받은 전문가여야 한다. 죄책감 없는 이혼을 위해서는 최소 6개월 동안의 지속적인 상담이 필요하다.

5 이 혼

위의 네 단계를 전부 거치고 난 후에도 이혼을 생각할지 모른다. 하지만 난 그런 일은 없을 거라고 생각한다. 만약 이런 단계들을 다 거친다면 이혼할 가능성은 거의 없기 때문이다(단, '이혼의 명백한 사유'의 경우는 제외한다).

그리고 이제 배우자의 결점을 찾아내거나 이혼을 생각하는 데 소비했던 열정을 배우자에게 좀더 효과적으로 구애할 수 있는 방법을 찾아내는 데로 집중해라. 그러면 당신 앞에 최상의 삶이 펼쳐질 것이다!

한 무명 작가는 이런 말을 했다.

"모든 남편과 아내는 결혼하기 전에는 두 눈을 크게 떠야 한다. 그러나 그 결혼을 계속 유지하기 위해서는 한쪽 눈을 감아야 한다."

이 말은 분명히 배우자의 결점이나 독특한 버릇을 볼 때는 눈을 반만 뜨고 있어야 한다는 뜻이다. 그러나 배우자의 장점이나 사랑스러운 부분들에 대해서는 확실히 눈을 크게 뜨고 있어야 한다.

4 그래, 결심했어. 다시 시작해 보는 거야

긴 인생도 남자와 여자가 서로를 이해할 수 있을 만큼 충분히 길지 않다.
이해하는 것이 바로 사랑하는 것이다.

— 조지 트루잇 박사

만약 우리가 구애 과정을 다시 시작해야 한
다면, 가장 먼저 해야 할 일은 누구를 탓할지 따지는 것이 아니라 잘못된
원인을 찾아 바로잡는 일이 될 것이다.

너무나 오랫동안 너무도 많은 사람들이 상대방을 탓하면서 자신에게
는 잘못이 없다고 말했다. 상대방을 탓하는 일은 뭐 새삼스럽지도 않다.
이미 에덴 동산에서도 있었던 일이기 때문이다.

하나님이 아담과 이브를 낙원에 데려다 놓고 이 세상에서 가장 아름다
운 것들을 마음대로 사용하도록 하셨다. 그러나 단 한 가지, 동산 한가운
데 있는 어떤 나무의 열매만은 먹지 말라고 금하셨다.

성경을 읽지 않은 사람이라도 어떤 일이 벌어졌는지는 알고 있을 것이
다. 아담과 이브는 그 지시를 어겼다. 그날 저녁, 하나님이 에덴 동산에
와서 큰 소리로 말했다.

하나님: 아담아, 어디에 있느냐?

아　담: 여기 있습니다, 하나님.

하나님: 아담아, 네가 그 열매를 먹었느냐?

아　담: 하나님, 당신이 제게 주신 그 여인에 대해 말씀드릴 것이
　　　　있습니다!

하나님: 이브야, 네가 그 열매를 먹었느냐?

이　브: 하나님, 뱀에 대해 말씀드릴 것이 있습니다!

사람들이 결혼 생활에서 발생하는 문제들을 다른 사람들이나 다른 사물들 탓으로 돌리기 시작했을 때는 어떤 문제가 생길까?

분명 주위 환경이 부정적인 영향을 미칠 수는 있다. 하지만 진정한 책임은 당신과 당신의 배우자에게 있다. 당신과 당신의 배우자가 그런 선택을 해왔기 때문이다. 당신이 책임감을 가지고 올바른 선택을 할 때, 결혼 생활은 보다 재미있고 훌륭해진다.

하지만 더 이상 사랑하지 않는다구요

이 시점에서 당신은 이렇게 생각할 것이다.

"이봐요, 지그. 처음 마음가짐으로 돌아가란 식의 충고는 모두 알고 있어요."

하지만 잠깐 다시 생각해 보라. 그 충고를 실제로 실행에 옮겨 본 적은 있는가? 다음 말을 읽어보고 어떤 생각이 드는지 한번 생각해 보라.

“우리가 처음 데이트를 시작했을 때는 모든 것이 아름다워 보였
어요. 난 그녀 없이는 살 수 없을 것 같았죠.”
“그 사람은 눈에 넣어도 아프지 않을 보석 같았죠. 하지만 시간이
흐를수록 눈에 가시 같은 존재가 되더군요.”
“난 더 이상 그 여자하고는 살 수 없어요.”

　내가 말하고 싶은 요점은 결혼 생활이 얼마나 좋은지 나쁜지와는 상관
없이 우리는 때때로 처음부터 다시 시작할 필요가 있다는 것이다.
　대학 심리학 교재를 저술한 저명한 심리학자 조지 W. 크레인 박사는
이렇게 말했다.
　“배우자에 대한 사랑이 식었다면 처음 사랑을 느껴 구애할 때로 돌아
가 그때처럼 사랑을 구해라. 당신은 다시 한 번 사랑에 빠질 것이다.”
　한번 생각해 보라. 만약 좀더 나은 결혼 생활을 원한다면, 다시 시작해
본다고 해서 손해볼 것은 없지 않겠는가!
　내 친구가 말하기를 우리는 임무 지향적인 사회에 살고 있다고 한다.
아이들이 신발 끈 매는 법을 알게 되면 임두 완료. 학생들이 시험을 위해
공부하고 시험을 치르면 임무 완료. 사회 츠년생이 면접을 봐 직장을 구
하면 임무 완료. 과장이 되고 부사장, 사장이 되기 위한 목표를 세우고
그 자리에 오르면 임무 완료. 결혼한 부부들이 이사 계획을 세우고 실행
에 옮겼다면 임무 완료. 노인들이 유언을 남겼다면 임무 완료.
　대부분의 삶에서 우리는 해야 할 목록들에 실린 임무가 완료되었는지
를 점검하면서 산다. 그러나 구애는 끝이 없다. 구애는 진행되고 있는 과

정이지 임무가 아니기 때문이다.

심리학자 로버트 우볼딩은 다음과 같이 물었다.

"당신은 지금 이 순간, 결혼 생활을 악화시킬 수 있는 어떤 일을 떠올릴 수 있는가?"

'그렇다'라고 대답할 가능성이 상당히 높다. 그렇다면 다음 질문 또한 명확해진다.

"결혼 생활을 더 좋게 만들 수 있는 일도 생각해 낼 수 있는가?"

이 질문에 대한 대답 역시 분명하다. 이 책의 목적은 결혼 생활을 더 낫게 만들 수 있는 방법을 찾고자 하는 것이다.

아울러 나는 한 가지 덧붙이고 싶다. 건강함이 단순히 병이 없는 상태를 뜻하지 않는 것처럼, 행복한 결혼 생활이란 단순히 갈등이 없는 관계만을 뜻하지 않는다. 배우자와의 행복하고 즐거운 관계는 시간이 갈수록 더 좋아져야 한다. 훌륭한 결혼 생활이란 갈등이 전혀 없는 것이 아니라 갈등에 적절한 방법으로 대처할 수 있음을 의미한다.

이 책에서 당신은 배우자와 대화하고 갈등을 피할 수 있는 방법에 대한 흥미로운 개념들을 배우게 될 것이다. 또한 부부 싸움도 공정하고 정정당당히 하는 법을 배운다. 결국 두 사람 모두 진정한 승리자가 된다.

처음 사랑이 시작되던 때의 설레는 마음을 떠올려 보라

당신은 지금의 남편을 처음 만났다. 너무나 흥분된 마음으로 엄마와 친한 친구에게 드디어 멋진 남자를 만났다고 이야기한다. 그 사람에 대해 어떻게 생각하는지 시시콜콜 말할 필요는 없을 것이다. 당신의 눈 속에 모든 말이 담겨져 있을 테니 말이다.

그리고 남성들, 당신도 첫번째 데이트를 기억할 것이다. 얼마나 가슴이 뛰었는지, 혹시나 약속 시간에 늦을까 봐 한 시간 전에 출발하곤 했다. 그러나 자꾸 일이 꼬여, 혹은 이상하게 길이 막혀 당신은 약속 시간에 늦을까 봐 허둥대다가 땀에 젖어 얼굴이 번들거린다.

간신히 당신이 제 시간에 도착했을 때 그녀는 아직 나와 있지 않았다. 그녀는 당신을 조금 기다리게 한다. 자존심이 있는 여자들은 첫번째 데이트에 약간 늦는 법이기 때문이다.

마침내 그녀가 황홀한 등장을 한다. 활짝 웃는 얼굴로, 가장 멋진 걸음걸이로 근사한 포즈를 취한다. 그리고 이 세상에서 가장 행복한 미소를 살짝 짓는다. 당신은 그런 그녀를 보면서 흥분하지 않을 수 없었다.

당신은 어떤 여성도 혼자 힘으로는 열지 못할 거대한 당신의 차문 앞에 서면 그녀를 위해 문을 열어주고 그녀가 확실히 안전하게 탔는지를 확인한 후 문을 닫는다. 그러고 나서 영화관으로 차를 몬다. 휴게실에서 산 팝콘과 과자, 음료수를 가능한 한 빨리 먹어치운 다음, 잠시 얌전하게 앉아 있다가 행동을 개시한다. 일주일 전부터 미리 연습한 대로 갑자기 기지개를 켜는 것처럼 팔을 쭉 뻗는다. 그렇게 팔을 뻗은 다음 이상하게도 다시 내려놓은 곳은 그녀의 어깨 위가 되어버린다.

세상에, 이런 약아빠진 늑대 같으니라구!

영화가 끝나고 나서, 두 사람은 영화에 대해 재미있게 얘기하며 극장을 나온다. 상대방에게 매료돼 주변의 것은 전혀 보이지 않는다. 둘은 근처에 있는 분위기 좋은 곳에 가서 구석진 자리에 앉아 음식을 나눠먹는다. 주위는 음악과 소음으로 시끄럽지만 당신은 오직 상대방의 눈만을 쳐다보고 있다. 사실, 당신은 무슨 얘기를 하든지 간에 거기 계속 앉아 있을 수 있다.

남자는 그녀가 말하는 것이면 무엇이든지 너무나 재미있는 얘기라고 생각하며 듣고 있다. 여자는 그가 이 세상에서 가장 멋지고 유머러스하며 잘생겼다고 생각한다.

그때를 기억할 수 있겠는가? 그때 얼마나 좋았는지 얼마나 재미있었는지를 기억할 수 있는가? 그러고 나서 어느 날 당신은 결혼했다.

그렇다면 무엇이 문제인가? 그것은 열역학 제2법칙의 문제이다. 이 법칙에 따르면 에너지의 투입과 산출이 없는 고립된 물질계는 결국 종말을 맞는다. 결혼에도 이 법칙은 똑같이 적용된다. 우리가 어떤 관계에 시간과 에너지를 투입하지 않는다면 그 관계는 분명 분열하려는 경향을 갖는다.

정말로 이상한 일이다. 당신은 어떻게 본능적으로 모든 것을 계획했는가? 어떤 음모를 꾸며 여자친구를 차지했고 그녀의 손을 잡거나 어깨에 팔을 올리기 위해 어떤 방법들을 생각해 냈으며, 무슨 말을 어떻게 했는가?

한순간에 끝나버리는 결혼은 거의 없다. 남편과 아내가 누릴 수 있는 기쁨이나 즐거움, 열정 등이 천천히 아주 조금씩 사라져 가면서 끝나는 것이다. 이런 것들이 사라져 버리는 가장 큰 이유는 서로가 서로에게 너무 익숙해져 버렸기 때문이다. 이미 서로에 대해 모든 것을 알아버렸다고 너무나 힘들게 이뤘던 관계를 유지시키는 데 노력을 투입하지 않으면, 많은 소중한 것들이 모래처럼 손가락 사이로 술술 빠져나가 버린다.

관계를 유지시켜 주는 6가지 올바른 태도

성공적이고 사랑스러운 결혼 생활은 '올바른 태도'를 갖는 데 달려 있다. 결혼은 당신을 구속시키는 울타리가 아니라 당신을 보호해 주는 난간임을 명심해야 한다.

몇 년 전, 아내와 나는 아름다운 콜로라도 산을 드라이브한 적이 있다. 때때로 '전망대'라는 표지판을 볼 수 있었는데 그럴 때면 우리는 차에서 내려 주위 경치를 둘러보았다. 그런데 모든 전망대에는 장엄한 산의 모습을 제대로 볼 수 있도록 보호해 주는 난간이 있었다. 우리는 그 난간 덕분에 안전하게 구경할 수 있었다.

결혼은 바로 그런 역할을 해준다. 당신이 사랑하고 믿을 수 있으며 용기를 불어넣어 주고, 함께 웃으며 함께 발전하고 함께 삶을 누릴 수 있는 사람. 그런 상대가 바로 당신만의 사람이라는 사실을 느끼게 해주는 안정감이야말로 결혼을 너무나도 근사한 것으로 만들어 준다.

결혼은 제약이 아니다. 당신을 완성시켜 주고, 팀을 이뤄 혼자였을 때보다 더욱 많은 일들을 하게 해준다. 결혼은 배우자의 사랑과 도움, 격려를 받아 당신이 최대한 발전할 수 있도록 만들어 준다.

도시에 있는 학교에 울타리가 없을 경우, 학생들은 주로 운동장 가운데 모여서 놀이를 한다. 그러나 울타리가 있는 경우에는 길가 바로 옆까지 나와서 놀 수가 있다. 물론 울타리 안에 있으니 안전하다. 훌륭한 결혼은 모든 능력을 발휘할 수 있는 즐거움을 선사해 주며 사랑하는 사람의 안전을 지켜준다.

결혼 생활에서 배우자는 당신이 남에게 책임을 전가하거나 탓하기보다는 먼저 책임감을 가져주길 바란다.

리처드 퍼맨 박사는 저서인 〈친밀한 남편〉에서 이렇게 말했다.

"아내는 남편에게 이런 것들을 바란다. 자신의 말을 잘 들어주며 이해심과 자신감, 안정된 직업을 가지고 있을 뿐만 아니라 독립심과 성취력이 강하고 적극적이면서도 겸손하게 더 나은 결혼 생활을 위해 노력하는 모습."

위의 말 중 마지막 몇 마디를 그냥 지나쳐 버리지는 않을까 하는 우려에서 다시 반복해 보겠다.

"… 더 나은 결혼 생활을 위해 노력하는 모습."

어떤 결혼이든, 현재 얼마나 좋은 상태인가와는 상관없이 남편과 아내가 보다 나은 결혼 생활을 만들어 나가겠다는 결심을 하고 실제로 그렇게 하기 위한 행동을 하지 않는 한 더 좋아질 수 없다.

동시에 어떤 결혼이든 현재 얼마나 엉망인가와는 상관없이 남편과 아내가 적극적으로 관계 개선을 위해 필요한 행동들을 한다면 결혼을 계속 지킬 수 있을 뿐만 아니라 더욱 발전시킬 수 있다.

수많은 설문 결과를 보면, 자아행복도에 가장 많은 영향을 미치는 것은 명성이나 재산, 훌륭한 직업, 심지어 건강도 아닌 행복한 결혼 생활이라는 통계가 나와 있다.

훌륭한 결혼 생활 자체가 수단이 아닌 목적이 되는 것, 그것이 바로 행복한 결혼 생활을 하는 부부와 결혼 전문가들이 말하는 행복하고 사랑이 넘치는 결혼을 만드는 생활 태도이다.

자, 이제 예전처럼 다정한 관계로 돌아가기 위한 결혼 태도를 보다 심도 깊고 주의 깊게 알아보도록 하자.

1 배우자를 존중하라

이 존경심에 대한 부분은 모든 신문 대체를 장식했던 텍사스 레인저스의 위대한 투수 놀란 라이언에 관한 이야기에서 확실히 알 수 있다.

휴스턴 아스토로스에서 텍사스 레인저스로 이적한 놀란은 42세의 나이에도 불구하고 200개가 넘는 삼진아웃과 뛰어난 방어율을 보여주었다. 그가 1년 계약을 했었기 때문에 당연히 구단에서는 서둘러 계약 연장을 하러들었다. 모든 사람들은 특히 그가 시즌중 5,000번째 삼진아웃이라는 역사적인 기록을 세웠기 때문에 연봉이 1백만 달러 이상 오를 것이라고 예상했다.

여기서 중요한 것은 놀란이 레인저스와의 계약을 수락하기 전에 아내와 함께 모든 장단점을 오랫동안 논의했다는 점이다. 그녀의 의견은 놀란의 결단에 가장 결정적인 요소가 되었다.

놀란 라이언은 아내와 깊이 있는 장시간의 토론을 해 그녀의 의견을 매우 존중하고 있음을 보여주었다. 그들이 친구 같은 사이이며 아주 특별한 관계라는 것은 의심의 여지가 없다.

또 사람들이 텍사스 농업 장관으로 나가라고 놀란을 부추겼을 때도 그는 다시 아내와 의논했다. 그 결과, 시기가 적절하지 않다고 결론내렸다.

기업의 최고 경영자는 누구나 결정을 할 때 수석 보좌관과 충분한 협의를 할 것이다. 놀란 역시 아내에게 모든 것을 알려주고 일상 생활에서 일어나는 모든 사소한 일들에 대해 그녀와 대화를 했다.

2 배우자와 친구가 되어라

함께 만들어 나가는 결혼 생활의 가장 중요한 요소는 상대방에게 최고의 친구가 되어 주는 것이다.

심리학자들은 가장 행복하며 굳건한 결혼 생활에서, 배우자는 연인이나 동반자 역할뿐 아니라 최고의 친구가 된다고 말한다.

사실, 세월이 흐를수록 우정은 깊어지고 서로 더욱 닮아간다.

125쌍의 부부를 조사한 결과, 시간이 흐를수록 많은 배우자들이 지성이나 직관력, 운전 습관 등에서 서로 비슷해짐을 발견할 수 있었다. 심지어 어떤 부부들은 얼굴까지 닮아가기 시작한다는 것은 누구나 알고 있는 사실이다.

앨런 맥기너스 박사는 〈우정의 요소〉라는 저서를 통해 현재 우리 사회에서 우정이라는 개념이 점차 사라지고 있다고 지적하면서, 장기적인 우정을 저해하는 가장 큰 원인은 유동적인 사회라고 말한다. 이런 경향이 가장 좋은 친구가 되어야 할 남편과 아내 사이 또한 방해하고 있다.

심오하고 오랜 우정을 만드는 데는 많은 시간이 걸린다. 배우자와 함께 서로에게 많은 시간을 투자한다면, 확실히 그 대가는 기대 이상일 것이다. 당신 또한 심오하고 오랜 우정을 이룰 수 있으며, 그 누구보다도 배우자와 가장 좋은 친구가 될 수 있다.

나는 일부 전문가들이 주장하는 '양적으로 많은 시간보다는 질적으로 친밀한 시간' 이라는 개념이야말로 무서운 이론이라고 생각한다. 이것은 많은 결혼 생활을 파괴했다.

닉 스티닛 박사의 말에 따르면 '배우자와 함께 보낸 시간의 질이 양보다 더 중요하다' 는 주장은 잘못되었다고 한다. 그가 최근 실시한 조사를 보면, 자신의 결혼 생활이 '굳건하며 친밀하다' 고 생각한 부부들 가운데 90% 이상이 많은 시간을 함께 보낸다고 했다. 또한 이혼한 부부들은 별 거 전 함께 보낸 시간이 거의 없음이 밝혀졌다.

결론은 분명하다, '다시 시작하고 싶다면' 많은 시간을 함께 보내라.

3 많은 모래성을 쌓아라

어느 해 여름, 세 딸과 사위들, 아들과 며느리, 손자들과 함께 전 가족이 모여서 사우스캘리포니아의 머틀 비치로 가족 여행을 갔다. 그곳 에서 우리는 정말 환상적인 시간을 보냈다. 우리는 커다란 집을 빌려 각 가족들이 개인적인 방과 욕실을 갖게 했다. 너무나 재미있고 편안한 휴 가였으며, 아름다운 경치를 감상할 수 있었다. 바다에서 실컷 수영을 하 고 골프를 좋아하는 사람들은 필드에서 장시간 골프를 즐겼다.

그러나 휴가의 절정은 모래성 쌓기였다는 것에 만장일치로 동의했다.

사위인 짐 노먼이 처음으로 모래성을 쌓겠다고 했다. 그리고 모두 함 께 하자고 청했다. 처음에는 어린아이들이 가장 열성적이었다. 짐은 멋진 모래성을 디자인하고 모래를 파기 시작했다. 모래성(정말 성이라 부를 만했다)은 2미터 길이에 폭 1.5미터, 약 1미터 정도 되는 높이로 만들어졌다. 성 주위를 둘러싼 해자와 도개교, 성문, 탑, 계단, 창고, 침실까지 갖춘 성이 차츰차츰 그 모습을 드러냈다. 당연히 완성하는 데는 몇 시간이나 걸렸다.

시간이 지날수록 사람들이 무슨 일인가 싶어 걸음을 멈추었고 저녁이 되어 밀물이 들어오기 시작하자 구경꾼들은 점점 더 많아졌다. 결국 성에 밀물이 들어오기 시작했을 때는 많은 이들이 모여 서 있게 되었다.

첫번째 파도가 해자를 넘자 즐거운 탄성이 터져나왔다. 파도가 해자를 다 넘어 성을 완전히 점령하자 모든 이들이 박수를 치며 더 큰 탄성을 질렀다.

누가 그 박수를 치기 시작했겠는가? 당연히 나다. 그곳에 모인 생면부지의 모든 사람들 사이에 순식간에 우정과 형제애가 피어났는데 우리 가족은 어떠했겠는가?

다음날은 더 굉장했다. 짐은 전날의 엄청난 성공에 힘을 얻어 이번에는 종이에다 더욱 정교한 건축물을 도안했다. 그는 날이 밝자마자 철물점에 가서 '진짜' 삽을 사왔다. 모래를 더 깊이, 더 쉽게 팔 수 있도록 말이다. 아침 8시부터 시작했는데 만약 전날의 모래성이 훌륭했다면 이번 것은 실로 장엄했다. 전날의 두 배 규모에 모든 것이 훨씬 정교했다. 짐은 성곽과 계단, 창고, 침실, 해자, 도개교 등 실제 성의 모든 세부적인 부분들을 만들었다.

모래성을 만드는 동안 우리는 웃고 떠들고 사진을 찍어대며 열심히 일했다. 그 중에서도 짐은 너무나 열중해 먹는 것도 잊어버린 채 매달렸다. 구경꾼들이 다시 모여들었고 점점 더 많아졌다. 그곳에 모인 우리의 자식과 손자들, 남편과 아내들은 공통의 작업을 통해 서로에게 특별한 친근감을 느끼고 있었다(결국, 그것이 우리의 목적이었다).

다시 밀물이 들어오고 우리는 전날 저녁과 똑같은 카타르시스를 경험했다. 박수와 탄성, 그 외의 모든 것들, 사랑하는 사람과 함께 느끼는 그 감정들……. 이루 말할 수 없을 정도로 즐거웠다.

우리들은 모래성 쌓기를 통해 이틀 동안 멋진 시간을 가졌다. 내 아이들, 손자들과의 관계뿐만 아니라 부부 사이까지 더욱 가까워졌다고 자신 있게 말할 수 있다. 그들은 결혼 생활을 더욱 공고히 해줄 또 다른 추억을 하나 만들었다.

내가 말하고 싶은 요점은 오랫동안 친구처럼 지내오고 서로에 대한 사랑과 배려를 아끼지 않은 가족은 극히 단순한 일을 하면서도 즐거운 시간을 보낼 수 있다는 것이다. 물론 이런 경험을 하기 위해 당신이 머틀 비치나 어떤 특별한 곳에 가야만 하는 것은 아니다. 함께 시간을 보내는 것은 진정한 우정과 구애를 위한 단단한 초석이 되어 줄 훌륭한 방법이다.

4 서약을 하라

서약의 중요성과 효과는 25년 이상 결혼 생활을 해온 부부나 또는 다시 결혼해도 같은 사람과 하겠다는 부부들을 조사한 설문 결과에서 가장 잘 알 수 있다. 우리는 물론 이 부부들 대다수가 '결혼은 평생의 약속'이라고 생각할 거라 확신했지만, 100% 모두 '그렇게 하겠습니다'라

는 서약이 인생에서 말 그대로 '좋을 때나 싫을 때' 전부를 의미함을 깨
닫고 있다는 것을 알고 기쁘면서도 놀랐다.

사전적인 의미로 '서약한다' 는 신뢰하고 맹세하며 의무를 지키겠다고
약속한다는 뜻이다. 제임스 올티우스 박사는 '결혼한 사람들이 자신들
의 관계가 인생을 건 영원한 신뢰라고 생각하지 않는다면 그들은 영원한
위기 속에서 살게 되고, 상대방에게 관대해질 수 없으며, 싸우고 서로 모
욕하며, 별로 심하지 않은 비난도 참을 수 없게 된다' 고 말한다.

리처드 도빈즈 박사의 재치 있는 표현을 빌리자면 '접착 테이프를 계
속해서 사용할 수는 없다' 는 것이다. 즉, 아무리 우수한 강력 접착 테이
프라도 처음 붙여진 곳에서만 그 성능을 발휘할 뿐이다. 테이프를 뜯어
다른 곳에 붙일 경우 여전히 붙여지기는 한다. 그러나 매번 떼고 다시 붙
일 때마다 접착력은 줄어든다.

그의 요점은 첫번째 결혼이 그 어떤 관계보다 두 사람을 가장 가깝고
강력하게 붙여놓거나 묶어놓을 수 있다는 것이다.

훌륭한 서약의 예는 머틀 조지아 딜링햄과 결혼한 제임스 도브슨이 잘
보여주었다. 이 이야기는 그들 부부의 외아들인 제임스 도브슨 주니어
박사가 해준 것이다. 결혼이 두 사람의 차이점들에도 불구하고 왜 그렇
게 좋은지 이해하는 데 도움이 될 것이다.

나는 당신이 지금 하려는 결혼 서약에 대한 나의 생각을 이해
하고 알아주길 바랍니다. 내가 어려서부터 받은 가르침과 하나님
의 말씀에 따르면 결혼 서약은 신성불가침한 것이며 그로 인해

내 삶은 온전히 당신과 엮어질 것입니다.

어떤 이유에서든 이혼을 한다는 것은 결코 생각해 본 적이 없습니다(물론 하나님께선 한 가지 이유는 허용하고 계시지요. 부정 딸입니다). 나는 세상 일에 대해 아무것도 모르는 순진한 사람이 아닙니다. 앞으로 우리가 불화나 예상치 못한 상황들로 인해 극심한 정신적 고통을 당할 수도 있다고 생각합니다. 만약 그렇게 된다면 나는 지금 하고 있는 서약에 따른 책임을 다하여 그것을 받아들이고 우리가 함께 사는 날까지 견디어내도록 하겠습니다.

나는 당신을 정말로 사랑하며 앞으로도 나의 반려자인 당신을 언제나 사랑할 것입니다. 무엇보다도 나는 신앙인으로서 당신을 사랑하기 때문에 우리 삶의 가장 큰 목적인 현재의 행복을 위험에 빠뜨리는 일은 결코 하지 않겠습니다. 그리고 서로에 대한 우리들의 사랑이 완전하며 영원하기를 신께 기도하겠습니다.

겨우 스물세 살밖에 되지 않은 청년이 어떻게 이토록 성숙한 서약을 할 수 있었을까? 어떻게 평생의 서약을 그렇게 자신 있게 할 수 있었겠는가? 분명한 것은 그가 자신의 지혜나 소망에 의존하고 있었다면 그의 말은 공허한 약속에 지나지 않았으리라는 사실이다(오늘날 50%가 넘는 이혼율은 남성들이 좋은 의도를 관철하는 데 실패했음을 증명한다).

그는 자신의 결혼 관계를 신이 말한 원칙에 토대를 두었다. 제임스와 머틀은 죽음이 그들을 갈라놓을 때까지 43년 동안 결혼 생활을 지속하였다. 그들은 결혼 서약을 결코 어기지 않았으며, 신이 한 남성과 여성

사이의 영원한 관계를 위해 내린 축복을 모두 누렸다.

물론 그들이 모든 순간 완벽한 축복만을 누린 건 아니다. 제임스와 머틀은 마치 밤과 낮처럼 다른 성격을 가졌고 그런 차이를 극복하기 위해 엄청난 노력을 했다. 그가 사색적이고 내성적인데 반해 그녀는 활동적이고 외향적이었다. 제임스는 지적이고 수줍은 성격이지만 머틀은 현실적이고 굉장히 사교적이었다. 그들 가족 가운데 누군가가 이렇게 말했다.

"제임스는 다른 사람들과 함께 있는 것도 좋아하기는 했지만, 혼자서 그림을 그리거나 독서를 하고 연구하는 쪽을 더 좋아했습니다. 반면 머틀은 친구들을 무척 좋아해서 어떤 대화에도 빠지고 싶어하지 않았죠. 그녀는 모든 일에 참여하고 싶어했어요."

두 사람의 아들도 부모의 성격을 알고 있었다.

"두 분은 서로에게 진정으로 충실했지만 개성이 매우 강했고 모든 사물을 다른 관점에서 보았습니다. 아주 중요한 결정을 내려야 할 때면 어머니는 언제나 아버지의 주장에 따랐습니다. 아버지를 무척 존경하고 계셨으니까요. 그럼에도 불구하고 아주 사소한 일들 즉, 차 트렁크에 짐을 어떻게 꾸려넣는가나 어떤 호텔에서 묵을 것인가와 같은 일에는 끊임없이 논쟁을 하셨죠. 하지만 두 분 모두가 동의한 일은 언제나 훌륭했습니다."

이렇듯 서약은 영원을 의미하고 앞으로 결혼 생활에 어떤 어려움이 생길지라도 감수하겠다는 결단을 뜻한다. 이 글을 쓰면서 39살의 나이로 갑자기 세상을 뜬 친구가 생각났다.

그와 그의 아내는 정말 이상한 결혼 생활을 했었다. 둘다 아주 좋은 사람들이었지만 그들의 결혼은 확실히 풍파가 심했다. 그들은 결혼 생활을 잘해 내겠다고 서약을 했지만 무슨 이유에선지 그것은 지킬 수 없는 약속이 되어버렸다. 그들은 끝내 별거하고 말았다.

내 생명이 거기에 걸려 있다 해도 나는 그것이 그의 잘못 때문인지 아니면 그녀의 잘못 때문인지 말할 수 없을 것이다. 하지만 어머니 말씀처럼, 모든 일에는 세 가지 측면이 있다. 그의 입장과 그녀의 입장, 그리고 공정한 입장이 그것이다. 어쨌든 그들에게는 문제가 있었고 그들은 어떻게든 결혼을 유지시켜 보려고 상담이나 할 수 있는 모든 노력을 다했다.

그런데 친구가 죽고 나서 얼마 지나지 않아 그의 아내와 깊은 이야기를 나눌 기회가 있었다. 그녀는 놀랍고도 기쁘게 그들의 노력이 결실을 맺어 남편이 죽기 몇 달 전부터 모든 것을 함께 나누었다고 말했다. 그녀는 그 시간 동안 함께 했던 기쁨과 흥분, 황홀함 등을 애기했다.

그들은 많은 사람들이 단 하루도 느껴보지 못한 행복을 몇 달 동안 경험했다. 또한 자식들이 그 몇 달 동안 부모가 보여주었던 관계를 평생 기억하리라 믿는다고 했다. 그들은 자신들의 관계를 뭔가 특별한 것으로 발전시키기 위해 모든 노력을 다함으로써, 많은 사람들이 너무나 일찍 포기해 버리기에 결코 얻지 못했던 행복과 성공을 거머쥘 수 있었다.

어떤 카운슬러가 이런 말을 했다.

"침몰하는 배의 갑판을 청소할 수는 없다."

이 말은 어떤 결혼은 유지할 수 없을 정도로 상태가 악화되었다는 뜻이다. 어떤 경우에는 너무 심각하고 해결될 수 없는 문제가 있을 수도 있겠지만 나는 이렇게 말하고 싶다.

"갑판에서 내려와 엔진실로 들어가라. 물이 어디서 새는지 원인을 알아보고 그걸 막을 수 있는 모든 방법을 동원하라."

만약 이혼해야 되는 이유가 아니라 결혼을 계속 유지시켜야 할 이유를 찾으려 든다면 결국 발견할 수 있을 것이다. 그렇다면 어디서부터 찾아야 하는가?

5 토대를 다시 쌓는다

계속해서 노력할 수 있는 용기를 가지고 있었던 내 친구처럼, 나는 토대로 삼을 기본적인 서약과 기반이 있다면 모든 결혼이 잘 유지될 수 있다고 확신한다. 나는 토대를 중요하게 생각한다. 블랙풋 인디언의 말처럼 썩은 나무로 조각을 할 수는 없기 때문이다.

몇 년 전 나는 텍사스 러벅에서 아주 특별한 행사에 참석했다. 내 오랜 친구인 제임스와 주아넬 티그 부부가 은혼식을 하면서 결혼 서약을 다시 하고 싶어했다. 그들은 나에게 '비공식적인' 예식을 '공식적으로' 거행해 주기를 부탁했다.

그 예식이 비공식적인데다(나는 결혼을 주관할 수 있는 권한이 없다) 우리 사이의 우정 때문에 동의한 나는 행사를 계획하고 준비하는 과정에서 서약의 개념에 대해 다시금 깊게 생각하게 되었다.

서약은 사전적 의미로 '엄숙한 동의, 협정, 성경에 기록된 신의 약속'이다. 결혼이란 너무나 신성한 일이고 그런 서약을 다시 언급한다는 것은 너무나 중요하기 때문에, 나는 정말로 신중을 기울였다. 여기 그 서약문이 있다.

서 약 서
― 두 사람이 공유하는 하나의 사랑 ―

우리 두 사람, ___________와 ___________는 하나가 되기로 택했기에 성공적이고 행복하며 영원한 결혼을 원합니다. 그렇게 되기 위해 우리는 평생 서로를 존중하고 격려해 주며 후원하기로 맹세합니다. 더 나아가 우리의 결혼 서약과 이 신성한 맹세를 지킴으로써 결혼의 성공과 행복, 영속성을 지키기로 동의합니다.

결혼 생활이 험난해질 수 있고 여러 문제가 생길 수도 있음을 알기에 우리는 진정으로 서약한 남편과 아내가 하나님의 도움으로 아름다운 결혼 생활을 영위하고 사랑 속에서 발전해 나가는 모습을 세상에 보일 것을 약속합니다.

결혼은 하나님이 정해 주시고 축복을 내려주신다고 생각하기에 우리는 하나님과 서로에게 사랑과 성실을 맹세합니다. 인간이 얼마나 연약한가를 알고, 이렇게 고귀한 목적을 전부 이루지 못할 수도 있음을 인정하기에 우리는 하나님이 우리를 사랑하시고 영화롭게 하시며 용서해 주신 것처럼 더욱더 서로를 사랑하고 영화롭게 하며 용서할 것을 서약합니다.

하나님이 우리를 맺어주신 것에 감사드리며, 하나님의 섭리로 우리 결혼을 보살펴 주시고 서로에게 가한 상처를 감싸주시길 스망합니다. 이제 우리가 하나님 아버지께 완전한 결혼을 서약하므로 주님의 가호 아래 최고의 순간이 펼쳐지리라는 것을 확신합니다.

우리가 이 신성한 서약을 경건하게 거행하는 이유는 이런 맹세와 과정들이 '두 사람이 공유하는 하나의 사랑' 을 보다 행복하고 영원하게 만들어 준다는 것을 전적으로 확신하기 때문입니다.

사 인___________   사 인___________

6 인생의 동반자가 돼라

에드먼드 힐러리 경과 그의 역사적인 에베레스트 등반에 대한 이야기는 동반자와 우정에 대한 아주 좋은 예이다.

다 알다시피 에드먼드 경은 최초로 에베레스트 정상을 정복했다. 하지만 그는 혼자가 아니었다. 그의 곁에는 믿음직한 셰르파(히말라야 산을 안내해 주는 가이드) 텐싱이 있었다. 정상을 정복한 후 에드먼드 경은 산에서 내려오는 도중 발을 잘못 내디뎌 추락의 위기를 겪었다. 그때 텐싱이 로프를 꽉 잡고 도끼를 얼음에 박아 두 사람의 목숨을 구했다.

텐싱은 에드먼드 경의 목숨을 구한 것에 대한 특별한 대가를 전부 사양했다. 그는 당연히 해야 할 일을 한 것뿐이라며 단지 이렇게 말했을 뿐이었다.

"등산가들은 언제나 서로를 돕는다."

결혼한 부부에게 있어 이는 그 얼마나 멋진 철학인가! 부부는 항상 서로를 도와야만 한다. 다른 사람이 원하는 것을 얻을 수 있도록 도와주면 당신도 인생에서 원하는 모든 것을 얻을 수 있다.

당신이 배우자를 도와줄 수 있을 만큼 충분히 가까워지고 항상 곁에 있어 줄 수 있다면, 정말로 다시 새로운 출발을 할 수 있다. 나는 이를 자신 있게 말할 수 있다. 그리고 '다시 시작하는 것'은 힘들지만 즐겁고 신나는 일이다.

5 사랑한다고 말하고 행동으로 보여라

만약 당신이 어떤 일을 하고 싶어하고 하려는 의지를 갖고 있으며
충분히 오랜 시간 동안 노력한다면, 날마다 조금씩 해나갈 수 있게 된다.

— 윌리엄 E. 홀

사소한 일들이 정말 큰 차이를 만든다. 예를 들어 사랑하는 이에게 봄의 첫날처럼 보인다고 얘기하는 것과 춥고 긴 겨울의 마지막 날처럼 보인다고 얘기하는 것은 그 감성에 놀라운 차이가 있다.

실제로 17년 전, 나는 다이어트와 운동을 시작했다. 날마다 56g씩 감량해서 결국 열 달만에 17kg을 뺐다. 그리고 미국에서만 2백만 부 이상 판매된 384페이지에 달하는 〈정상에서 만납시다〉를 썼는데, 열 달 동안 날마다 1.26페이지씩을 쓴 셈이었다.

어떤 일에서건 성공을 거둔 사람들은 날마다 조금씩 노력함으로써 자신의 목적을 달성한다. 만약 당신도 이렇게 노력한다면 배우자와의 관계에서 큰 차이를 만들 수 있다.

나는 이런 사소한 것들 중 몇몇은 곧 극적인 차이까지 만들 수 있음을 강조하고 싶다. 뭘 하든 지금보다 더 나빠질 수는 없다고 생각하기 때문에 마지못해 하는 것인가, 사랑과 기대에 찬 태도로 행하는가에 따라 많은 것들이 변할 수 있다.

하지만 이걸 명심하라. 이 과정을 시작할 때의 당신 마음가짐이 어떻든, 실제로 실행한다면 결과는 나오게 되어 있다. 감정은 행동을 따르기 때문이다.

사랑 요리법

우리 아들 탐이 어렸을 때, 학교에서 다음과 같은 조리법을 하나 가져왔다. 그 비법대로 하면 행복한 결혼 생활을 요리할 수 있다는 것이다.

주재료로 사랑 1컵, 성실함 2컵, 용서 3컵, 신뢰 1병, 웃음 1통을 준비한다. 사랑과 성실함을 신뢰, 용서와 함께 완전히 혼합한다. 거기에 친절, 이해심, 애정을 섞는다. 그리고 우정과 희망을 첨가한다. 맨 위에 웃음을 풍성하게 얹고는 햇볕으로 구운 다음, 수많은 포옹으로 마무리를 하고 커다란 그릇에 가득 담아 대접하면 된다.

그런 다음 한 가지 단순하지만 명백한 지침만 따른다면 당신은 결혼 생활을 훌륭히 유지하고 배우자와 최고의 친구가 될 수 있다. 그 지침은 바로 배우자가 당신에게 해주었으면 하고 바라는 대로 당신이 배우자에게 해주라는 것이다.

명심해야 할 것은 당신이 먼저 행동에 옮겨야 한다는 사실이다. 다음의 몇 가지 행동들을 실천해 보자!

사소한 일들이 큰 차이를 만든다

앞에서도 이야기했지만 감정은 행동을 따른다. 배우자를 소중하게 대해 주면 당연히 소중한 사람이 된다. 남편에게 맛있는 음식을 만들어 주거나 그가 좋아하는 특식을 준비해라. 자신이나 아이들이 그 음식을 좋아하는지 아닌지는 중요하지 않다. 그를 사랑하기 때문에 그 음식을 준비하는 것이다.

도시락을 싸줄 때는 따뜻한 메모를 함께 넣어 식은 음식을 다소나마 데워줄 수 있도록 한다. 저녁에 돌아오면 얼마나 그를 기다리고 있었는지 알려준다. 별로 큰 일은 아니지만, 또 뭘 그렇게 오버하느냐고 생각할 수도 있지만 이런 일들은 정말 커다란 차이를 만든다.

직장에서 휴식 시간에 배우자에게 전화 거는 것과 같은 사소한 일도 별로 중요하지 않다. 그러나 오랜 시간이 흐르면 이런 사소한 일들이 진정 큰 차이를 만든다. 땅에 파여 있는 작은 구멍은 아무것도 아니지만 빨리 걷거나 달리다가 헛디뎠을 때는 다리가 부러질 수도 있지 않은가! 항상 아내를 배려하고 의자를 내주는 등과 같은 일은 정말 사소하지만 결국에는 큰 차이를 만들어 낸다.

솔직히 말해서, 결혼하고 43년 동안 함께 있을 때 아내가 혼자 차문을 열었던 경우는 십여 번에 지나지 않았으리라 생각한다. 아내에게 신체적 문제가 있었던 것은 전혀 아니다. 단지 나는 그녀를 위해 자동차 문을 열어주는 극히 사소한 일들을 해줄 수 있는 특권을 기쁘게 생각한다. 그렇게 함으로써 그녀가 나에게 중요하고 의미 있는 사람임을 스스로 계속 의식하게 된다.

아내를 위해 사소한 일들을 해주는 것, 이것은 아내와 다른 사람들에게 이렇게 소리치는 것이다.

"이 사람은 아주 특별합니다. 그녀는 내가 사랑하는 사람이고 나에게 너무나 중요한 사람이기에 그녀를 위해 이런 일을 해주는 것이 너무도 기쁩니다. 이 여인은 내 사람입니다."

남성 여러분, 확신컨대 그런 사소한 일들이 아내를 진정 기쁘게 해준다. 그러나 당신은 그런 일들은 시간낭비일 뿐이라고 반박할 수도 있다. 아내들도 그런 일 정도는 충분히 할 수 있다고 말이다. 물론 100% 맞는 말이다. 그렇다면 내가 아침에 커피를 따르거나, 내 시리얼을 담거나, 내가 먹을 과일을 챙기지 못할 이유 또한 없다. 심지어 내가 먹을 팝콘을 혼자서 튀겨 먹지 못할 이유도 전혀 없다.

그러나 내 아내가 그런 일들을 해주면 우리 두 사람 모두 즐거워진다. 그녀는 단지 이렇게 말할 뿐이다.

"여보, 난 당신을 위해 이런 일들을 하는 게 즐거워요. 그러니 앉아서 제가 하도록 놔두세요."

저녁 늦게 9시나 10시쯤 집에 도착했을 때, 현관에서 팝콘 냄새를 맡으면 얼마나 기분이 좋아지는지 모른다. 내가 팝콘을 사오거나 5분 정도 시간을 내 직접 튀겨 먹을 수도 있다. 하지만 내 아내는 그런 일들을 하며 즐거워한다. 그 모습은 나에게 이런 의미로 들린다.

"여보, 난 당신이 집에 돌아올 때 특별한 환영을 해주고 싶어요. 당신에 대해 계속 생각하고 계속 그리워하고 있었음을 보여주고 싶어요."

그렇다고 차문을 열어주거나 꼭 팝콘을 튀겨주라는 의미가 아니다.

행동이 아니라 원칙을 이해하려고 노력해라.

내게는 정원 일을 싫어하는 친구가 있다. 그는 너무도 그 일을 싫어했다. 그런데 다행스럽게도 그는 정원 일(특히 잔디 깎기)을 좋아하는 여자와 사랑에 빠졌다. 나는 정원 일은 남자들의 몫이라고 배우며 자랐고 지금도 그렇게 생각하기 때문에 이들의 전형적이지 않은 행동이 매우 이상하게 다가왔다. 하지만 이 행복한 부부는 상대방을 기쁘게 해주기 위해 자신이 좋아하는 일과 싫어하는 일을 이용한다. 내가 말하고 싶은 것은 그런 '사소한' 일들로 어떤 결혼이든 발전시킬 수 있고 생동감 있는 로맨스를 유지시킬 수 있다는 것이다.

결혼한 지 20년이 지났지만 우리는 처음 결혼했을 때보다도 서로를 더욱 사랑하고 있다. 그것은 우리가 그런 사소한 일들을 기꺼이 하기 때문이 아니라, 그런 일들을 하고 싶어하기 대문이다.

사려 깊은 사소한 행동은 사랑과 관심을 내재하고 있을 때 배우자에게 높은 점수를 얻게 된다.

가정의 자원 봉사자로 나서라

많은 이들이 어려운 이들을 돕는 봉사 활동에 적극적으로 나서고 있다. 이제 봉사는 사회적 의무이다. 하지만 그 어느 곳보다 더 봉사와 헌신이 필요한 곳은 바로 가정이다. 배우자가 힘든 하루를 보냈거나 막중한 일에 시달리는 모습을 보면 먼저 이렇게 얘기하자.

"여보, 피곤해 보이네요. 내가 다 할게요. 여기 그냥 앉아 쉬세요. 오늘은 내가 아이들을 재울게요."

"옷이랑 여기저기 어질러져 있는 것은 내가 치울게."

"내가 커피를 끓이고 시장도 가고 청소도 할게."

배우자를 편하게 해주고 자신의 인생과 결혼 생활을 행복하게 할 수 있는 방법들은 많다. 만약 남편과 아내가 맞벌이를 한다면 아이들을 돌보는 일, 저녁 식사를 준비하는 일, 세탁소에 가는 일은 '여성의 몫' 만은 아니다. 이런 일들은 가족 모두의 책임이다.

남편과 아내 그리고 두 자녀가 있는 가족이라면 네 사람이 일거리를 만들어 낸다는 뜻이 된다. 네 사람이 집을 어지럽히고 일거리를 만들어 냈음에도 한 사람이 그 일을 다 처리해야 한다면, 그것은 그 사람에게 불가능한 짐을 지우는 것이다. 우리는 한 팀으로 행동해야 한다. 아주 간단한 이치이다.

고맙다고 말해라

배우자가 당신이 고마워해야 할 어떤 일을 해주었을 때 진심어린 '감사의 말' 을 하는 것은 매우 중요하다.

"그건 당연히 그(혹은 그녀)가 해야 할 일이라구."

이렇게 생각한다면 바로 거기서 불화가 생기고 다음부터는 배우자가 그 일을 하려 들지 않거나, 한다 해도 성의껏 하지 않는다. 아주 사소한 일이라도 도움을 주었다면 고맙다고 말하라. 결과는 훨씬 좋아진다. 정말이다!

다음과 같은 경우에 '고마워요, 여보' 라고 말한다.

• 술 마시고 들어온 다음날 시원한 해장술을 끓여 주었을 때

- 당신이 집에서 회사 업무를 처리할 때 조용히 해주었을 경우

- 어머니에게 봐달라고 맡겨놓은 아이를 데려와 주었을 때

- 맛있는 음식을 해주었을 때

- 동창회 모임에 나가 늦게 들어올 때 아이를 봐주는 경우

- 내가 너무 지쳐 있을 때 대신 식탁을 차려 주었을 경우

- 세탁소에 들러 옷을 찾아와 준 경우

- 내가 드라마를 볼 수 있도록 축구 경기를 포기해 주었을 때

- 차에서 무거운 장바구니를 가져와 주었을 때

위에 나온 경우는 몇 가지 예에 지나지 않는다.

어머니는 항상 말씀하셨다.

"우리가 부자나 천재가 될 수는 없을지 몰라도 친절하고 예의바른 사람은 될 수 있다."

재계나 정계의 많은 지도자들을 만나보면서 알게 된 사실인데 높은 위치에 있는 사람들은 거의 예외 없이(남녀를 불문하고) 정중하고 예의가 발랐다.

드 살레의 말이 맞다.

"부드러움보다 강한 것은 없다. 또한 진정으로 강한 것보다 부드러운 것은 없다."

미안하다고 말하자

문제가 생길 경우 고집스런 자존심(사실 완고한 거만함이라고 해야 더 정

확할 것이다) 때문에 많은 남편과 아내들이 성숙하지 못한 행동들을 자주
한다. 자신에게는 잘못이 없고 다 배우자의 멍청한 행동이 문제라는 것
이다. 당신도 곧잘 이런 말을 중얼거려 봤다고?

"만약 아내가 잔소리를 안 하고 조금만 더 따뜻하게 대해 준다면
왜 집에 빨리 안 들어가겠어? 집에 들어가도 반겨주는 이 하나 없
는데 내가 일찍 들어가고 싶겠냐구? 그러니 매일 술을 마시는 거
지……."
"매일매일 술 마시고 늦게 들어오는 남편이 뭐가 이뻐 따뜻하게
대해 줘! 일찍 들어와 집안 일도 좀 도와주고 애들이랑 이야기도
하고 해보라구, 당장에 더 많은 애정을 보여줄 텐데……."

명심하라, 갈등이 생겼을 때 누가 먼저 화해를 시도했는지는 전혀 자
존심 상하는 일이 아니다. 먼저 시도하는 사람이 승리한다. 그는 인격적
으로 성숙하며 애정과 이해심이 넘치는 결혼 생활을 이끌어 갈 사랑이
충만한 사람이다. 잘못했다면 즉시 이렇게 말하라.
"미안해, 여보. 내가 잘못했어. 용서해 주겠어?"
당신의 결혼 생활에 획기적인 변화가 생길 것이다.

다른 이들에게 자랑하라

배우자를 누군가에게 소개하는 모습에서 우리는 그 부부의 관계에 대
해 많은 것을 알 수 있다. 나는 다른 사람들에게 이렇게 말할 수 있어 기

쁘다.

"이쪽이 내 아내 진입니다. 바로 제가 언제나 말했던 그 사람이죠. 난 아내를 사랑하고 있으며, 여러분에게 그녀를 제 아내로 소개할 수 있어서 매우 자랑스럽습니다."

지그지글러재단의 '승리를 위하여' 세미나에서 우리는 아내와 남편이 서로를 다른 세 쌍의 부부에게 소개하는 행동 실습을 한다. 이때 각자 배우자의 장점을 적어도 한 가지씩 언급해 '새로운' 소개를 해야 한다. 난 아내의 아름다운 미소와 직관력, 섬세한 성격을 말했다. 사실, 말하고 싶은 것이 너무 많아 고르기가 힘들었다.

남편과 아내가 배우자를 진심으로 자랑스러워할 때 그 관계는 발전할 수 있다. 배우자를 자랑스러워하는 마음을 겉으로 드러내 표현해야 한다. 그러면 자랑할 만한 점들을 더 많이 발견하게 되고 결국 두 사람의 관계가 훨씬 좋아진다.

잠깐 여행을 떠나라

내 친한 친구인 필과 캐롤 글래스고는 아이들이 각각 두 살, 두 살, 다섯 살(쌍둥이가 아니라, 캐롤이 임신중일 때 아이를 한 명 입양했다)일 때 그들 사이의 관계를 극적으로 향상시켜 줄 새로운 시도를 했다.

어린 세 아이들 때문에 캐롤은 말 그대로 정신없이 집안 일을 해야 했다. 다행스럽게도 남편 필은 책임감이 강하고 아내를 잘 배려하는 사람이었다. 어느 날 대화를 나누다가 이따금 일상적인 생활에 새로운 변화를 가한다면 아이들이나 캐롤, 필 모두에게 좋을 거라는 생각이 떠올랐다.

그 변화란 캐롤이 1년에 한 번씩, 5~6일 여행을 가는 것이다. 그녀는 아름다운 리조트나 호텔에 머무르며 실컷 늦잠을 자고 룸서비스를 받으면서 사우나나 미용실, 수영장에서 느긋하게 시간을 보낸다. 그 동안 필은 하루 종일 집에서 엄마아빠 역할을 모두 하면서 아이들을 돌본다. 그들은 매년 이 계획을 시행했다.

결과는 아내가 재충전 기회를 갖는 것이 지금까지 함께 결정했던 일 중 가장 훌륭한 결정이라고 생각하게 되었다.

집에 돌아올 때쯤 캐롤은 편안하고 여유로운 상태가 되며, 자신의 목을 감싸는 아이들의 작은 팔(물론 큰 팔도)이 그리워졌다. 지친 필은 아내에게 새삼 감사하게 되고 캐롤을 만나게 된 것을 기뻐하며 원래 일로 돌아간다.

더 단순한 방법도 있다. 바로 내 친구가 아내에게 결혼기념일 날 받았던 선물이다. 그가 일에 지쳐 퇴근하고 집에 도착했을 때, 아내가 말했다.

"여보, 우리 오늘밤 저녁 식사하기 전에 웨이터를 한 명 불러야겠어요."

그녀는 남편을 댈러스에서 가장 좋은 호텔로 데려갔다. 미리 편안하고 특별한 밤을 보낼 수 있도록 예약해 둔 것이다.

비슷한 방법으로 남편이 좋아하는 음식을 해주거나 아내가 항상 가고 싶어하던 레스토랑으로 데려갈 수도 있다.

이런 방법들이 경제적으로 부담이 된다면 비용은 덜 들지만 효과는 만점인 방법이 하나 있다. 정기적으로 아내에게 하루 온종일 자유를 줘라. 당신은 아침 일찍 일어나 식사를 준비하고 아이들을 보살핀다. 당신의 아내는 하루 종일 친구를 만나거나 쇼핑고 외식을 한 후 영화를 보거나 공원을 산책하며 오직 자신만을 위한 삶을 만끽한다. 그 동안 아빠는 집에서 아이들을 돌보며 아내이자 아이들의 엄마에게 새로운 감사의 마음을 갖는다.

이런 방법은 상대에게 새로운 존경과 존중의 마음을 갖게 한다. 아이들 역시 항상 엄마와 하던 일을 아빠와 함께 하면서 아빠에 대해 더욱 많은 것을 알게 된다.

조심스럽게 예산을 세우고 계획한다면, 돈을 아껴 정기적으로 멋진 데이트를 하거나 짧은 주말 여행을 떠날 수 있다. 그러면 서로에게 100% 시간과 관심을 바치는 계기를 만들 수 있고 서토를 격려해 줄 수 있다. 그 시간을 어디에서 보내는가보다 상대방을 위한 시간을 만든다는 것 자체가 중요하다. 또 시간을 내 정기적으로 산책이나 운동을 함께 해보아라. 이 시간을 통해 서로 대화의 기회를 가질 수 있다. 30분에서 60분 정도의 산책이 결혼 생활에 얼마나 많은 영향을 미치는지 알면 놀랄 것이다. 특히 정기적으로 할 때 말이다.

때때로 TV를 끄고 상대방에게 시간과 관심을 집중시키는 것도 필요하다. 이때 상대의 눈을 쳐다보면서 애기를 한다면 그 사람이 자신에게 얼마나 중요한 존재인지 확신시켜 줄 수 있다.

가정에 투자하라, 높은 이자가 보장된다

아내가 쇼핑을 가거나 아이들과 잠시 외출했을 때, 집을 청소하고 멋진 저녁을 준비해 놓아라. 두세 시간의 투자는 분명 다른 어떤 예금보다 많은 이자를 돌려준다.

가정에 투자하라. 당신은 아이들과 아내에게 분명 엄청난 점수를 딸 것이다.

그리고 제발 부탁이다. 제발 '왜 이런 쓰잘 데 없는 일을 했느니, 무슨 청소를 이리 못하느니, 돈을 낭비했다느니' 등등의 말은 절대 해서는 안 된다. 비록 그가 한 음식이 프랑스 레스토랑 주방장의 솜씨와는 비교도 되지 않겠지만 그가 들인 노력에 감사의 마음을 표현하고 뭔가 근사한 말을 해주어라. 당신의 배우자는 빵만으로는 살 수 없다. 우리 모두는 가끔씩 칭찬을 듣고 싶어한다.

예를 들어 나는 여성들이 바비큐 요리에 대해 말하는 것처럼 모든 일에 대처한다면 결혼 생활이 훨씬 좋아질 것이라고 확신한다.

여성들은 남자들이 더 바비큐 요리를 잘한다고 생각한다. 그래서 자기 남편이 맘만 먹으면 바비큐 그릴로 스테이크나 생선, 닭고기 요리를 얼마나 맛있게 만드는지 너무나도 자세하게 얘기한다. 그 때문에 미국의 모든 남편들은 아내의 말이 맞다는 것과 바비큐 그릴에 대해서만은 전문가 뺨치는 솜씨를 가지고 있음을 증명하기 위해 온힘을 쏟는다.

오해는 하지 마라. 여성들이 속임수를 쓴다고 비난하려는 것이 아니다. 하지만 그런 특별한 기술이 남편들로 하여금 야외에서 요리를 할 때면 적극적으로 나서게 해준다는 것은 정말로 재미있는 사실이다.

집 안에서도 똑같은 일이 벌어질 수 있다. 여성들은 사실 손해볼 것이 없다. 결국, 남자들은 사랑하는 사람에게서 칭찬을 듣고 싶어하니까!

섹스에서도 마찬가지 일이 일어난다.

서로를 위해 사소한 일들을 해주는 것이 부부 사이의 성적인 부분과는 아무 상관 없는 것처럼 보이지만 사실은 그렇지 않다. 극단적인 친밀함 속에서 남편과 아내가 결합되는 성행위는 부부 관계의 가장 아름답고 의미 있는 측면이다. 그리고 관계의 모든 측면들은 친절함과 사려 깊고 부드러운 행동으로 더욱 발전된다.

어서 오세요, 여보

나는 오랫동안 전국 각지에서 해야 하는 빡빡한 강의 스케줄 때문에 상당 시간을 출장으로 보냈다. 대부분의 세미나가 오후 늦게나 저녁에 시작되기 때문에 끝나면 거의 밤 10시쯤이 되곤 했다. 이렇게 3~4시간 세미나를 하면 체력이 거의 소진돼 무척 피곤해진다.

그러나 나는 새벽 2시 이전에만 도착할 수 있다면 항상 집으로 돌아갔다. 힘든 일을 끝내고 삭막한 호텔 객실에서 엎어져 자는 것보다는 언제나 사랑스럽고 열정적으로 나를 맞아주는 이가 있는 내 집이 결국은 더 편하기 때문이다. 아내는 4분을 자고 있었건, 4시간을 자고 있었건 언제나 따뜻하게 안아주면서 집에 돌아와 기쁘다고 말해 준다.

물론 이는 정상적인 경우가 아니다. 이 글을 읽는 모든 부부들은 사람이 항상 기분 좋을 수는 없다는 것을 알고 있다. 깊은 잠에서 깨어 남편을 맞이하는 게 언제나 기쁘고 즐거울 수만은 없다.

하지만 내 아내만은 예외이다. 그렇기 때문에 나는 단 몇 시간만이라도 아내와 함께 밤을 보내고, 다음날 아침 내 침대에서 눈을 뜨고 싶어하는 것이다.

우리는 두 사람 중 한 명이 집에 돌아오면, 심지어 슈퍼마켓에 갔다왔을 때에도 다른 한 사람이 반갑게 맞아주고 안아주며 가벼운 키스를 교환한다.

내가 묻고 싶은 질문은 이것이다. 만약 당신과 배우자가 처음 구애했을 때처럼 항상 사랑스럽고 애정어리게 맞아준다면 로맨스의 불꽃이 유지될 수 있지 않을까?

함께 웃고 함께 사랑한다

빨리빨리, 지금 당장.

이렇게 모든 것들을 서둘러야 하는 세계에서 생동감 있고 개방적이며 사랑이 넘치는 관계를 유지시켜 줄 수 있는 가장 효과적인 도구는 바로 유머감각이다. 그런 점에서 나는 내 아내에게 정말 감사한다.

그녀는 내가 알고 있는 사람 중에 가장 유머감각이 뛰어나다. 재미있는 것은 그녀가 거의 농담을 하지 않는다는 사실이다. 너무나 많은 사람들이 단지 코미디언만이 유머를 하고 즐긴다고 생각한다. 하지만 내 아내는 인생의 여러 상황들에서 아주 작은 유머라도 발견해 내 진정한 웃음을 보여준다. 결국 나뿐만 아니라 아내의 곁에 있던 사람들은 전부 웃음을 터트리게 된다.

아내가 전화를 할 때도 이런 일은 항상 일어난다. 난 통화중 계속해서 터져나오는 웃음소리에 놀라움을 금치 못했다. 그녀가 누구와 통화하는

지위 상관없이 이런 일은 거의 매번 일어난다.

나 역시 유머감각이 있다고 생각하며, 유머가 사람들과 청중에게 미치는 영향을 연구한 적이 있기에 개인적인 생활이나 사회 생활에 자연스럽고 효과적으로 유머를 사용한다. 농담을 하고 가끔씩 짓궂은 장난도 치며 일상 생활에서 재치 있는 말장난을 하기도 한다.

내 아내는 일부러 유머를 말하려 하지 않지만 나보다 훨씬 뛰어난 유머감각을 지니고 있으며 유머 자체를 즐긴다. 재미있게 말하거나 유머를 기억하는 능력과는 상관없이, 유머감각을 갖고 모든 일을 즐긴다면 결혼 생활이 한층 더 풍요로워질 수 있다. 실수나 짜증나는 일도 유머의 눈을 통해 보라.

그래서 지그지글러재단의 결혼 세미나에서도 난 부부들에게 '함께 웃어라' 라고 권한다. 대다수의 사람들이 유머를 좋아한다고 말하지만 그렇게 하기 위해 시간을 투자하는 사람은 거의 없다. 자신만의 유머감각을 개발해라.

재미있고 깔끔한 내용이 담겨 있는 유머집은 수없이 많다. 리더스다이제스트나 가이드포스트지는 재미있고 영감이 가득 찬 내용들을 얻을 수 있는 훌륭한 책이다.

지그지글러사의 〈탑 퍼포먼스〉지에도 재미있고 계몽적인 기사들이 실려 있다. 또한 도서관에 가보면 훌륭한 유머집을 많이 찾을 수 있다.

웃음은 정신적인 혜택뿐 아니라 육체적으로도 우리 몸에 실질적인 도움을 준다. 저서 〈질병의 해부〉에서 노먼 커즌스는 배에서 울려나오는 진짜 웃음은 내장기관이 조깅하는 것과 같다고 했다. 그는 생존확률이

백 분의 일이라고 진단받은 후 치료법의 하나로 웃음을 이용했다. 먼저 자신이 좋아하는 코미디언이나 배우가 나오는 영화와 비디오를 빌려다 봤다. 웃음은 그의 생활 태도에 지대한 영향을 미쳤고 희망과 용기를 불어넣어 주었으며 실질적으로 내부기관이 회복될 수 있도록 만들었다.

노먼 커즌스는 웃음을 사용하여 생존확률을 극복하고 살아남았다!

여기서 유머와 웃음은 분명 이상한 내용이나 저질 유머가 아닌, 건전하고 깔끔한 내용을 말한다. 인종차별이나 민족적인 농담이 아니라 우리 모두가 이해할 수 있는, 일상 생활에서 벌어지는 코미디를 말하는 것이다.

내 친구 아이작 박사는 우리가 유머감각을 개발시켜야 하는 훌륭한 이유를 말해 주었다.

웃음은 인간에게 알려져 있는 가장 위대한 정신 강장제이다. 그것은 사람들이 표현할 수 있는 것 중에서 두 번째로 강력한 감정이다(첫번째는 사랑이다).

웃음은 두려움을 없애주고 긴장이나 우울증, 공포, 불안을 완화시켜 준다. 또한 회복 과정을 돕는다. 웃음은 의학적으로나 심리적, 사회적, 심지어 정신적으로 이익을 가져다준다.

또한 크게 웃으면 내부 장기가 조깅하는 것과 같은 효과를 가져온다. 호흡기관을 튼튼하게 해주고 체내에 산소를 공급해 주며 긴장된 근육을 이완시켜 주기까지 하고 모든 고통을 덜어 준다. 또한 맥박과 혈압도 낮춰 준다. 웃음은 인생에 대해 새롭고 흥미로운 관점을 갖도록 도와줄 뿐만 아니라 모든 인생과 문화의 장벽을 뛰어넘는 범우주적인 통신매체이다.

당신이 웃을 수 없다면 미칠 것이다. 또 웃을 수 없다면 불안해질 것이다. 웃음이 없는 곳에는 긴장과 불안만이 남기 때문이다.

웃음은 저칼로리에다 카페인이 없고 염분도 없으며 중독되는 것도 아니고, 100% 천연산이자 모든 이에게 맞는 사이즈다. 웃음은 진실로 신의 선물이다. 우리는 웃음으로 최고의 환희를 얻을 수 있지만 중독되지는 않는다.

웃음은 전염된다. 일단 한 번 웃게 되면 막을 수 있는 방법은 거의 없다. 웃음은 절대로 기분 나빠지거나 범죄를 저지르게 하거나 전쟁을 일으키거나 관계를 깨뜨리지 않는다. 웃음은 주는 사람이나 받는 사람 모두에게 공유된다. 웃음은 공짜이고 세금도 없다.

웃음은 하나의 흐름을 만든다. 아침에 웃을 일이 생기면 그날은 하루 종일 웃게 된다. 웃음을 가장 건설적으로 사용하는 것은 자기 자신을 웃음의 대상으로 삼을 때이다. 만약 우리가 스스로를 웃음의 대상으로 만든다면 다른 사람들이 우리를 웃음거리로 삼을 여지가 거의 없게 된다.

유머는 거의 날마다 발전할 수 있다. 우리는 단지 잠시 멈춰서 생각하고 올바른 관점으로 주위를 둘러보며 기쁨을 함께 나눌 수 있는 이유들을 발견하려고 노력하면 되는 것이다.

우리 내부에 있는 광대는 알록달록한 옷을 입거나 화장을 한 얼굴이 아니라 단지 언젠가 잃어버렸던 것들을 다시 되살려 주는 모습이면 된다. 자기 자신의 내부에 있는 광대는 인생이란 즐거운 것이고 살아갈 만한 가치가 있음을 느끼는 바로 그 일면일지도 모른다. 당신의 내부에 있는 광대는 다른 사람들을 필요로 하고 다른 사람들과 조화롭게 살아가려고 한다. 웃음은 삶을 다시 한 번 생동감 있게 만드는 추진력이다.

다시 한 번 말하지만 유머감각을 개발하고 즐기기 위해 일부러 농담을 하려 하거나 '연기' 할 필요는 없다.

진정으로 유머감각이 있는 사람들에게는 친구가 많다. 옛 격언을 빌리자면, '함께 웃을 수 있는 부부는 함께 사랑하고 영원히 함께 살 것이다'고 했다.

이제, 그 유머감각을 소박한 낙관주의와 결합해 보라. 그러면 행복하고 영원한 결혼 생활을 위해 필요한 두 가지 강력한 힘을 얻게 될 것이다.

세 번째 남편을 닮았다

한 신사가 은퇴를 하고 양로원에 온 첫날, 탁자 바로 건너편에 앉은 여자가 자신을 빤히 쳐다보고 있는 것을 발견했다. 몇 분 후에도 그녀가 계속 바라보고 있었기에 신사는 불편해졌다.

그는 여자의 시선을 피하려고 살짝 옆자리로 옮겨보았지만 소용이 없었다. 그녀는 계속 그만을 쳐다보았다. 마침내 참을 수 없어진 그는 여자에게 왜 그렇게 계속 쳐다보는지 물었다.

“정말 놀랍군요.”

“뭐가 말입니까?”

“당신은 제 세 번째 남편이랑 믿을 수 없을 정도로 닮았어요. 피부색이랑 키, 몸매, 행동 등 모든 것이 제 세 번째 남편을 생각나게 하는군요.”

“세 번째 남편이요! 도대체 몇 번이나 결혼했습니까?”

“두 번이요.”

내가 선물을 가져왔어요

누군가 이런 말을 했다.

“우리는 모두 남들이 자신을 이해해 즈기를 바라고 중요하게 여겨주기를 바란다.”

모든 사람들이 생일이나 기념일, 발렌타인데이, 크리스마스, 그리고 다른 특별한 날에 누군가 자기를 기억해 주기를 바란다. 생일도 다른 날이랑 다를 게 없다고, 어차피 똑같은 날이라고 주장하는 사람들도 막상 자신의 생일을 아무도 기억해 주지 않으면 쓸쓸해지는 게 사실이다.

지금 이 순간 나는 아내가 생일날 준 카드를 보고 있다. 맨 앞장에는 두 마리의 작고 코믹한 동물 그림이 그려져 있는데 두 동물은 ‘키스-키스, 포옹-포옹’ 이라고 말한다. 그리고 하단에 ‘내 남편에게’ 라고 쓰여 있으며 카드를 펼치면 머리 위에 사랑의 상징인 하트가 천사의 링처럼 매달린 만화 캐릭터가 있다.

아내는 카드에 간단하게 이렇게만 썼다.

"생일 축하해요. 당신의 귀여운 사랑으로부터."

'당신의' 라는 말만으로도 나는 감동하고 말았다. '난 당신 거예요' 라는 말은 결국 '당신은 내 거예요' 라는 메시지를 강하게 표현하는 것이기도 하다.

딱히 특별한 날이 아니라도 가끔씩 배우자를 챙겨 보아라. 간단한 편지나 꽃 한 송이를 사다주는 것, 때때로 전화를 걸어 당신이 얼마나 사랑하고 있는지 말하는 것은 큰돈을 들이지 않고도 최고의 효과를 발휘한다.

선물을 사야 할 때면 신중하게 배우자가 정말로 원하는 것이 무엇인지를 생각해라. 하지만 정말 중요한 것은 선물을 받는 사람의 태도이다. 명심하라, 혹시라도 선물이 마음에 들지 않더라도 그 선물 뒤에 배우자의 애정이 서려 있음을 기억해야 한다. 배우자가 선물을 택한 것은 당신을 즐겁게 해주고 싶어서이다.

남편들이여, 만약 아내가 생일날 애프터셰이브 로션을 선물했다면 면도를 하고 난 후 사용하라. 그걸 내년까지 선반 위에 계속 놔둔 채 봄 대청소를 하면서 버리는 일은 없어야 한다. 만약 아내가 사준 스웨터가 별로 맘에 들지 않더라도 가끔씩 그것을 입어주도록 하라. 당신이 애프터셰이브 로션을 바르거나 스웨터를 입는 것은 말없이 다음과 같은 고마움을 표현하는 최상의 방법이다.

'이 선물을 살 때 나를 사랑해 주고 생각해 주어서 고맙소.'

아내들이여, 만약 남편이 이상한 색깔의 옷이나 향수를 사왔을지라도 그가 물건을 살 때 오직 당신만을 생각했음을 기억하라. 그러면 진정으로 감사하게 될 것이다.

배우자가 선물을 잘못 사왔을 때 절대절대 하지 말아야 하는 행동이 바로 상대를 비난하는 것이다.

한 여자가 있었다. 그녀는 남편이 선물을 사왔을 때 틀린 사이즈와 색깔이라고 몹시 비난했다. 남편에게 자신은 더 작은 사이즈를 입으며, 녹색은 좋아하는 색깔이 아니라고 말했다. 그녀는 이렇게 한 번 강하게 말해 놔야 다시는 실수하지 않을 것이라고 생각한 것이다. 하지만 그녀가 효율적이라고 생각한 이 행동은 아내를 위해 선물을 사가겠다는 남편의 용기 자체를 꺾어버렸다. 슬프게도 그녀는 선물 대신 알아서 사라고 돈을 받게 되었다.

선물에 관해서라면 나도 할 이야기가 많다. 그리고 이 말이 허풍 떠는 것이나 혹은 내 자랑처럼 들린다는 것을 알지만 사실이기에 이야기하겠다. 40년이 넘는 결혼 기간중 나는 아내의 선물을 사면서 단 한 번도 실수한 적이 없었다. 언제나 아내가 간절히 원하고 정말로 좋아하는 것들이었다.

옷을 사오면 언제나 사이즈가 딱 맞았고, 안목이 별로 없음에도 항상 잘 어울리는 색깔을 골랐다. 난 정말로 아내의 선물을 고를 때 실수한 적이 한 번도 없었다.

이제, 난 처음으로 때때로 선물을 잘못 샀을 수도 있음을 인정하려 한다. 아내가 그걸 맞는 사이즈나 색깔, 원하는 물건으로 자신의 마음을 바

꾸었다. 그녀가 한 방법은 매우 간단하지만 내 기분을 좋게 해주고 내가
다시 한 번 시도해 보기 쉽게 만들어 주었다. 간단히 말해서 그녀는 내가
정말로 하고자 했던 일, 즉 아내가 내게 얼마나 중요한 사람인지를 표현
하는 그 일을 할 수 있도록 용기를 불어넣어 준 것이다.

선물이 10캐럿짜리 다이아몬드이건 2달러짜리이건, 중요한 건 선물
자체가 아니라 그 안에 들어 있는 마음이라는 사실을 잊지 말아라.

랜슬롯 경이 말했듯이, 주는 사람이 없는 선물은 아무런 의미가 없는
것이다. 어떤 시인은 그것을 이렇게 아름다운 말로 표현했다.

"반지와 보석들은 선물이 아니지만 사과의 말은 선물이 된다. 유일하
게 진실된 선물은 바로 주는 이의 일부인 것이다."

간단히 말해서 부부가 배우자에게 선물하는 것은 단순한 물건이 아니
라 자기 자신이다. 때때로 조그만 선물이나 카드, 손수 쓴 사랑의 편지로
배우자에게 자신의 마음을 보여주자. 비용은 거의 들지 않지만 그 가치
는 막대하다.

지금까지 당신은 결혼 후에 진정한 사랑을 표현하는 데는 시간이 많이
걸린다고 생각해 왔을 것이다. 그 말은 맞다. 그러나 당신이 투자한 시간
의 대가는 엄청나게 이율이 높다. 또한 한 번 어긋난 결혼 생활을 복구하
는 것보다 사랑하는 관계를 계속 유지하는 것이 훨씬 시간이 덜 든다.

6 그런 말은 하지 않았잖아

경우에 합당한 말은 아로새긴 은쟁반에 금사과니라.

— 잠언 25장 11절

금혼식은 매우 특별한 행사이다. 그래서
그 중서부의 작은 마을에서는 모든 사람들이 금혼식(결혼 50주년)을 맞는
이 부부를 축하해 주고 싶어했다. 마을은 축제 분위기가 되었다. 축제는
시장이 축하 연설을 하는 조찬으로 시작되어 지역 예배 모임에서 후원하
는 오찬을 한 후 친구들이 오후 티타임 파티를 열어주며, 저녁 축하 만찬
은 온가족들이 모여 행해졌다. 그리고 밤 10시쯤 되어 그날의 행사가 모
두 끝나고 마침내 부부만이 남게 되었다.

부부는 평소 잠들기 전 간단한 음료와 음식을 먹는 습관이 있었기에
남편은 부엌으로 가 토스트와 우유를 준비하고 아내를 불렀다. 밝은 얼
굴로 부엌에 들어서던 아내는 음식을 한번 쳐다보더니 갑자기 눈물을 흘
렸다. 남편은 어리둥절해지고 걱정이 되어 아내를 끌어안으며 왜 그러느
냐고 물었다.

아내는 눈물을 흘리면서 오늘같이 특별한 날, 그가 조금만 더 신경을

썼다면 식빵의 맨 끄트머리는 잘라 주었을 거라고 말했다. 남편은 한참 말이 없더니 조용히 대답했다.

"하지만 그건 내가 제일 좋아하는 부분인데, 여보."

아이러니컬하게도 그 오랜 세월 동안 남편은 자기가 제일 맛있다고 생각한 부분을 아내에게 주었는데 그녀는 그게 제일 맛없는 부분이라고 생각했던 것이다. 그들이 좋아하는 것과 싫어하는 것에 대한 대화를 충분히 나누었다면 이런 비극은 피할 수 있었으리라.

결혼 생활에서 취향이나 사물에 대한 의견을 말하지 않아서 생기는 오해들이 얼마나 많은가? 물론 이것은 간단한 예지만 실로 엄청난 수의 부부들이 대화를 나누는 데 익숙하지 못하다.

세세한 일들을 말하자

전혀 놀랍지 않겠지만, 남자와 여자는 다르다. 그 한 예가 대화에서의 차이이다.

어린아이들에게 몰래 마이크를 장착하고 들어본 결과, 여자아이들이 말을 더 많이 할 뿐만 아니라 더 기술적이고 효과적으로 말했다. 또한 발음도 명료하며 더 이해하기 쉽게 말을 했다.

보통 하루 24시간 동안 여성들은 평균 25,000단어를 말하는 반면 남성들은 평균 10,000단어를 말한다고 한다. 불행하게도 남편이 사회 생활을 하면서 낮 동안 하는 말은 평균 9,000단어이고, 여성도 같은 숫자인 9,000단어를 말한다고 한다.

그러니 저녁에 집에 돌아오면 남편의 단어 저장고는 파산이 나버리지만 여성들의 경우는 그때부터 밤새워 이야기해도 남아돌 만큼의 단어들이 여전히 가득 차 있는 것이다.

여성들은 때때로 남편에게 사랑한다고 갈하고 같은 말을 들어야 될 필요가 있다. 어떤 사람들은 아내에게 사랑한다는 말을 언제 해야 하느냐고 묻기도 한다. 그 대답은 이렇다.

"다른 사람이 말하기 전에 해야죠."

아이러니하게도 어떤 이들은 아내를 너무나 사랑하는 나머지 고백이 저절로 나와 억누르기 힘들다고 하는 반면에 20년 동안이나 자신은 사랑한다는 말을 한 번도 하지 않았으면서 자신의 아내에게 사랑한다고 말한 다른 남자를 쏴죽인 남편 이야기를 들은 적이 있다.

배우자와 대화를 나눠라. 문제는 남자들이 말을 많이 하려 들지 않고 듣는 것도 잘 못하는데 반해, 평균적으로 여성들은 남성들보다 말을 더 많이 하고 더 많이 들으려 한다는 사실이다.

여성들은 남성들보다 세세한 생활사나 잡담 등에 더 관심이 많으며 대화를 통해 자신의 가치를 확인하려 든다.

그래서 감수성이 풍부한 남성들은 중요한 내용이건 그렇지 않은 내용이건 간에 아내에게 많은 이야기를 함으로서 아내의 욕구를 충족시켜 준다. 또한 아내가 자신의 감정을 드러내고 말을 할 땐 관심을 갖고 들어준다.

사실 아내와 내가 가장 어려움을 느끼는 부분도 커뮤니케이션 문제이다. 대부분의 사람들은 내가 연설, 출판, 비디오, 오디오를 통해 이야기 하는 것을 직업으로 하기에 집에서도 많은 말을 한다고 여긴다. 하지만 내 아내는 결코 그렇게 생각하지 않는다.

언젠가 회사의 중역들과 4시간이 넘는 회의를 한 적이 있었다. 우리는 광고나 홍보, DM 그리고 새로운 홍보 전략 등에 대해 많은 이야기를 나누었다. 그 회의는 장시간 활기차게 이어졌다.

집에 도착했을 때 아내는 당연히 이렇게 물어보았다.

"어떻게 됐어요?"

"잘됐어."

그러자 아내가 되물었다.

"뭐가 잘됐다는 거예요?"

"음, 우린 광고나 DM에 대한 세부사항을 토론하고, 몇 가지 신상품들에 대한 이야기도 한 후 새로운 홍보 아이디어들에 대해서도 얘기했어. 그게 다 잘됐다는 거야."

그녀는 미간을 약간 찌푸리더니 이렇게 말했다.

"이봐요, 지그. 그것보다는 더 잘 말할 수 있지 않아요? 당신은 서너 시간이나 회의를 했어요. 그런데 지금 나한테는 무슨 일을 했는지 말하는 데 1분도 걸리지 않는군요."

보통은 그보다 더 많은 말을 하지만 결론은 마찬가지다. 여성들은 남성들보다 더 세세한 것들을 원하고 이런 부분에서 우리 모두가 상대방이 원하는 것이 무엇이고 그 사람을 행복하게 해주기 위해서는 무엇을 해야 할까를 생각한다면 보다 발전된 모습을 보일 수 있다.

서로 다른 관심 분야와 감성을 인정하자

　남성과 여성은 서로 다를 뿐만 아니라 다른 관심 분야와 감성을 가지고 있다.

　동생인 저지와 그 아내 사라가 우리 집을 방문했는데, 어떤 이유에서였는지 30년 전 우리들이 참석했던 플로리다 데이토나 비치의 한 세미나가 화젯거리가 되었다. 그때의 상황을 제대로 설명하기 위해 사라는 진에게 이렇게 말했다.

　"진, 그때 일 생각나요? 시빌 스몰이 파란색 드레스를 입었잖아요. 칼라와 벨트는 하얀색이었죠. 그리고 옷에 맞춰서 하얀색과 파란색이 들어간 작은 모자를 쓰고 역시 하얀색과 파란색이 들어간 신발을 신고 있었어요."

　내 아내는 기억이 난다고 말했다. 나는 동생을 쳐다보고 동생도 나를 쳐다보았다. 우리는 동시에 웃음을 터뜨렸다. 30년도 전에 누가 어떤 옷을 입었는지 기억할 수 있는 남자가 있겠는가?

　남편과 아내는 서로가 완전히 다르다. 이런 차이점들은 관계를 더 좋아지게 할 수도 나빠지게 만들 수도 있는데 본질적으로 다르다는 것이 틀린 건 아니라는 점을 명심해야 한다. 차이점은 서로가 독특한 존재라는 것을 의미한다. 남편과 아내가 그런 차이점들을 인정하고 난 후 서로를 대한다면, 우리 삶을 낭만적인 관계로 만들 수 있는 기회는 훨씬 많아질 것이다.

말하는 데 인색하지 말라

토마스 칼라일은 말을 무척 중요하게 생각했지만, 그가 때때로 무시하던 아내가 죽기 전까지는 진짜 중요성을 깨닫지 못했다. 그의 일기에서 우리는 지금까지 들어본 말 중에 가장 슬픈 문장을 볼 수 있다.

"아, 당신이 내 옆에 5분만 있어 줄 수 있다면 나는 모든 것을 말해 줄 텐데."

C. S. 루이스는 〈시편에 대한 상념〉에서 이렇게 얘기하고 있다.

연인들이 서로가 얼마나 아름다운지를 계속해서 말하는 것은 입에 발린 찬사가 아니다. 말로 표현되기 전까지는 기쁨은 완전할 수 없다.

새로운 작가를 발견했는데 그 사람이 얼마나 괜찮은지를 다른 사람에게 말할 수 없을 때, 여행을 하다가 갑자기 예상밖의 뛰어난 장관을 보았는데 함께 있는 사람들은 그것을 도랑에 빠진 깡통만큼도 감탄스러워하지 않아 침묵을 지켜야 할 때, 또는 재미있는 농담을 들었는데 함께 웃을 수 있는 사람이 없을 때만큼 우리를 좌절시키는 경우는 없다.

어느 시인은 표현하지 않는 사랑은 사랑이 아니라고 했다. 그 말이 꼭 정확한 것은 아니지만 나는 많은 부부들이 서로 사랑하면서도 그 사랑을 확신하지 못하고 있음을 알고 있다.

　배우자가 표현을 잘하지 않는 사람이라면 그가 진정으로 사랑하고 있는지 아닌지는 순전히 어림짐작으로밖에 알 수 없다. 많은 사람들이 자신은 단지 감정을 말로 표현하는 데 익숙지 않을 뿐이며 다른 방법으로 사랑을 표현한다고 변명한다.

　사랑을 표현해 주는 어떤 행동이나 증거가 될 물건도 중요하지만 배우자는 진정으로 사랑받고 있다는 말(메모 역시 좋은 도구이다)을 정기적으로 듣고 싶어한다('사랑한다'고 말하는 데는 문자 그대로 단 1초밖에 걸리지 않는다).

　대부분의 경우 남자들은 표현을 잘하지 못하고 아내와 성적인 접촉을 하지 않는 한 자신의 감정이나 애정을 증명하지 못한다. 그렇기 때문에 아내들은 자신이 사랑받고 있는 게 아니라 이용당한다고 느끼는 것이다.

　당신에게 표현력이 없다고? 그렇다면 어떻게 배우자에게 청혼하고 결혼에까지 이르렀는지를 떠올려 보아라. 당신의 의사 소통 능력에는 아무 문제가 없다. 문제는 의사 소통을 하려는 의지가 없고 귀찮아한다는 것이다.

　슬프게도 많은 부부들이, 심지어 오랫동안 결혼 생활을 한 부부들조차 여전히 현관에 페인트를 칠하는 것에서 고양이를 누가 산책시킬 것인가에 이르는 일상 생활에서 일어나는 사소한 일들에 대해 대화를 하는 데 어려움을 겪는다.

　이렇게 대화가 단절되는 가장 큰 이유는 무엇일까? 이는 많은 경우 먼저 말을 꺼낸 사람이 자신의 감정이나 생각을 다 마무리하기 전에 방해를 받기 때문이다. 우리는 너무 잘 안다는 문제로 가끔씩 배우자의 말을 멋대로 마무리지을 때가 있다. 그렇게 방해를 한 사람은 자신에게 그런 나쁜 버릇이 있다는 것조차 모른다. 이렇게 생각 없는 행동은 상대방을 화나게 하고 많은 경우 대화의 맥을 끊어버린다.

종종 우리는 많은 부부들에게서 '말해 봤자 무슨 소용이 있어' 라는 말을 듣는다. 그들은 대화를 계속하려는 노력 자체를 포기한 것이다.

만약 가정 내의 커뮤니케이션에 문제가 있다는 징후가 보이거든 배우자에게 편지를 써서 부치거나 당신이 없을 때 쉽게 볼 수 있는 곳에 쪽지를 써 놔두도록 하라. 이렇게 하면 조심스럽고 덜 감정적으로 자신이 어떤 감정 상태인지를 말할 수 있다.

글로 대화하는 방법은 또한 문제를 해결하고 대화의 장을 열고자 하는 당신의 의지와 열성을 증명해 준다.

편지를 쓸 때 중요한 것은 오랫동안 질질 끌어 왔던 지루한 문제점들만을 나열하는 것이 아니라, 당신의 감정이나 생각을 표현함으로써 배우자에게 좀더 가까이 다가서고 싶다는 바람을 사랑스럽고 진실되게 전하라는 점이다.

무엇보다 배우자를 비난하지 않도록 주의하라. 대신, 당신의 관심과 감정, 자신이 인식하고 있는 문제에 대해 언급하라. 다음과 같은 문장을 사용해 보라.

- 난 대화를 해보려는 우리의 노력이 벽에 부딪힐 때마다 너무 속상해.
- 우리가 다른 사람들과는 말을 잘하면서 정작 우리 두 사람이 서로에게 얘기할 때는 어려움을 느낀다는 건 놀라운 일이에요.

• 왜 이런 일이 생겼는지 이해할 수 있도록 도와주지 않겠어? 그
  리고 우리가 해결책을 찾기 위해 무엇을 해야 하지?
• 난 당신을 비난할 생각은 없어요. 그저 우리 사이에 문제가 있
  다는 것을 말하고 싶을 뿐이에요. 그리고 그 문제를 해결하고,
  서로에 대한 사랑을 지속시켜 나가고 싶은 거예요.
• 난 내 걱정을 적절히 표현할 수 없을 때, 특히 우리 두 사람에게
  너무나 중요한 것에 대한 관심을 표현할 수 없을 때 속상해.

그저 여기에 쓰여져 있는 말을 따라만 하는 것은 '생색을 내는' 것처
럼 보일 뿐 문제를 해결해 주지는 못한다. 따라서 이런 말들을 자신의 문
제에 맞게 수정한 후 정말로 진지한 태도로 얘기해 보아야 한다.

만약 '감정의 순간'에 앞서 주의 깊게 말을 선택해 사용한다면 우리의
결혼 생활은 훨씬 더 나아질 것이다.

잘못했다면 먼저 사과하라

실수를 했다면 용기를 갖고 사과하라! 예를 들어보자.

"어젯밤에 늦는다고 당신에게 전화했어야 했는데 깜박 잊었어. 다음
번엔 절대 잊지 않을게. 그래서 최소한 내가 살아 있고, 어디에 있는지는
당신에게 알려줄게. 자, 같이 앉아서 이런 문제를 어떻게 해결할 수 있을
지 얘기해 보지 않겠어?"

또는 간단한 메모를 적어놓을 수도 있다.

오늘 아침에 물건 좀 집어달라는 부탁을 들어 주지 않아서 미안
해. 당신 화났겠지, 다음 번에는 진짜 더 잘할게.
추신: 어제 저녁은 정말 맛있었어. 당신 요리는 끝내준단 말야!

추신에는 오직 사실만 써라. 과장된 아첨은 이 경우 도움이 안 된다.
많은 경우 자신의 실수를 인정했을 때 우리는 상대방과 보다 개방적이
고 사랑이 넘치는 관계를 맺게 된다.

부드럽고 애정어린 태도가 가장 중요하다. 그러나 정도가 지나쳐 '지
나칠 정도로 솔직한' 사람이나 '모든 것을 다 보여주려는' 사람들은 어
떤 관계에서든 불행을 초래한다.

정직과 포용력이 가장 중요한 요소인 것이다. 모든 사람들이 때때로
의견이 맞지 않을 수 있으며 그런 경우에도 불쾌해하지 않는 것이 성숙
해졌다는 표시이다.

당신이 잘못을 했을 때 실수를 인정하고 용서를 구한다면, 분명히 어
제보다는 오늘 더 현명해졌다는 사실을 알게 될 것이다. 또한 배우자가
당신을 비난하지도 않을 것이다!

에베소서 4장 32절에 나와 있는 가르침을 기억하라.

"서로 인자하게 하며 불쌍히 여기며 서로 용서하기를 하나님이 그리
스도 안에서 너희를 용서하심과 같이 하라."

또한 우리가 서로를 용서하지 않으면 하나님께서 우리의 과실을 용서

 사랑하지 않고 행복한 사람은 없다

해 주시지 않는다는 것을 명심해야 한다(마쾌복음 6:14-15). 친절하고 부드러운 대화는 때로 용서의 문을 여는 열쇠가 된다.

당신은 듣고 있는가?—청취의 7가지 기술

커뮤니케이션은 제대로 말하기만을 말하지 않는다. 사실, 어떤 면에서 보면 더 중요한 요소는 제대로 듣기일 것이다! 많은 결혼 상담가들이 말하기를, 오늘날 가족간에 가장 큰 문제는 상대의 말을 듣지 않는 것이라고 한다.

연구 결과에 따르면 제대로 듣지 않는 사람들은 사회 생활을 성공적으로 해나가지 못할 뿐만 아니라 결혼 생활에서도 만족하지 못한다고 한다. 메시지를 듣지 못한다면 어떻게 그 메시지에 답해 줄 수 있겠는가.

광범위한 설문조사 결과, 설문 대상 여성의 98%가 남편과 대화를 통해 보다 가까워지기를 바라고 있으며, 가장 화가 나는 문제도 '남편이 듣지 않는 것'이라고 한다. 71%의 여성들은 남편과의 대화를 포기했으며, 더 이상 노력조차 않는다고 말했다. 그것은 슬픈 일이며, '불행한 결혼 생활'의 조짐이다.

다행히 여기서 다루고 있는 커뮤니케이션 방법들을 이용한다면 이 치명적인 병은 고쳐질 수 있다.

청취 기술을 터득하는 것은 그렇게 어려운 일이 아니다. 다음의 몇 가지 특별한 단계들을 따른다면 당신도 훨씬 더 좋은 청취자가 될 수 있다.

1 말하는 사람에게 집중한다

상대의 눈을 쳐다보고 집중한다면 이렇게 말하는 것과 같다.

"당신은 나한테 정말 중요한 사람이야. 당신의 말과 생각은 내 인생에 아주 큰 의미가 되지."

아침 식사나 저녁 식사를 하면서 신문에만 코를 박고 있거나 배우자가 얘기할 때 TV 화면에만 집중하거나 계속 리모컨을 조작해 채널을 돌리며 딴청을 피운다면, 당신은 완전히 그와 반대되는 메시지를 보내는 것이다.

주의 깊게 말을 들어주고 때때로 고개를 끄덕이며 당신이 집중하고 있음을 확실히 알리기 위해 간단한 말을 중간에 곁들여 주어라.

2 바디 랭귀지로 관심을 나타내라

배우자와 얘기할 때는 몸을 약간 앞으로 기울여 앉도록 한다. 만약 상사나 대통령과 이야기한다면 당신의 자세는 어떠했겠는가? 당신의 배우자는 오랜 세월 동안 그 누구보다도 당신에게 더 큰 의미가 되는 사람이다. 익숙하다는 이유로 무시하지 마라. 좋은 자세로 배우자의 말을 들음으로써 존경심을 보여라.

3 중요한 말은 다시 한 번 반복해 준다

만약 자신이 이해한 대로 상대의 말을 되풀이해 준다면 관심을 갖고 있음을 보여주게 되고, 이해를 더 잘할 수 있게 될 것이다. 다음과 같은 말들을 사용해 보라.

"그러니까 당신 말은……."

"그게 이런 뜻인가요?"

"그 말을 들으니까 내 기분이…… (화가 난다, 행복하다, 슬프다, 기쁘다, 등)."

두 사람 중 한 사람이 화가 나서 참지 못하고 충동적인 방법을 택하려 할 때 이렇게 말한다면 자신이 성숙해졌다는 표시이다.

"여보, 당신이 왜 그렇게 화가 났는지 나도 이해할 수 있어. 조니가 배변 연습한 걸 잊어버리고 팬티뿐 아니라 양탄자와 침대보, 욕실 매트까지 더럽혔으니 말이야. 당신은 이미 두 사람 몫 이상의 일을 하고 있다구. 무엇보다도 당신이 조니를 그렇게 연습시켰는데 이런 일이 벌어졌으니 얼마나 실망했겠어. 그렇게 화를 내는 것도 당연해!"

문제를 확실하게 말해 줌으로써 당신이 말을 제대로 듣고 있으며, 이해하고 동감하며 아내의 노력에 감사하고 있음을 표현할 수 있다. 가장 중요한 것은 일이 잘되지 않았어도 그녀에게 괜찮다고 말해 주는 것이다. 이런 방법으로 상처받고 분노한 마음을 가라앉혀 주고, 어머니와 여성으로서 그녀의 가치를 존중해 줄 수 있다.

대부분의 경우, 진심어린 마음으로 상대방의 말을 들어주고 다정하게 포옹을 해준 다음 도와준다면 그 순간의 문제를 해결할 수 있으며 나아가 사랑을 더욱 확고하게 할 수 있다.

4 상대방의 말이 모두 끝나기를 기다려라

배우자가 말하는 도중에 끼어드는 것은 커뮤니케이션을 망치는

지름길이다. 상대의 말을 듣고, 쉬었다가, 또 듣는다! 당신이 일생 동안 결혼 생활을 유지하기로 마음먹었다면 반론할 시간은 얼마든지 있다.

그렇기 때문에 하나님께서는 우리에게 귀는 두 개 주셨지만 입은 하나만 주신 것이다. 상대방이 이야기를 하고 있을 때 그 사람이 정확히 무슨 말을 하고 있는지 듣지도 않은 채 자신이 무슨 말을 할지부터 생각하는 것은 범죄와 같다.

특히 배우자와 대화하는 경우 이런 행위는 더욱 나쁘다. 배우자와 이야기를 할 때면 자신의 모든 개인적인 선입관과 편견을 버려라. 깨끗한 마음으로 대화를 받아들이려 노력하라. 배우자의 입장에서 들어라. 남편이 오늘 무슨 일을 했을까? 오늘 아내의 기분은 어떤가? 눈과 귀로 들어보라.

5 감정을 표현하라

효과적인 커뮤니케이션은 의미의 전달뿐 아니라 감정의 전달도 함께 되어야 한다. 그러나 때때로 감정의 전달이 무시된다는 것은 매우 슬픈 일이다. 진정으로 친밀해지기 위해서는 부부가 자신의 내밀한 감정을 서로에게 표현할 수 있어야 한다.

'감정'이나 '속 깊은 대화'는 '난 이렇게 생각해……'라는 말을 사용할 때 가장 많이 드러난다.

그러나 감정의 전달에서 배우자의 성격이나 개인적인 부분을 비난하는 말은 절대로 해서는 안 된다. 또한 말을 하면서 '그러면 안 돼', '당신은 항상……', '난 못해'라는 말은 하지 않도록 한다.

6 해결책은 조심스럽게 제시한다

특히 아내가 사회 생활을 하지 않는 경우, 남편은 애초부터 저녁에 집에 돌아가면 아내가 하루 종일 쌓였던 불만을 자신에게 터뜨린다는 오해를 하고 있으며, 남편에게 솔로몬의 현명한 지혜를 기대한다고 생각한다. 남편은 아내가 자신에게 즉각적인 해결책을 원한다고 생각한다.

대부분의 경우, 그것은 사실이 아니다. 아내 또한 어떤 문제에도 즉각적인 해결책은 없다는 사실을 잘 알고 있다. 그녀는 단지 관심을 갖고 자신의 말을 들어주는 자상한 남편에게서 자신이 훌륭한 사람이며 훌륭한 어머니, 훌륭한 아내라는 확신을 얻기를 바라는 것이다.

어떤 사람이 이렇게 말했다.

"직장에서 나는 신속하고 효율적으로 문제에 대한 해결책을 찾는다. 그러나 직장에서는 능력 있는 사원인 나는 집에 돌아가면 속수무책이 된다. 아내가 걱정하고 화를 내며 아이들이나 나, 자기 자신, 강아지에 대해 체념하려고 할 때 이 세상에서 가장 훌륭한 해결사가 바로 그 자리에 완전한 해결책을 가지고 있지만…… 언제나 무언가가 어긋나고 만다. 시간 관리, 목표 설정, 방향 설정 등 그녀에게 필요한 모든 것이 준비되어 있지만 가장 중요한 것은 없다. 바로 감수성이다. 그녀는 말하는 사람이 아니라 듣는 사람을 필요로 하며 지시가 아니라 애정과 관심을 원한다. 아내가 내 지혜를 들으려고 하지 않을수록 나는 더욱 강요하게 된다. 도와주려고 하는 내 욕심이 바로 우리 결혼 생활의 걸림돌이 되는 것이다."

듣는 것은 배우자가 화가 나서 참을 수 없을 때 특히 중요하다. 배우자의 말을 들을 줄 아는 귀와 진정한 관심, 배려, 약간의 포옹 등을 결합시킨다면 결혼 관계를 진정 오랫동안 지속시킬 수 있다.

7 듣는 것이 곧 사랑이다

한 현자가 이런 말을 했다.

"말하기는 공유하는 것이지만 듣기는 사랑하는 것이다."

그렇기 때문에 현명한 남편은 배우자가 하루 동안 있었던 일을 세세하게 말하는 동안 주의 깊게 듣는다. '의무감은 그 일을 잘하게 만들지만, 사랑은 그 일을 아름답게 해내도록 만든다는 사실'을 그는 잘 알고 있는 것이다.

흥미로운 사실은 사랑은 '꼭 해야 하는 일'이라서 시작했던 것을 '하고 싶어서 하는 일'로 바꾼다는 것이다. 또한 오랜 세월이 지나면 그런 사소한 일들이 얼마나 자신의 삶을 풍요롭게 만들었는지 깨닫고 놀라게 될 것이다.

결국 훌륭한 경청은 연습과 공감, 상대에 대한 진정한 배려가 요구되는 기술이다. 다음과 같은 말로 용기를 불어넣어 주며 주의 깊게 경청하면 배우자에게 심리적으로 큰 안정감을 줄 수 있다.

'무슨 말인지 알겠어.'

'이해해.'

'세상에!'

'그럴 리가.'

'농담하는 거겠지.'

'그 사람이 뭐라고 했다구?'

'대단한데.'

'저런.'

물론 '사랑해'라는 말은 어떤 대화에서나 잘 어울린다.

그리고 잊지 말아야 할 것은 다른 모든 일에서와 같이 커뮤니케이션에
도 시간이 필요하다는 사실이다.

놀랍게도 많은 부부들이 다른 모든 사람들과 모든 일에 충분한 시간을
내주면서도 서로에게는 그렇지 않은 경우가 많다. 솔직히 고백하건데 나
또한 이 부분에서만은 할말이 없는 사람이었다. 하지만 지금도 여전히
어느 정도는 미안한 감을 가지고 있지만 몇 년 전만큼은 아니라는 것을
확실히 말할 수 있어 기쁘다.

기본적으로 이 문제는 결혼 생활에서 '내가 먼저, 그리고 아내, 그 다
음이 아이들'이라는 사고방식 때문이었다. 그것도 어쨌든 한 방법이지
만 불행하게도 행복한 결혼 생활을 위협한다.

이제 대부분의 경우 나는 즐거운 마음으로 친구나 동료들에게 '정말
로 같이 보냈으면 좋겠지만 선약이 있어서 갈 수 없다'고 말한다. 물론
아직도 가끔씩 가족들과의 시간이 침해당하기도 한다. 때때로 너무 중요
한 일이 생기기 때문이다.

하지만 한 번의 예외를 만들면 두 번째도 합리화시키려 드는 경우가
많다. 전 대통령 로널드 레이건이 '또 같은 소리로군'이라고 말한 것처
럼 말이다.

이제 아내와 약속을 하면 그녀와의 관계가 나에게 있어 가장 중요하기

에 불가피한 일로 예외를 만드는 경우는 거의 없다. 그것은 내가 그녀에
대해 어떤 감정을 느끼고 있는지를 분명하게 보여준다.

당신은 매우 중요한 사람이야, 하지만 난 바빠

이 글을 쓰고 있는 지금 이 순간에도 아내의 목소리가 내 집중력을 깨
뜨린다.

"여보, 이리 와서 이것 좀 도와줄래요?"

제일 먼저 떠오르는 생각은 '내가 지금 책을 쓰고 있다는 걸 알고 있
을 텐데' 이다. 그 생각을 미처 다 하기도 전에 아이러니를 깨달은 나는
글쓰는 일을 멈추고 큰 소리로 웃고 만다. 우리가 자신이 하는 일이 배우
자의 일보다 더 중요하다고 즉각적으로, 그리고 본능적으로 판단내린다
는 것은 정말 재미있지 않은가?

이번 경우, 내가 하고 있었던 일은 분명 훨씬 더 중요하고 긴급한 일이
었다. 가족에 관한 책, 특히 구애에 관한 책은 아마도 〈성경〉과 〈로마제
국 흥망사〉의 중간 정도의 중요성을 담고 있을 것이다.

그렇다면 아내가 그런 나를 방해하며 도움을 청할 만큼 중요한 일은
무엇이었겠는가? 단지 크리스마스 선물을 포장하거나 저녁을 준비하거
나 가족들을 위해 식탁을 차리는 등 내 사랑을 열정적으로 보여주는 일
들일 뿐이다.

도움을 청하는 아내의 말에 응했을 때 내가 왜 그렇게 씨익 미소짓고 있

었는지 이 글을 읽으면 아내도 알 수 있을 것이다. 내가 위선을 보이고 있다는 사실을 깨달았을 때 나는 스스로를 비웃으며 아내의 요청에 응한다.

그런 방해는 전부해서 3분 정도밖에 걸리지 않으며, 나는 행복하고 보다 현명하며 자상한 남편이 되어 다시 책상으로 돌아온다. 도움을 요청하는 아내에게 응답해 줌으로써 나는 그녀에 대한 사랑과 내가 그녀를 얼마나 중요하게 생각하고 있는가를 보여주는 것이다.

유머의 커뮤니케이션

로맨스와 재미가 결혼을 영속시키는 중요 요소이기에 유머감각은 매우 중요하다. 유머는 효과적인 커뮤니케이션에 필수적인 요소이다. 남성이든 여성이든 불쾌하고 재미없는 이성에게 매력을 느끼는 사람은 없다.

그러나 우리가 하는 말이 상대에게 창피를 주려는 의도가 아니라 정말로 재미를 위한 것이라는 사실을 확실히 해야 한다. 나는 아내가 이해하지 못하는 농담은 하지 않는다.

일주일 간의 힘든 출장을 마치고 돌아오던 어느 금요일 저녁을 난 결코 잊지 못한다. 공항으로 마중 나온 아내는 너무나도 멋진 옷을 입고 있었다. 또한 보통 때처럼 내가 좋아하는 향수를 뿌렸다.

우리가 짐을 찾기 위해 기다리고 있을 때, 아내는 옆에 바짝 다가와 내 손을 잡고는 이렇게 말했다.

"여보, 이번 일주일은 너무나 길고 힘든 시간이었을 거예요. 그러니까 당신이 원한다면, 집에 가는 도중 슈퍼마켓에 들러서 맛있는 스테이크나 해산물을 사가요. 당신이 신문을 보면서 쉬는 동안 내가 멋진 저녁을 준비할게요. 탐은 친구 집에서 자고 오겠다고 했으니까 오늘밤은 우리 두 사람만 오붓하게 보낼 수 있어요. 멋진 저녁 식사를 하고 난 다음 당신은 분명히 더러운 접시나 기름에 절은 냄비에 손대고 싶지 않을 거예요. 그러니까 제가 부엌을 깨끗이 치우는 동안 편안히 쉬면서 책이나 보세요. 아마 한 시간, 아니면 한 시간 반, 최소한 두 시간 정도밖에 걸리지 않을 거예요. (좀 뜸을 들이고) 방금 생각이 났는데, 내 시간과 관심을 당신에게 모두 쏟는다면 당신도 훨씬 편안하고 즐거운 저녁을 보낼 수 있지 않겠어요? 아주 괜찮은 레스토랑에 간다면 그렇게 할 수 있을 거예요. 물론 결정은 전적으로 당신에게 달려 있죠. 어느 쪽이 더 좋겠어요?"

우리가 식품점에 들르지도 않았으며 집에서 요리하지도 않았음은 굳이 말할 필요도 없으리라.

커뮤니케이션에선 유머만이 아니라 부드러움, 친절함, 신중함도 엄청나게 중요한 요소이다. 남편이 아내와 얘기할 때 회사의 비서나 길을 묻는 낯선 사람에게 하는 정도만이라도 부드럽고 친절하며 사려 깊은 모습을 보이면 효과적인 커뮤니케이션이 이루어질 수 있다. 아내 또한 남편을 대할 때 직장 동료나 부하 직원에게 하는 것처럼 신중하고 사려 깊게 행동해야 한다.

대화하며 존중한다

모든 커뮤니케이션 기술을 전부 습득했다 해도 여전히 오해가 생길 수 있다. 결국, 반대 의견이나 아무 문제가 없는 결혼 생활은 존재할 수 없다.

그러나 앞서 말했던 것처럼 의견이 달라도 감정이 상하지 않을 수는 있다. 아내와 나에게도 어려운 점들이 많았다. 하지만 그런 어려움 속에서도 우리의 사랑이 더욱 돈독해지며 결혼 생활이 그 어느 때보다도 안정되고 굳건해질 수 있었던 이유는 우리가 의견이 맞지 않거나 오해가 생겼을 때 서로를 어떻게 대했느냐의 태도와 관계 깊다고 생각한다.

기본적으로 우리는 문제가 생겨도 언제나 서로를 존중하는 마음으로 대했다. 단 한 번도 상대방에게 앙심을 품거나 나중에 후회하게 될 말을 한 적이 없었다. 우리는 상대방을 개인적으로 비난하지 않았다. 바로 그 것이 중요한 점이다.

우리는 나쁜 것은 잘못된 일이지 사람이 아니라는 사실을 명심하려 애썼다. 그랬기 때문에 오랜 세월을 함께 지내 올 수 있었다.

간단히 말해서 우리가 결혼 서약을 했을 때는 함께 살아가겠다는 서약을 한 것이다. 함께 살아가겠다는 서약을 했을 때 우리는 서로 대화를 나누고 상대방을 존중한다면 더 재미있는 삶이 될 것이라고 생각했다.

옛 예언가의 말을 빌려서 이런 말을 해주고 싶다.

"함께 있어라. 그리고 상대방과 비슷하게 행동하라."

7 섹스는 더러운 것이 아니다

섹스는 아름답고 즐거우며 필수적이다. 하나님이 그렇게 만드셨다.
그것은 하나가 되었다는 표현이며 완전한 서약이자 자신을 모두 주는 것이고
신성한 의무이다. 섹스는 이기적으로 주장할 권리도, 억눌러야 할 성향도,
상대방을 지배할 무기도, 훌륭한 행동에 대한 보상도 아니다.
— J. 앨런 피터슨 박사

성경을 한 번이라도 읽었다면 다음 장면에
익숙할 것이다.

아담이 홀로 지내고 있을 때 하나님이 보시고 남자 혼자 사는 것이 좋
지 않다고 생각하셨다. 그래서 하나님은 아담을 잠들게 하시고 몸의 일
부를 떼어내 이브를 만드셨다. 이브가 아담 앞에 섰을 때 성경에는 아담
이 이렇게 말했다고 적혀 있다.

"내 뼈 중의 뼈요, 살 중의 살이라."

하지만 댈러스 신학교의 하워드 헨드릭스 박사는 이 해석은 히브리어
원본과 달라졌다고 말한다. 나는 헨드릭스 박사의 말에 동의하며, 여러
분도 그럴 것이라고 생각한다. 계속 읽어보라.

쭉 혼자 살아온 아담이 갑자기 세상에서 가장 아름다운 여인을 만나게
된 상황을 상상해 볼 수 있는가?

물론 그녀는 세상에 단 하나뿐인 여자였는데 어떻게 가장 아름다웠는

지 비교할 수 있었겠냐고 말하는 이도 분명 있을 것이다. 그 말은 맞다. 하지만 그녀는 당시 세상에서 가장 아름다운 여자였을 뿐만 아니라, 언제나 세상에서 가장 아름다운 여자이다. 하나님이 그녀를 창조하셨기 때문이다.

자, 이런 아름다운 창조물이 아담 앞에 나타났을 때 그냥 '내 뼈 중의 뼈요, 살 중의 살이라'고 말했을 거라 생각하는가? 농담이겠지!

히브리어 번역은 정열적이고 고양된 목소리로 '우와!' 한 것에 더 가깝다고 되어 있다.

바로 그렇다. 아담은 이브를 그런 식으로 본 것이다. 결혼 후 많은 시간이 흐른 뒤에도 신의 가호로 우리가 결혼 생활을 유지하고 몇 가지 상식적인 원칙들을 따른다면, 부부 관계에서도 '우와!' 라는 말을 계속 사용하게 될 것이다.

섹스는 하나님 생각이었다

오늘날 일부 '할리우드 유형의 사람들', 즉 이상한 소설을 쓰는 사람들과 외설 잡지의 편집장들, 대형 TV쇼의 연출자들은 섹스가 그들이 생각해 낸 것이고 새로운 발명품이라고 말하려 한다.

섹스는 하나님의 생각이셨다. 그분은 우리를 창조하셨고, 남성과 여성 사이에 열정을 만드셨으며, 처음부터 우리가 다산할 수 있다고 말하셨고, 구약이나 신약 모두에서 남편과 아내 사이의 성적 관계는 단순히 종족 보존의 개념을 넘어서는 것임을 확실하게 보여주었다.

이 세상에서 가장 현명한 사람 중 한 명이었던 솔로몬은 〈솔로몬의 노래〉에서 이를 상세히 말해 주고 있다. 바울은 신약성서에서 성관계는 남편과 아내가 함께 나누는 즐거움이며, 유대관계를 돈독하게 만들어 줌으로써 두 사람이 하나가 되게 한다고 말했다.

섹스는 사회적 조사나 보고서에서 설명되어 완결지어진 것이 아니다. 앞서 얘기한 것처럼 남성과 여성 사이의 성적 관계는 하나님의 생각이었고 성경은 가장 훌륭한 성 교과서이다.

오늘날 우리 사회에서 성경을 읽어보지 않았거나 창조주에 대해 확실하게 모르는 사람들은 신이 섹스를 반대한다는 잘못된 주장을 하고 있다. 기독교 주류에서는 남편과 아내의 성관계는 하나님이 창조하신 것이며, 인간의 번성을 위한 행동임을 분명하게 알고 있다.

섹스는 아름답고 신성하다

〈솔로몬의 노래〉를 읽고 솔로몬과 그의 신부가 얼마나 친밀한 사이인지를 본다면 남편과 아내의 성관계는 사랑이 넘치고 만족스러운 관계가 될 수 있고, 또 그렇게 되어야 한다는 것을 확실하게 알 수 있다.

성관계가 가장 중요하다는 의미는 아니다. 수많은 연구들이 그렇지 않음을 증명하고 있다. 그러나 성공적이고 지속적인 결혼 관계를 유지하고 있는 사람들은 친밀한 육체 관계가 매우 중요하며 아름답고 신성하다는 것을 안다.

데이비드 시맨즈 박사는 이렇게 말했다.

"기독교인들이 억제되고 편협하다는 것은 속설에 불과하다. 사실, 기독교적인 결혼 생활은 부부가 성적 자유와 쾌락을 최대한으로 누리기 위해 필요한 안정감을 제공한다."

내가 직접 조사한 연구결과를 보더라도 가장 금욕적이라는 청교도인들조차 역사책에서 보여지는 것보다 훨씬 애정이 깊고 사랑이 많았다. 사실, 그들은 가족의 가치를 잘 이해하고 있기 때문에 상대적으로 성에 관해 긍정적이었다.

육체적인 친밀함

신성한 예식을 통해 평생 상대방에게 사랑의 결합을 서약하는 두 사람이 나누는 육체적 친밀함은 건전한 결혼 생활에서 가장 친숙하고 흥분되는 단계이다.

자기 자신을 배우자와 완전하게 공유하는, 진정으로 신성하고 아름다우며 성스러운 행동은 다른 어떤 것보다 부부 관계를 보다 가깝게, 보다 사랑 넘치게 만들어 준다.

비극적인 것은 많은 부부들이 성적 관계를 이기적이고 애정 없는 태도로 이용한다는 사실이다. 많은 부부들이 성관계에서 문제를 갖게 되는 이유는 가장 주요한 성적 기관은 바로 두뇌라는 사실을 간과하기 때문이다.

대다수 사람들이 성관계에 대해 너무나 많은 오해를 하고 있다. 성관계는 불을 끄고 침대에 누운 다음 시작되는 게 아니다. 모든 일상 생활의 일부이고 매일 아침 침대에서 눈을 떠 불을 켤 때마다 새롭게 시작된다.

배우자와의 성관계가 원만하지 않다고 생각할 때 대부분의 문제는 '성' 관계가 아니라 '관계' 그 자체에 있다. 애정, 친밀한 행동, 신중함, 친절함이 두 사람 사이의 관계를 구성하는 가장 중요한 요소임을 확실하게 이해해야 한다.

성관계는 모든 방에서 이루어진다

현관에서 뒷문에 이르기까지 집 안의 모든 장소에서 당신이 무엇을 할 수 있는지 살펴보자.

현관은 당신이 일을 하러 갈 때나 끝내고 돌아왔을 때 배우자와 인사를 나누는 곳이다. 하루의 첫번째 인사와 마지막 인사, 때문에 항상 이곳을 '행복한 장소'로 유지해야 한다. 미소와 포옹, 따뜻한 말들, 적극적인 격려를 아침마다(밤에도) 나눈다.

부엌은 친밀함을 위한 장소이다. '남자의 마음으로 들어갈 수 있는 방법은 그의 위장을 통해서이다'라는 말이 어느 정도 사실이기에 부엌은 결혼 생활에서 매우 중요한 위치를 차지한다. 부엌에서 아내를 도와주는 남편들은 그 집의 다른 방에서도 보다 많은 존경과 감사를 받을 수 있다.

식당은 대화를 나누고 정신적인 발전을 할 수 있는 매우 훌륭한 장소이다. 그날 일어났던 일 중에서 좋았던 일들을 얘기하는 것(나쁜 일은 식사가 끝난 후에 얘기한다)은 대화를 활기차게 할 뿐만 아니라 소화를 도와주기도 한다.

서재나 거실은 편안하게 휴식을 취할 수 있는 곳이다. 웃음을 가미한 대화로 가득 찬 거실은 결혼 생활을 굳건하게 지켜준다.

집 안의 모든 방이 적당하게 이용될 때, 침실은 아름답고 즐거우며 사랑이 넘치는 장소가 될 것이다.

남성들이여, 관심을 보여라!

이 장의 대부분은 남편들을 대상으로 쓰여져 있다. 여기에는 이유가 있다. 수많은 연구자료뿐만 아니라 신문이나 잡지의 상담란에 보내지는 편지들을 살펴보면 대부분의 경우 남편들이 훨씬 성관계에 적극적이다. 하지만 관계의 가장 중요한 부분인 애정과 사랑, 부드러움, 사려 깊은 행동에는 덜 적극적인 게 사실이다. 남편들이여, 이 사실을 명심하라. 당신의 성관계는 애정이 토대가 되어야 한다.

또한 남편과 아내 모두 상대에게 사랑받고 있다는 느낌이 들어야지, 이용당하고 있다는 느낌을 받아서는 안 된다는 것을 명심해야 한다.

당신과 배우자의 성충동은 매우 다르다. 그렇기 때문에 진정한 사랑과 관심, 배려, 커뮤니케이션이 절대적으로 중요하다. 사랑하고 이해하며 배우자의 욕구와 욕망을 지켜주는 것은 결국 부부 사이를 성공적인 관계로 이끌어 줄 뿐만 아니라 영원한 행복을 가져온다.

이제, 어떻게 하면 결혼 생활의 다른 면들과 성생활을 조화시킬 수 있을지 조심스럽게 알아보자.

섹스는 어디에서 시작하는가?

성관계에 있어서 가장 기본적인 문제는 너무나 많은 남편과 아내들이 성관계를 낮 동안의 생활과는 별개의 것으로 취급한다는 것이다. 그것은 심각한 실수이다.

이것만은 확실하다. 만약 남편이 아내를 하루 종일 무시하고, 때때로 생각 없고 경솔하며 무례한 행동을 하다가, 불을 끈 후에만 전력 집중하려 든다면 아내는 당신을 거부할 것이다. 또한 저녁 식사중 감자 요리에 대해 불평을 한다면 밤에 침대에서 접할 수 있는 것은 등돌린 차가운 모습뿐이다.

여성들이여, 이것 또한 확실하다. 만약 당신이 로맨틱한 분위기를 조성하려는 남편의 노력을 무시한다면 그는 당연히 화를 낼 것이다. 신체적인 애정 표현을 억제하면 사랑을 나누기 전이나 후의 달콤한 순간들이 줄어든다.

남편과 아내의 성행위는 부부 관계의 절정이다. 이것은 단순히 육체적인 것이 아니라 더 많은 감성적 부분을 포함한다. 남편들은 저녁 뉴스를 보고 나서 바로 절정에 다다르려고 하는 실수를 절대 범해서는 안 된다.

또한 여성들은 가정이나 직장, 아이들 때문에 스트레스를 많이 받아 대부분의 경우 '그럴 만한 기분' 이 되어 있지 않다. 때때로 그게 당연하고 또 이해할 수 있는 일이기는 하지만 그 상태가 지속된다면 불행하게도 일종의 영양 결핍 상태처럼 결혼 생활은 시들고 만다.

아내는 남편의 욕구와 욕망에 맞춰 줄 것을 요청받으면서도 자신의 욕구나 욕망은 무시될 때 이용당했다고 느끼고 결국에는 창녀보다 나을 게 없다고 생각하게 된다. 남성들이여, 그것은 분명 결혼의 축복을 받을 수 있는 방법이 아니다. 진정한 절정을 맛보고 싶다면 아내의 욕구 또한 충족시켜 주어야 한다.

아내가 계속하여 남편의 욕구나 욕망을 거절하고 관심을 기울이지 않는다면 그는 남자로서의 자신감을 잃어버릴 것이다. 심리학자들의 말에 따르면 성적으로 거부당하는 것은 남자에게 있어 완전한 거부를 뜻하기 때문이다. 여성들이여, 그것은 분명 결혼의 축복을 받을 수 있는 방법이 아니다. 진정한 절정을 맛보고 싶다면 남편의 욕구 또한 충족시켜 주어야 한다.

모든 사람들이 결혼식 종이 울리기 전처럼 사랑받고 구애받고 싶어한다. 오랜 세월 동안 성적으로 만족스런 결혼 생활을 하려면 우리는 사랑받고 감사받는다는 느낌을 가져야 한다.

성관계가 최고조에 이르고 남편과 아내가 진정한 하나가 되기 위해서는 시간과 관심, 애정, 사려 깊은 생각 등이 포함된 진정한 의미에서의 구애가 이루어져야 한다. 이것은 특히 신혼여행이 희미한 추억이 되기 시작하는 처음 몇 년간에 절실히 필요하다.

여보, 난 당신이 자랑스러워요

남자와 여자는 얼마나 놀라운 존재들인가! 결혼하기 전에는 서로에 대해 말 그대로 관심을 쏟아붓고, 소나기처럼 전화를 해대고, 가능한 모든 시간을 함께 보내려 든다.

그러나 결혼을 하고 나면 모든 것이 달라진다.

나는 남편과 아내가 함께 파티에 도착한 다음 즉시 등을 돌리고 다른 사람들에게로 가는 경우를 많이 보았다. 그들은 자리를 뜨기 전까지는 서로의 존재조차 잊고 있는 듯 보인다.

항상 배우자와 함께 있어야 된다고 말하려는 것은 아니다. 하지만 부부가 함께 초대받았을 경우, 대부분의 시간을 같이 보낸다면 두 사람 모두 파티를 더욱 즐길 수 있고 더욱 가까워질 수 있다.

남성들이여, 처음 구애하던 시절을 다시 생각해 보라. 당신이 그녀를 큰 파티에 데려갔는데 어떤 호색한이 접근해 오면 용감하게 그녀 앞에 나서지 않았던가! 그렇게 다른 남자들의 접근을 막았다. 그리고 저녁 내내 두 사람은 마치 샴쌍둥이처럼 붙어 있지 않았던가!

결혼 생활이 얼마나 오래되었는가와는 상관없이 당신이 아내에게 표현할 수 있는 최대의 찬사는 항상 똑같이 그녀를 대접하는 것이다.

파티건 운동경기이건 만찬이건 자선모임이건 어디를 함께 가게 되었을 때 공공연하게 함께 보내는 시간은 결혼 생활에서 큰 차이를 만들 수 있다. 당신이 보여주는 메시지는 명확하다.

"나는 배우자를 사랑하며 자랑스럽게 생각한다. 그리고 이 세상과 내 배우자가 그 사실을 알아주길 바란다."

그러고 나서 집에 돌아왔을 때, 아내에게 얼마나 사랑하는지 말한다. 저녁 내내 그 사랑을 증명해 보였기 때문에 그 말은 강한 확신을 준다.

함께 보내는 시간이 필요하다

부부 사이의 성관계가 아름답고 즐거우며 흥분되는 것임에도 불구하고 뉴욕의 정신과 의사인 앤터니 피어트로핀토의 연구에 따르면, 45세 이하의 부부들 가운데 1/3은 종종 최소한 두 달 동안 성관계를 전혀 하지 않는다고 한다.

피어트로핀토의 말에 따르면, 이렇게 성관계 횟수가 줄어드는 이유는 둘다 직장을 가지고 있는 부부가 사회 생활에서 받는 스트레스 때문이라고 한다.

그는 이렇게 주장한다.

"섹스는 어느 정도의 관심과 애정, 노력이 필요한 일이다. 즉 사람들은 섹스를 하기 전에 심리적으로도 그에 맞게 준비되야 하는데 두 사람 중 한 사람이 직장 일로 피곤하면 그러기가 쉽지 않다."

또한 최근의 한 연구 결과를 보면, 부부가 모두 직장을 가지고 있는 경우 함께 보내는 절대 시간이 적을 뿐 아니라 질적으로도 만족스럽지 않다고 한다. 이 두 가지 사실을 종합해 보면 우리는 결혼 생활 중 성공적인 성관계에 가장 중요한 요소는 시간이라는 결론에 다다를 수 있다.

사실, 나는 〈솔로몬의 노래〉를 읽으면서 한 나라를 통치하고 미술, 건축, 원예 등 모든 분야에 관심을 갖고 있던 이토록 바쁜 사람이 아름다운 아내에게 사랑을 표현하는 데도 많은 시간을 투자했다는 사실에 감명받았다.

내가 아는 가장 슬픈 얘기는 한 이혼한 부부에 관한 것이다. 그녀가 이혼에 어떻게 대처했는지 한 친구가 물어보자 상처받은 아내는 이렇게 말했다.

"생각했던 것보다는 괜찮았어. 존이 나에게 그 어느 때보다도 시간과 관심을 많이 보여주었거든. 드디어 그 사람이 해야 할 일 목록에 나도 올라가게 된 거지."

서로를 사랑하고 존경하며 소중히 여겨야 할 시간이 어떠했는지를 생각하면 그저 유감스럽기만 하다.

섹스에 관심을 불러일으킨다

삶의 아이러니 가운데 하나는 남편들이 자신의 아내에게는 섹스에 대해 전혀 말하지 들지 않는다는 사실이다. 혼외정사가 벌어지는 대부분의 원인은 상대가 너무나 아름답고 정신을 잃을 정도로 멋지기 때문이 아니라, 그(또는 그녀)를 하나의 존재로 여기고 관심을 갖기 때문이다.

당신이 아내에게 일상 생활에서 구애를 하고, 진정한 존경심과 애정을 보여주며, 깊은 관심을 기울이고 함께 시간을 보낸다면, 결혼 생활의 성적인 측면 또한 자연스럽고 더 충만해질 것이다.

분명 결혼하기 전 그녀의 사랑을 얻기 위해 세웠던 온갖 계략들을 기억할 수 있을 것이다. 당신은 그녀와 단순히 함께 있는 것만이 아니라 단둘이 있기를 원했다, 그녀를 유혹하기 위해.

지금 이 시점에서 당신은 아마도 아내를 전혀 유혹하려고 생각조차 하지 않을 것이다. 하지만 연애할 때처럼 조심스러운 계획, 흥분과 배려가 함께 하는 유혹 작전을 벌인다면 '하나'가 될 수 있는 기반을 마련할 수 있다.

명심해야 할 것은 부정한 행위는 행복을 파괴한다는 사실이다. 부정한 행위로는 쾌락을 얻을 수 없다는 말이 아니다. 그러나 이는 일시적인 쾌락이며 결국에는 행복을 파괴하고, 죄 없는 가족들뿐만 아니라 쾌락을 추구했던 본인에게도 큰 불행을 가져온다.

절정에 다다르는 6단계

남편과 아내, 즉 부부가 똑같은 책임감을 가져야 성관계에서 성공한다. 그런 책임감을 기꺼이 받아들인 후 절정에 다다르기 위해 구체적으로 무엇을 해야 하는지 알아보자. 이 장의 나머지 내용은 원만하지 못한 성관계를 개선시키고 훨씬 좋아지도록 하기 위한 실제적인 방법들을 제시하고 있다.

많은 사람들이 기본적인 성품은 좋지만 그럼에도 불구하고 육체의 유혹과 약한 면에 굴복하여 결국 혼외 관계라는 덫에 희생되기 때문에 다음 내용들을 주의 깊게 읽어보고 생각해 보길 바란다.

1 지속적인 부재를 피한다

오늘날 우리 사회에서는 많은 남성들이, 또한 상당수의 여성들이 오랜 기간 가족들과 떨어져 있어야 하는 직업을 갖고 있다. 대부분의 경우 지속적인 부재는 굳건한 결혼 생활에 전혀 도움이 되지 않는다. 당연히 성적 만족의 절정에 도달하기 위해서는 지속적인 부재를 피해야 한다.

오랜 기간 배우자가 월요일에서 금요일까지 멀리 떨어져 있거나 어떤 때는 삼사 주씩 떨어져 있는다면 두 사람 사이에는 긴장감이 생겨 결혼 생활을 어렵게 만들 수 있다.

사실, 배우자의 부재가 계속된다면 자신이 정말로 결혼을 했는지조차도 의심하게 될 것이다. 내가 출장 시 수없이 보아 온 불성실한 행위들을 보면 수많은 결혼 생활이 지속적인 부재 때문에 파멸될 수 있다는 것은 분명하다.

이 글을 읽고 있는 사람들은 내가 출장을 많이 다닌다는 것을 알기 때문에 나 또한 그런 사람들 중 하나는 아닐까 생각할 것이다.

나는 언제나 주말은 집에서 보낸다. 오래 걸리는 출장도 보통 월요일 저녁이나 화요일 아침에 출발해 98%의 경우 금요일까지는 무슨 일이 있어도 집에 온다. 전체 출장의 약 40%가 수요일까지는 집에 있고, 목요일에 떠나서 금요일에는 돌아온다. 게다가 우리는 해마다 63일 간 댈러스에서 세미나를 하는데 그 동안은 계속 집에 있다. 또한 해마다 5주씩은 저술하는 데 할애하기 때문에 그 기간 동안도 집에 있게 된다. 그리고 여름에 2주와 크리스마스 2주 동안 휴가를 받아 가족들과의 시간을 가진다. 결국 내가 가족과 떨어져 있는 시간은 일년에 100일 이하이고, 그 가운데 열흘 정도는 아내와 함께 간다.

주의 깊게 계획을 세운다면 지속적인 부재를 막을 수 있다.

여기서 두 가지 기본적인 질문이 나온다.

당신의 부재가 제공하는 생활 수준이 결혼 생활보다 더 중요한가? 스케줄 표를 객관적으로 보았을 때 드러나는 인생에서의 우선 순위는 무엇인가?

2 성적이지 않은 신체 접촉을 한다

어깨를 다독이거나 손을 잡거나 포옹, 뺨에 하는 가벼운 키스와 같은 신체적 행동은 '침대로 갑시다' 라는 의미가 담기지 않으면서도 '당신을 사랑해' 라는 표현을 해준다. 이는 성적 관계에 지대한 영향을 미친다.

여성들이여, 남편의 손을 잡거나 포옹을 하는 것은 '당신은 내 사람이고, 난 당신 사람이에요' 라고 말하는 것과 같다.

남성들이여, 뺨에 하는 가벼운 키스나 성적인 의미가 담기지 않은 단순한 포옹은 아내에게 자신의 사랑은 신체적인 관계를 훨씬 넘어선다는 사실을 알려준다.

단순히 서로 안고 있다는 기쁨을 누리기 위한 포옹을 잘하지 않는 커플은 결혼의 기쁨을 상당 부분 놓치고 있는 것이다.

포옹에 관해서라면 나는 정말로 운이 좋은 사람이다. 내 아내는 그 분야에서 특출난 사람이기 때문이다. 사실, 그녀는 '행복하게 포옹을 해주는 사람'으로 유명하다. 보통 내가 집에서 일을 할 때면 아내와 나는 하루 10번에서 30번, 40번 정도 포옹을 한다. 긴 시간이 걸린다거나 정열적인 것은 아니다. 단지 서로 사랑하고 있음을 확인시켜 줄 뿐이다. 그런 포옹들에는 다음과 같은 의미가 담겨 있다.

'나는 당신이 내 사람이고 내가 당신 사람이라는 것이 기쁘다. 당신과 함께 있어서 행복하다. 당신은 내게 너무나 소중한 사람이다. 당신과 단 둘이 있을 수 있다는 것이 얼마나 큰 특권인가.'

남성들이여, 아내를 포옹해라. 당신은 특별한 사랑을 전할 수 있다. 포옹으로 '난 당신을 사랑한다'고 말해 주면, 당신의 아내도 이용당하는 것이 아니라 사랑받고 있다고 느낀다. 그러고 나서 사랑이 성관계를 통해 절정에 이르면 남편과 아내는 하나가 되었다는 인식이 깊어진다.

'행복한 포옹'은 인생의 모든 측면에 도움이 된다는 연구 결과가 있다. 포옹은 확실히 내가 적극적인 낙관주의자가 될 수 있도록 도와주었다.

3 하루를 사랑으로 시작한다

매일매일 행복하고 사랑이 충만한 결혼 생활을 영위하기 위해서는 배우자에게 계속적으로 연애 시절과 같은 구애를 해야 한다. 그렇게 하기 위해 우선 아침에 몇 분 일찍 일어나 보라. 그 몇 분 동안 서로 마주보며 미소짓고 입맞추며 포옹을 하고 사랑을 고백한다. 그 몇 분을 이용해 바쁜 하루가 시작되기 전에 조용하게 커피를 마신다. 단 15분만으로도 큰 차이를 만들 수 있다.

생각해 보라. 수백만 명의 사람들이 효율적이고 능률적으로 일하기 위해 일찍 일어나 출근 준비를 한다. 아침을 기분 좋게 시작하는 것과 직장에서 성공하는 것이 매우 관련이 깊기에. 아침이 기분 좋기 위해서는 무엇보다도 가정이 행복해야 한다. 그러니 하루를 시작할 때 결혼 생활을 우선시하는 것이 당연하지 않겠는가?

출근할 때는 형식적인 인사가 아니라 신혼 때처럼 열정적으로 키스를 나누라. 마치 신랑과 신부가 나누는 키스처럼.

한 독일 보험회사의 연구 결과에 따르면, 아내에게 작별 키스를 하는 사람(진짜 키스 말이다)은 이렇게 사소하지만 즐거운 일을 하지 않는 남자들보다 평균 수명이 5년 반 정도 더 길다고 한다.

그뿐만이 아니다. 아내에게 키스를 해주는 남자들은 가정을 독재로 다스리려는 남자들보다 평균 20~30% 가량 수입이 더 많다고 한다.

4 상대방에게 적극적으로 인사한다

남편과 아내가 모두 직장에 다니고 비슷한 시간에 귀가한다면 상대방을 포옹하며 따뜻한 인사말을 건네야 한다.

"여보, 보고 싶었어요."

그러고 나서 몇 분 동안 그 사실을 매우 적극적으로 확인시켜 주어라. 이 모든 행위들이 긍정적이고 사랑이 넘치는 결혼 생활을 이끄는 데 도움이 된다.

상대방에게 인사할 때는 결코 찡그리거나 화를 내지 않도록 한다. 날씨나 매연, 어쩔 수 없는 교통체증 또는 '우리 사무실에 있는 그 멍청한 자식이 말이야' 라는 식의 불평을 해서도 안 된다.

흔히 남편과 아내는 경쟁이라도 하듯 그날 하루가 얼마나 힘들었는지, 자신이 얼마나 형편없는 곳에서 일하는지, 얼마나 형편없는 회사에 다니고 있는지, 얼마나 형편없는 상사를 모시고 있는지를 장황하게 얘기하면서 자기가 상대방보다 더 힘들었음을 알리려 한다. 장담하건대, 그것은 로맨틱한 분위기를 완전히 말살시켜 버리는 행위이다.

몇 분 동안 껴안고 손을 잡는 등 친밀한 시간을 가진 다음, 서로를 보게 되어 기쁘다고 말하고 즐거운 이야기를 해라.

"오늘 회사에서 있었던 재미있는 얘기를 해줄게요."

"오늘 너무 근사한 경험을 했요."

"당신이 먼저 오늘 가장 재미있었던 일을 얘기해 줄래요?"

간단히 말해서, 긍정적인 태도를 취하라는 것이다. 웃고 있는 배우자가 찡그린 배우자보다 훨씬 매력적이다. 이렇게 여러 차례 반복하고 나면 두 사람 모두 긍정적인 기대감을 갖게 되고 '오늘은 어떤 좋은 소식이 있을까' 궁금해지기 시작한다. 당연히 배우자의 퇴근이 기다려지게 된다. 그를 만나면 뭔가 신나는 일이 생긴다는 걸 알고 있기 때문이다.

반면, 서로 찡그린 얼굴과 불평으로 인사를 나눈다면 술집에서 한 잔 마시는 것이 더 기대되지 않겠는가? 그런 행동은 얼마 지나지 않아 결혼생활 자체를 힘들게 만든다.

긍정적으로 인사를 나누라는 게 현실을 부정하라는 것은 아니다. 저녁식사가 끝나고 모든 것이 안정되어 직장이나 교통정체로 인한 짜증이 어느 정도 풀린 다음에, 바로 그때 걱정거리나 문제들을 토론해라. 당신은 보다 편안해지고 수용적이 될 것이다. 결국 문제에 공감하고 그것을 해결하기 위해 창조적으로 노력할 수 있기에 부부는 보다 가까워지고 사랑이 넘치는 관계가 될 수 있다.

나는 남녀 모두에게 이렇게 한 번 해보라고 권하고 싶다. 여성이라면 당신이 직장을 갖고 있든 아니든, 집에 있는데 현관문이 크게 열리는 소리가 나면 뒷마당에서 '여보, 당신 왔어요?' 라고 큰 소리로 부르는 짓은 절대 하지 마라. 현관으로 뛰어가서 남편인지 확인하고 얼마나 기다렸으며 얼마나 보고 싶었는지를 말해 주어라.

여성들이여, 이것을 기억하길 바란다. 남편들은 하루 종일 최고의 모습을 뽐내는 여성들에게 둘러싸여 있었다. 깔끔한 옷을 입고 대부분 향수도 충분히 사용해 가장 매력적인 모습을 하고 있다. 이혼 부부의 50%가 배우자가 직장에서 다른 사람을 만났기 때문에 파국에 이르렀고, 그 중 70%는 상대가 가까이 근무하는 사람들이었다는 것을 명심해라.

이 말을 하는 이유는 저녁마다 남편을 심문하거나 괜한 걱정을 하라는 뜻이 아니다. 그가 집에 돌아왔을 때 가장 친절하고 활짝 웃는 얼굴로, 남편이 하루 종일 본 그 어떤 여자들보다 예쁜 모습으로 맞으라는 말이다. 명심하라, 남자들은 시각 지향형이다.

예쁜 모습이란 미모보다는 얼마나 성의 있는 태도를 보이느냐에 달려 있다. 당신의 열정은 남편을 날마다 곧장 집에 돌아오도록 만들 것이다.

남성들이여, 당신들 또한 기본적인 상식을 잊지 말아야 한다. 만약 아내가 직장을 갖고 있다면 그녀 또한 하루 종일 남성들에게 둘러싸여 있을 것이다. 깔끔하게 잘 차려입은 남자들 말이다. 대부분의 경우, 그들 역시 가장 멋진 모습을 하고 있으며 아내를 정중하고 예의 바르게 대해 준다. 아마도 상큼한 향수나 애프터셰이브 로션을 바르고서 말이다.

따라서 만약 아내보다 먼저 집에 왔다면 대충 씻어 더 깔끔한 모습을 보여주는 것도 괜찮을 것이다. 만약 당신이 집안 일을 하고 있다면 아내는 감동받을 것이다. 개에게 먹이를 주고 고양이를 내보내고 커피를 만들고 세탁물을 챙기는 것 같은 사소한 일들 말이다.

이런 일들은 아내에게 당신이 그녀를 사랑하고 있을 뿐만 아니라 한 팀으로 가능한 한 그녀의 짐을 덜어주고 싶다는 의지를 나타내 준다.

5 절망적으로 힘들 때를 위하여

아내들에게 특별히 말해 두고 싶은 것이 있다. 남편의 자아가 무너지고 자존감이 사라졌을 때 당신의 특별한 사랑과 애정이 필요하다. 예를 들어, 실직을 했거나 사업에서 손해를 보았을 때 당신은 남편에게 아주아주 중요한 사람이 된다.

만약 그런 일이 일어났다면 나는 배우자와의 성관계에서 보다 적극적이 되라고 말하고 싶다. 아내가 그에게 성적인 매력을 느낀다는 것을 알려주는 것만큼 자신감을 불어넣어 주는 일은 없다.

남편은 충분한 자격이 있는데도 승진하지 못했을 때, 계속 사업에 실패했을 때 자아가 무너진다. 그러나 아내가 남편이 소중한 존재라는 것을 확실히 보여주고 성적으로 매력적이라고 생각한다는 사실과 사랑을 보여준다면, 다른 어떤 것보다도 그의 자신감과 자아를 고쳐시켜 줄 수 있다.

남편들이여, 아내를 대할 때도 똑같은 이치가 적용된다. 만약 아내가 자아에 상처를 입고 자신감을 잃었다면 당신의 애정과 이해심은 그녀의 자신감을 다시 채워 준다.

주의 : 대부분의 경우, 그녀의 소망은 포옹이나 자신의 말을 들어주고 이해해 달라는 것이다. 그녀가 성적인 관계를 원한다는 표시를 분명히 하지 않았다면, 아내에게 성적으로 적극적인 태도를 취하지는 말아야 한다. 사랑받는 기분이나 편안함을 느끼지 못하고 '이용당하고 있다'고 느끼게 된다.

6 하나님의 계획임을 명심하라

마지막으로, 우리는 성관계가 하나님의 지혜와 의도에 따른 계획의 일부였음을 기억할 필요가 있다. 결국 '하나님이 그들을 남자와 여자로 만든' 것이다. 그분이 이렇게 하신 이유는 종족 보존뿐 아니라 사랑의 표현을 통해 남편과 아내가 진정한 하나로 발전하길 바라서이다.

성경에는 종종 남편과 아내의 성적인 사랑을 설명하기 위해 히브리어로 '안다'라는 말을 사용한다. 안다는 것은 객관적인 정보와 지적인 능력 이상을 의미한다. 그것은 사랑하는 사람에 관한 가장 심오한 지식을 서로 교환함을 의미한다.

하나님이 부부에게 성관계를 허락하신 것은 신성한 결혼 관계의 가장 극적인 부분으로서 즐길 수 있도록 하기 위함이다.

성에 관한 모든 것을 읽어보라

나는 여러분들이 에드 휘트 의학 박사의 저서인 〈즐거움을 위한 성〉을 읽어보길 바란다. 그는 굳건한 정신적 토대를 지녔을 뿐 아니라 풍부한 의학 지식과 상담 경험이 있다.

이 책은 아름답고 고상하게 쓰여졌으며 삽화를 곁들여 매우 구체적이다. 우리는 아주 많은 경우 쉽게 해결할 수 있는 문제를 두고 좌절감과 고통을 겪고 있다. 이 말은 해결책이 쉽다는 뜻이 아니라, 실제로 휘트 박사의 상담과 정보를 통해 불만족스러운 성생활을 하던 많은 사람들이 완전한 기쁨과 환희를 즐길 수 있게 되었으며, 그 결과 보다 만족스러운 결혼 생활을 할 수 있게 되었다는 것이다.

두 번째로 추천하고 싶은 책은 팀과 비벌리 라하에 부부가 쓴 〈성 이야기〉이다. 이 책을 통해 우리는 상대의 관점에서 서로의 관계를 바라볼 수 있게 되고, 그럼으로써 결혼 관계가 남편과 아내에게 어떤 영향을 미치는지 그리고 그런 관계를 가장 친밀하고 아름다운 방법으로 침실까지 끌어오기 위해서는 무엇을 해야 하는지를 알게 된다.

또 리처드 퍼맨 박사의 〈친밀한 남편〉에는 적절하고 사랑 넘치는 관계를 만들기 위한 몇 가지 아름다운 제안들이 담겨져 있다. 그 외에도 여러 가지 유용한 책들이 있다.

다시 한 번 말하지만, 나는 하나님께서 부부간의 성관계를 계획하신 것은 남편과 아내가 아름답고 즐겁게 하나가 되도록 하기 위해서라고 생각한다.

위의 세 권의 책 가운데 하나를 택해서 읽어보라. 분명히 당신의 관계가 훨씬 좋아지고 풍요로워질 수 있다. 현재 아름다운 성생활을 하고 있는 사람들도 이 책을 읽으면 이미 누리고 있는 기쁨을 훨씬 능가하는 삶을 만들 수 있다.

해결책은 반드시 있다

지금 이 책을 읽고 있는 사람들 가운데도 분명 배우자와의 성생활이 원만하지 않는 사람들이 많을 것이다. 그 이유는 여러 가지가 있을 수 있겠지만 모든 경우 해결책은 존재한다.

당신의 성관계는 결혼 관계의 모든 면에서 영향을 받기에, 약한 관계를 강하게 만들고 괜찮은 관계를 훨씬 근사하게 만들고 싶다면 집 안의 모든 장소에서 충만한 삶을 살도록 하라. 그러면 침실 관계는 저절로 좋아질 것이다.

8 누가 주도권을 잡을 것인가?

하나님은 일부러 갈비뼈로 여자를 만들었다. 머리로 만들지 않았기 때문에
여자는 남자를 지배할 수 없고, 발로 만들지 않았기 때문에
남자는 여자를 짓밟을 수 없다.
바로 갈비뼈, 즉 팔이 보호해 주는 부분으로 만들었기 때문에
남자와 여자는 나란히 인생을 걸어갈 수 있다.
— 작자 미상

노먼 빈센트 필 박사가 미국에서 가장 큰 도시의 시장과 함께 건설 현장을 방문했던 때 일어난 일에 대한 이야기를 해주었다. 필 박사의 아내인 루스와 시장의 아내가 건설 현장 방문에 동행했다.

그들이 노동자들에게 다가갔을 때, 그들 중 한 명이 시장의 아내를 보더니 자신을 기억하느냐고 물었다. 그녀는 기억한다고 말하고 두 사람은 잠시 대화를 나누었다. 그 둘은 20년 전 애인 사이였다. 대화가 끝나고 그들이 계속 현장을 둘러보는데 약간은 거만한 태도로 시장이 말했다.

"여보, 만약 저 사람과 결혼했다면 당신은 건설 노동자의 아내가 되었겠군."

그러자 그 아내가 대답했다.

"그 반대죠. 내가 만약 저 사람과 결혼했다면 그는 지금 시장이 되었을 거예요."

부부간의 리더십이란?―팀워크를 발휘하라

결혼 생활에서 가장 잘못 해석되는 부분이 바로 리더십이다.

내가 빈센트 필 박사의 이야기로 이 장을 시작한 것은 어떤 리더십이든 그 역할을 이해하는 데 가장 중요한 개념은 상호성이기 때문이다.

내 친구인 빅터 올리버는 이렇게 말한다.

"진정한 의미에서의 경건한 지혜와 사랑은 부부가 서로의 장점을 인식할 수 있게 하고 이를 통해 관계를 강화시킬 수 있도록 해준다."

보통 부부 중 한쪽이 장점을 가지고 있는 부분에 다른 한쪽은 약한 경우가 많다. 나는 여성들이 남성들보다 훨씬 능력이 뛰어난 분야를 수없이 댈 수 있다. 그러나 그 반대의 경우도 있다. 중요한 것은 서로의 장점을 인식하는 일이다.

리더십은 모든 결정을 내리는 것이 아니라 올바른 사람이 결정을 내릴 수 있도록 해주는 것이다.

이제 한 팀으로 남편과 아내가 보다 효율적이 되기 위해 할 수 있는 몇 가지 일들을 살펴보도록 하자.

세일즈 일을 시작했을 때 나는 운 좋게도 친형과도 같은 사람에게서 교육을 받을 수 있었다. 그의 이름은 빌 크랜퍼드로, 미숙하고 성급한 신참자를 능숙하게 이끌어 주는 대단한 인내심의 소유자였다.

내가 마침내 세일즈 세계에서 살아남는 법을 배우고 경영을 위한 준비를 시작할 때 빌은 리더십에 관한 아주 중요하면서도 단순한 교훈을 하나 가르쳐 주었다.

빌은 줄을 하나 가져오더니 이렇게 말했다.

"지그, 이 줄을 밀기는 어려워도 당기기는 쉬운 법이라네. 사람들도 마찬가지야. 모범을 보여 쫓아오도록 하는 것은 쉬워도 이렇게저렇게 하라고 밀어붙이기는 어렵지. 자네가 경영을 하면서 사람들의 모범이 되고 그들에게 리더십을 보여준다면 그들을 밀어댈 일은 없을 걸세. 사람들이 기쁘게 지도자를 따를 테니까."

빌의 말이 옳음을 그 후 여러 경험을 통해 알 수 있었다. 이것은 세일즈나 사업, 교회, 정치에서도 마찬가지이며 특히 가정에서는 틀림없는 진리이다.

모범을 보여주는 리더십을 가장 잘 실천한 이가 바로 벤저민 프랭클린이다.

프랭클린은 필라델피아 시에 가로등이 필요하다고 확신하고는, 모범을 보이는 것이 어떤 토론보다도 더 설득력이 있을 거라고 생각했다. 그는 독특한 방법을 고안했다. 어느 날 그는 자신의 집 문 앞에 기다란 받침대를 놓고 멋진 등불을 걸어놓았다. 놋쇠 등을 깨끗하게 윤을 내고 심지도 조심스럽게 다듬었다.

얼마 되지 않아 프랭클린의 이웃 사람들도 랜턴을 집 앞에 걸어놓기 시작했다. 곧 필라델피아의 모든 시민들이 거리를 밝히기 시작했다.

에드거 A. 게스트가 이렇게 선언한 적이 있다.

"또다시 설교를 들려주느니, 차라리 내가 직접 보여주겠다."

맞는 말이다. 하지만 여전히 많은 남편들이 애정이 깃든 모범을 보이지 않고 명령만으로 리드하려고 한다.

어디서든 정말 절실하게 지도자가 필요하지만 아무도 그를 따르지 않는다면 도대체 지도자가 무슨 소용이겠는가?

S. I. 맥밀란은 저서 〈이런 병은 없다〉에서 대학에 지원한 한 여성에 대한 이야기를 썼다. 그녀는 입학원서에서 '당신은 지도자인가?'라는 질문을 보았을 때 낙심하고 말았다. 정직하면서도 양심적이었던 그녀는 '아니오'라고 대답했고, 떨어질 것이라고 생각하면서 원서를 제출했다.

그러나 놀랍게도 며칠 후 그녀는 대학에서 다음과 같은 편지를 받았다.

"지원자에게. 이번 입학원서를 검토한 결과, 우리 대학은 1,452명의 지도자를 갖게 되었습니다. 따라서 우리는 학생을 받아들이기로 했습니다. 추종자가 최소한 한 명은 반드시 있어야 한다고 생각했기 때문입니다."

누가 보스인가?

모든 조직, 팀, 가족에는 책임을 질 사람이 필요하다. 최종 결정을 내릴 수 있는 권한을 가진 사람이 없는 조직은 중요한 목적을 성취해 내지 못한다.

스포츠 팀에도 감독이나 주장이 필요하고 기업이나 군대에서 그 조직이 제 기능을 발휘하기 위해서는 명령을 내리는 최고 경영자나 최고 사령관, 그리고 이를 복종하는 명령 계통이 있어야 한다. 가정도 마찬가지이다.

그런데 현대의 많은 사람들은 '복종한다' 라는 말을 읽었을 때 거부감부터 느꼈을 것이다. 먼저, '복종한다' 는 복종하는 사람이 인간이기를 포기하거나 자신의 권리와 책임감을 모두 버리고 언제나 동의해야 한다는 것을 의미하지는 않는다.

사실, 그 말은 로마 군인들이 부관과 장군 사이의 관계를 묘사할 때 사용한 단어였다. 장군은 절대적인 책임감을 가진다. 부관 또한 책임감을 가지고 개인적으로 존경을 받지만 궁극적인 권한은 모두 장군에게 위임한다.

마찬가지로, 기업의 세계에서도 모든 회사에는 한 명의 최고 경영자와 수많은 실무 책임자들이 있다. 모두 중요한 결정을 내릴 수 있는 사람들이지만 결국 최종 결정은 누가 내리겠는가?

우리 회사에도 최고 경영자, 수석 부사장, 부사장 그리고 이사가 여러 명 있는데 각자 자신의 분야에 책임과 권한을 갖고 있다. 그들은 회사의 전반적인 운용에 대해 여러 분야에서 상당한 영향력을 미친다. 사실, 우리 회사에서 모든 중요한 경영상의 결정은 상위 실무자들의 철저한 조사와 깊이 있는 토론을 통해 결정된다. 그러나 합의가 이루어지지 않으면 필요에 의하여 최종 결정권자인 최고 경영자가 결정을 내린다.

정신과 의사이자 결혼 상담가이면서 미너스–마이어 클리닉의 부사장인 내 친구 폴 마이어 박사는 명령 계통을 다음과 같이 설명한다.

우리 결혼 생활에서는 성경에서 얘기하는 것처럼 내가 사장이고 아내는 실무 부사장이다. 우리는 보통 합의를 보는 편이지만 합의를 이루지 못할 때는 함께 얘기를 한다. 간혹 우리가 어떤 문제에 대해 대화로도 합의를 이루지 못하는 경우에는 마지막 결정을 내리는 것은 내 몫이다.

마찬가지로 미너스-마이어 클리닉에서 동업자인 프랭크는 사장이고 나는 실무 부사장이다. 우리는 모든 일을 50:50의 비중을 두고 한다. 그렇지만 그의 50은 나보다 더 막중한 비중이 주어진다.

베드로전서 3장 1절을 보면 이런 개념을 강조하고 있고, 이 명령 계통이 왜 세워졌는지에 대한 훌륭한 이유가 나온다.

"아내된 자들아, 이와 같이 자기 남편에게 순종하라. 이는 행여 도를 순종치 않는 자라도 말로 말미암지 않고, 그 아내의 행위로 말미암아 구원을 얻게 하려 함이니."

연약한 그릇

베드로전서 3장 7절은 남편의 역할과 책임감에 대해 잘 말해 주고 있다.

"남편된 자들아, 이와 같이 지식을 따라 너희 아내와 동거하고 저는 더 연약한 그릇이요, 또 생명의 은혜를 유업으로 함께 받을 자로 알아 귀히 여기라. 이는 너희 기도가 막히지 아니하게 하려 함이라."

남편은 아내를 귀히 여겨야 한다. 이 말은 남편은 아내의 권리와 욕구에 신중하고 기민하게 대처해야 하고 아내의 감정에 민감해야 하며 그녀의 지성과 남편의 삶, 왕국, 가족에 헌신한 것들을 존중해 주어야 한다는 뜻이다. 앞서 말했던 것처럼 부드러움보다 강한 것은 없고 진정으로 강한 것은 부드럽다.

'연약한' 이라는 말 때문에 일부 사람들이 이 문장을 문제삼기도 한다. 그러나 그 말이 히브리어 원전에 어떤 의미로 쓰여졌는가를 듣는다면 독자들도 웃음짓게 될 것이다.

먼저, 연약하다는 말은 뒤떨어졌다는 뜻이 아니다. 히브리어에서 보면 그 말의 의미는 '더 친절하고 부드러우며 더 사랑스럽고 섬세하다. 또한 더 복잡하고 우아하며 감성이 풍부하다' 는 뜻이다.

몇 년 전, 나는 아내와 아들과 함께 댈러스에서 미시시피까지 여행을 간 적이 있었다. 도중에 기름이 떨어져서 주유소로 들어갔다. 기름을 다 채우고 돈을 지불한 다음 나갈 때 나는 두 사람이 휴게소 옆에 앉아 있는 것을 보았다.

그들은 차가운 냉장고에 기대 있었는데 남루한 옷차림에 분명히 며칠 동안 면도나 목욕을 하지 않은 것으로 보였고 정말 지저분했다. 나는 그들을 지나치며 내 나름대로 친절하고 관대한 마음에서 혼자말로 중얼거렸다.

"부랑자들이군. 저들은 직장을 갖고 일을 해야 할 텐데!"

아내는 충격을 받은 얼굴로 나를 쳐다보더니 조용히 말했다.

"여보, 저 사람들은 분명히 운이 아주 없었던 거예요. 누구나 그럴 수 있잖아요. 저들에겐 우리의 판단과 비난이 아니라 기도와 도움이 필요해요."

생각하면 할수록 그녀야말로 평생 동안 내 옆에 있어 주었으면 하는 사람이다. 그녀는 나를 완성시켜 주고 나도 그녀를 완성시켜 줄 수 있기를 바란다.

사실 나는 그 부랑자들 때처럼 사람들에게 비판적이지는 않다. 이를 예로 든 것은 그 일이 남자와 여자의 분명한 차이점을 보여준다고 생각했기 때문이다. 여성들은 보다 관대하고 사려 깊으며 인정이 많을 뿐만 아니라 애정이 깊다.

데니스 레이니는 〈외로운 남편들, 외로운 아내들〉이라는 책에서 신약 성서에 복종이라는 의미로 사용된 그리스어가 'hypotasso' 라고 했는데 그 뜻은 '완전한 전체와 완전한 형태를 만들기 위해 자발적으로 완성시키고 순응하며 혼합한다' 이다. 간단히 말해서, 아내는 자발적으로 복종하고 현명한 남편은 감사하게 이를 받아들이며 신이 그를 위해 만드신 리더라는 위치를 채워나간다. 그것은 그의 기회이자 책임인 것이다.

치어리더가 되어라

우리 가정의 실무 부사장인 아내는 나에게 있어 최고의 치어리더이자 가장 훌륭한 격려자이다. 1장에서도 언급했듯이 결혼하고 27년 동안 나는 그녀에게 경제적인 안정을 제공해 주지 못했다. 그렇다고 해서 그동안 파산 상태였던 것은 아니지만 기복이 심했다.

그러나 그 세월 동안, 나는 아내에게서 단 한 번도 '우리에게 돈이 조금만 더 있다면 이런 것들을 할 수 있을 텐데' 라는 말을 들어본 적이 없다. 대신, 언제나 이렇게 말했다.

"여보, 당신은 할 수 있어요. 내일은 더 나아질 거예요."

날마다 나를 격려해 주고 밤마다 나를 위해 기도해 주는 치어리더가 있다는 사실이 얼마나 큰 힘이 되었는지 말로 다 표현할 수 없을 정도이다.

남성들이여, 당신이 아내를 위해 치어리더가 되어 주고 함께 기도하며 최고의 격려자가 되어 주었을 때 아내에게 어떤 영향을 미치며 부부 관계에 어떤 효과를 주는지는 말로 표현할 수 없다. 다내가 얼마나 중요한가를 진정으로 이해하고 그녀를 원하고 필요로 할 때 당신은 행복과 안정의 토대를 쌓는 것이다.

1849년, 나사니엘 호손은 직장에서 해고당했다. 그는 실의에 빠져서 집에 돌아왔다. 그의 아내는 남편의 우울한 이야기를 모두 듣더니, 상당한 액수가 저축되어 있는 통장을 꺼내 보여주며 팔을 남편의 어깨에 두르고 이렇게 얘기했다.

"여보, 힘내요. 이제 당신이 좋아하는 소설을 마음껏 쓸 수 있게 되었잖아요."

호손은 그렇게 했고, 불후의 명작인 〈주홍글씨〉가 탄생되었다.

F. W. 허즈버거는 마틴 루터 킹이 가장 힘들었던 때에 대해 이렇게 이야기한다.

킹 목사는 극도로 우울해져서 식사도 거부하고 걱정하는 아내나 아이들, 친구들에게 아무 말도 하지 않았다. 그가 너무나 우울해하던 어느 날, 아내 캐서린이 창문에서 커튼을 전부 내리더니 깊은 슬픔에 잠긴 사람처럼 행동하기 시작했다.

놀란 루터 킹이 물었다.

"왜 그렇게 슬퍼하는 거요?"

아내 캐서린이 대답했다.

"여보, 난 이렇게 슬퍼할 이유가 있어요. 천국에 계신 하나님이 돌아가셨대요."

아내의 부드러운 질책은 분명 효과가 있었다. 그는 크게 웃더니, 아내에게 키스하고 용기를 얻어 슬픔을 물리쳤다. 결국 그 가정엔 다시 기쁨이 찾아들었다.

이 이야기가 무슨 말은 하고 있는지는 분명하다. 배우자에게 용기를 불어넣어 주어라. 그렇게 하면 결혼 생활이 굳건해지고 은행 잔고도 불어날 것이다.

결국 스포츠든 기업이든 인생이든 간에 누구나 다른 이들에게서 격려를 듣고 싶어한다. 격려는 때로 승리와 패배를 결정짓기도 한다. 스포츠 경기에서 홈 경기 때 절대적으로 이로운 것만 봐도 분명하지 않는가? 코치와 운동선수들은 자신들을 격려해 주고 응원해 주는 홈팬들의 지지가 팀을 승리로 이끄는 데 많은 도움을 준다고 말한다.

결혼 생활에서도 응원은 꼭 필요하다. 상황이 불리하든 유리하든, 배우자의 편에 서서 치어리더가 되어 주어라.

한 현자가 말하기를 '우리가 사랑받을 자격이 없을 때 가장 사랑을 필요로 한다'고 했다.

격려도 마찬가지이다. 일반적으로 침울해져 있을 때 우리가 하는 행동(소극적인 태도, 비꼬는 어투, 화난 표정 등)들은 배우자에게 우리를 격려해 주려는 마음이 들지 않게 하기 때문이다. 바로 그때가 우리의 사랑이 시험받는 때이며 결혼 서약 가운데 '좋을 때나 나쁠 때나'라는 말이 진정으로 중요한 의미를 갖는 때이다. 바로 그때가 결혼 생활의 황금기에 저축해 놓은 기쁨을 진정한 '순금'으로 바꿀 때이다.

조직에서 실무 부사장들의 능력이나 기술, 재능을 이용하지 못하는 최고 경영자는 효율적으로 운영해 갈 수 없다. 마찬가지로 자신의 아내가 갖고 있는 생각이나 견해를 들으려 하지 않는 사람은 시야가 좁아지고 콘크리트와 같은 굳은 두뇌를 갖게 된다. 일 잘하는 최고 경영자들은 언제나 함께 일하는 동료들에게 철저하고 조심스럽게 자문을 구한다.

팀은 함께 힘을 모을 때 훨씬 제 기능을 잘 발휘한다. 거대한 벨기에 말의 경우가 좋은 예이다. 이 힘 좋은 동물은 고삐를 채우면 3,600kg의 무게를 끌 수 있다.

그러나 이 멋진 동물을 한 마리 더해 두 마리가 힘을 합치면 8,000kg까지 끌 수 있다. 이들을 일주일 정도 훈련시켜서 완벽한 조화를 이루도록 만들면 10,000kg이 넘는 짐을 끌 수도 있다.

조화로운 남편과 아내는 결혼 생활을 즐겁게 보낼 수 있을 뿐만 아니라 혼자서보다 훨씬 많은 일들을 성취해 낼 수 있다.

리더와 리더십

여기 오브리 앤더린의 〈남성의 강인함과 부드러움〉에서 일부 내용을 발췌해 보겠다.

리더의 위치는 신뢰받는 자리, 책임감을 갖는 자리이다. 이 책임감을 받아들여야만 하고 거부해선 안 된다. 다른 사람에게 위임할 수도 없다. 그것은 그에게 부과된 임무이다.

리더십은 확고한 의지와 용기, 결단력, 공정함, 부드러움이 결합된 관대함, 친절함, 신중함, 관용, 겸손함이 요구된다.

리더는 반드시 확신을 가지고 있어야 하고, 비록 그 확신이 대중적인 것이 아니라도 소신을 지켜야 한다.

리더십에 요구되는 선결조건은 겸손이다. 지도자가 실수를 하면 겸손함이 그 실수를 곧 인정하고 용서를 빌고 나서 앞으로 나아가게 한다. 아무리 위대한 지도자라 하더라도 실수를 하지 않을 수는 없다.

리더십에는 부드러움과 신중함이 있어야 한다. 남의 말에 귀를 기울이지 않는 사람은 불화와 불협, 분노, 때로는 반역의 씨를 뿌리는 것과 같다.

리더는 아내나 아이들의 말을 진심으로 경청한다. 비록 그들의 제안이 받아들여지지 않는다 하더라도 리더가 들어주기를 원함을 이해하기 때문이다. 그들의 말을 누군가 들어준다는 사실은 불만을 누그러뜨려 준다.

　리더십을 발휘할 때는 신중함과 자비, 사랑을 가져야 하며 이
타심이 있어야 한다. 이타심이 중요하다.

　리더십의 원칙을 분명하게 이해하고 실행하면 모든 면에서 이익을 얻
을 수 있다. 또한, 권위적이거나 독재적인 생각을 버릴 수 있고 자신의
리더십을 수행하는 데 집중할 수 있다.

　존 플로비오는 이렇게 말하였다.

　"봉사해 보지 않은 사람은 명령을 내릴 수 없다."

9 어리석은 짓은 하지 마라

배우자 사이의 신뢰란 개인에 따라 독립심, 성실함, 정직함, 충직함 등
여러 가지를 의미하지만 그 본질은 정서적인 안전이다.
사랑과 성적 충족은 시간이 지남에 따라 바래질 수 있지만 신뢰는 영원하다.
신뢰를 얻었을 때 당신은 모든 것을 얻은 것이다.
— 케럴 S. 에이버리

어떤 부유한 부부가 운전사를 고용하기로 했
다. 여주인이 광고를 내자 지원자들이 몰려들었다. 마침내 최종선택을
앞에 두고 네 명의 후보자만이 남게 되었다.

그녀는 그들을 발코니로 데리고 가 진입로를 따라 길게 서 있는 벽돌
벽을 가리키며 이렇게 물었다.

"당신은 우리 리무진에 흠집을 내지 않고 저 벽에 얼마나 가깝게 붙여
운전할 수 있다고 생각하세요?"

첫번째 남자는 차에 흠집을 내지 않고서 30cm 정도 가깝게 붙여 운전
할 수 있다고 대답했다. 두 번째 사람은 자신 있게 15cm라고 말했다. 세
번째 사람은 8cm 정도로 할 수 있을 것이라고 말했다.

그리고 네 번째 후보가 여주인에게 말했다.

"저는 차에 흠집을 내지 않고 벽에 얼마나 붙여 운전할 수 있는지는
모르겠습니다. 저는 가능한 저 벽이나 다른 위험한 요소들에서 멀리 떨

어져 운전하는 것이 제 책임이라고 생각합니다."

합격자는 네 번째 후보였다. 진정한 운전 기술은 위험을 아슬아슬하게 피해 운전하는 게 아니라, 가능한 한 안전하게 거리를 두고 운전하는 기술임을 이해하고 있었기 때문이다. 안전하게 가는 게(특히 결혼 생활에서) 가장 현명한 행동이다.

나는 결혼이나 가족, 우정, 경력, 직장을 하룻밤의 불장난으로 위험에 빠뜨리는 사람들은 어리석은 곡예를 하는 것이라고 생각한다. 나 혼자만 이런 생각을 가진 것은 아니다. 우리가 세미나를 할 때마다 많은 부부들이 고개를 끄덕이며 이 이야기에 수긍하고 활발히 토론하는 것을 보면 알 수 있다.

'어리석은 짓은 하지 마라' 라는 문장이 당신의 주의를 끌 수 있는 품위 있는 방법은 아니지만 이 장의 제목이 관심을 끌기는 할 것이다.

이 주제가 너무나 중요하기에 나는 확실하게 독자들의 주의를 끌고 싶었다.

로미오는 행복한가?

오래전에 나는 정말로 로미오 같은 남자와 잠깐 일한 적이 있었다. 각 도시마다 애인이 있다는 남자의 이야기를 들은 적은 있었지만 이 남자는 그야말로 골목골목마다 애인이 있었다!

재미있는 것은 그가 특별히 잘생긴 남자는 아니었다는 사실이다. 그렇다고 특별히 못생긴 것도 아니다.

그는 누구에게나 편안함을 느끼게 했으며 남자든 여자든 간에 상대방을 중요한 사람으로 느끼게 만들어 주었다. 자신이 그에게 있어 유일한 존재라는 인식을 받게 되고, 이런 능력이 누구든 그를 좋아하지 않을 수 없게 만드는 것이다.

이 능력은 특히 여성에게 강력하게 작용하여 그는 수많은 여성들을 유혹할 수 있었다. 말할 필요도 없이 그는 내가 있던 회사를 오래 다닐 수 없었고 그 후 오랫동안 우리는 연락이 끊겼다.

어느 날 저녁, 시외 출장을 끝내고 집으로 가다 커피를 마시기 위해 잠시 어느 작은 레스토랑에 들렀을 때 거기에 그가 있었다.

"어이, 지그. 잘 지내나?"

나도 그에게 인사를 했다.

"오랜만이군, 그래 그 동안 어떻게 지냈나?"

안부를 묻는 나의 질문에 그는 돌연 엉뚱하게 대답했다.

"자네가 정말로 묻고 싶은 것은 '내 애정 생활이 어떤가' 하는 거겠지?"

사실 그걸 생각하고 있지는 않았지만 그가 그렇게 물어오자 나는 대답했다.

"글쎄. 아냐, 내가 물어보려던 건 그게 아니었어. 하지만 자네가 말을 꺼냈으니 물어보지. 그래, 자네 애정 생활은 어떤가?"

그는 환하게 웃더니 말했다.

"지그, 난 시내 북쪽 끝에 살고 있는 외로운 가정주부를 만났어. 그녀는 정말 비열한 남자와 결혼했었지. 막나가는 부랑자에다 못된 인간이었어. 그래서 내가 그 집으로 들어가 모든 걸 변화시켰다네. 내 일생에서 그렇게 재미있고 기뻤던 적은 없었지. 이봐, 인생은 정말 멋진 거야.”

나는 충격받은 얼굴로 이렇게 되물었다.

“혹시 내가 아는 여자분인가?”

그가 크게 웃더니 말했다.

“물론이지, 내 아내를 만난 적이 있잖아.”

“그래, 자네 아내는 만난 적이 있지. 도대체 어떻게 된 일인가?”

그는 심각한 표정으로 말했다.

“지그, 내가 다른 여자들에게 했듯이 아내를 즐겁게 해주고 칭찬을 많이 하고 관심을 더 보이며 잘해 주면, 이 세상에서 가장 아름답고 사랑스러우며 친절하고 신중하며 낭만적인 여인을 바로 내 집 안에 둘 수 있다는 사실을 알게 되었다네. 더 일찍 그 사실을 깨닫지 못한 것이 너무나 유감스러워.”

그리고 그는 더 환하게 웃으며 말했다.

“하지만 친구, 이제 난 잃어버린 시간들을 만회하고 있다네.”

그는 어리석게 굴지 않는 방법을 깨달았던 것이다. 우리 모두 그의 경험에서 같은 것을 배울 수 있다.

그는 쾌락을 추구했고, 그것은 대가로 그의 행복을 요구했다. 그와 똑같은 경험을 가지고 있는 사람들이 수천, 아니 수백만 명에 이르리라고 확신한다.

 사랑하지 않고 행복한 사람은 없다

섹스는 당신을 따뜻하게 할 수도 태워버릴 수도 있다

내 인생에서 진정으로 기쁜 일은 아주 추운 겨울 저녁이나 음침하고 습기가 많은 날, 벽난로의 따뜻하고 멋진 불 앞에 앉아 좋은 책을 한 장씩 읽어나가거나 아내와 함께 앉아 손을 마주 잡고 불꽃이 타오르는 것을 보는 때이다.

어떤 면에서 섹스는 불꽃과 비슷하다. 조금 더 흥분되는 일이라는 사실만 빼고 말이다. 섹스는 결혼에 속해 있을 때, 불꽃은 벽난로에 속해 있을 때 따뜻하고 확실한 기쁨을 준다. 그러나 만약 불꽃이 난로 밖으로 빠져나오거나 섹스가 부부 침대를 벗어나면 그것은 우리를 태우고 모든 것을 파괴시킬 것이다.

섹스에 대해 올바른 시각을 갖지 않는다면 멋진 관계를 이룰 수 없다. 분명 혼외정사는 우리를 태워버리고 삶과 결혼을 연기 속으로 사라져 버리게 할 수 있다! 그러니 어리석은 짓은 애초부터 피하는 게 좋다. 다음의 이야기를 읽어보아라.

몇 년 전, 텍사스 잡지의 한 기자가 인터뷰를 하면서 내가 때때로 비서와 함께 점심을 먹는지 물었다.

"물론 아닙니다!"

그는 내 대답에 다소 놀라더니 당연히 또다시 질문을 했다.

"물론 아니라는 건 무슨 뜻입니까?"

나는 그 질문에 이렇게 대답했다.

첫째, 내 비서와 나는 문을 열어놓은 사무실이 아니라 단 둘이서 점심을 먹으며 의논할 일이 전혀 없다.

둘째, 내 비서는 지극히 영리한 여성이어서 나와 점심을 먹는 일은 하지 않을 것이다.

셋째, 어떤 사람들은 그런 행동을 비난하니만큼 위험을 무릅쓰고 싶지는 않다.

또한 내 아내 역시 위의 세 가지 이유에 동감한다고 말했다. 만약 내가 비서와 함께 한 번이라도 점심을 먹는다면 또 그러고 싶어질지도 모르고 결국 그것은 나를 곤경에 빠뜨릴 것이다.

모든 이혼 부부의 50%는 직장에서 다른 이성을 만나 끌렸기 때문에 파국에 이르렀다고 한다. 또한 그 중 70%는 불륜 상대가 같은 부서나 아주 가까운 장소에서 근무하고 있는 사람이었다. 간단히 말해서 내가 비서와 단지 '일 관계'만으로 점심을 했다 할지라도 잃을 것은 많고 얻을 것은 하나도 없다는 이야기이다.

무엇보다도 내가 아내 아닌 다른 여자와 점심을 하지 않는 가장 기본적인 이유는 아내를 너무나 사랑하기 때문에 단 한순간도 불편함을 주고 싶지 않으며 또 다른 여자와 나누는 '우정' 때문에 우리 관계에 해가 되는 일이 없도록 하고 싶기 때문이다.

우린 그냥 친구야

나는 대부분의 사람들이 이렇게 얘기하는 건 자신을 속이는 짓이라고 확신한다.

"이 여자(남자)와는 그냥 친구야."

물론 이 이야기가 사실일 경우도 있다. 또한 모든 관계의 초기에는 사실인 경우가 많다. 그러나 시간이 지날수록 상대방의 지성이나 사회적 능력에 대한 상호 존경심 때문에 이성과의 우정은 우정이 아닌 뭔가 다른 것으로 변하는 경우가 너무나도 많다.

점점 두 사람은 마음을 터놓고 서로 신뢰하게 된다. 아주 사소한 정보까지 나누게 되고, 우연의 일치가 있을 때나 서로 비슷한 점이 있다는 것을 알게 될수록 대화는 더욱 친밀해진다. 이제 배우자와는 일치되는 것이 하나도 없지만 새로 사귄 그 사람과는 모든 관심사가 일치되는 듯 보인다. 상대에게 신체적인 매력을 느끼게 되고 결국 호르몬이 왕성해져서 필연적인 일이 발생한다. 당신이 결코 의도하지 않았던 '사랑' 이 생기는 것이다.

비극적이게도, 치명적인 결과를 가져올 상대에 대한 끌림을 처음에는 본인들조차 부정한다. 서로 눈을 마주치거나, 복도에서 지나칠 때 '특별히' 인사를 나누고, 주차장이나 카페에서 우연히 마주치고, 인사를 나누거나 서류를 건네줄 때 손을 잡는 일 등은 무시해서는 안 될 빨간 신호등이다.

뻔한 사실을 무시해 봐야 아무 소용이 없다. 보통 수준의 지능을 갖고 있는 사람이라면, 이 두 사람이 서로에게 끌리고 있음을 안다.

그런 일이 마치 없었던 것처럼 가장하기 보다는 이렇게 하라.

• 무슨 일이 있었는지 정직하게 인정한다.

- 배우자에게 했던 서약을 기억한다.
- 세상에 심각하지만 의미 없는 남녀 사이의 농짓거리란 없음을 명심한다.

'별거 아니야'라는 식의 변명을 하기보다는 위험하다고 생각되는 순간, 도덕적인 책임감을 불러일으킬 수 있는 용기를 가져라. 제동을 걸고 뒤로 물러서서 모든 불필요한 행동을 주의 깊게 삼가라.

일찍 제동을 거는 것이 중요하다. 심리 치료사 윌러드 F. 할리 주니어 박사의 말에 의하면 불륜은 보통 은연중에 이성과의 장기적인 직장 생활과 결혼 서약의 의미를 잘못 이해하는 데서 발생하기 때문이다.

할리 박사는 이렇게 설명한다.

"결혼 서약은 단순한 단어의 나열이 아니라 '나는 당신을 돌봐주고, 당신의 욕구를 충족시켜 주기 위해 최선을 다하겠다'라는 의미이다."

결혼 서약을 하는 이유는 배우자가 당신이 불륜을 저지르지 않길 바라기 때문이다.

제인 엘렌스는 이런 개념을 한층 발전시켜서 '창의적인 성실성' 개념을 제시했다.

"결혼에서의 성실성은 단순히 욕망을 억제하는 것 이상의 의미를 갖는다. 정절은 단지 혼외정사를 하지 않는 것이 아니라 서로에게 확실한 행동을 보여주는 것이다. 이는 우리가 한 서약을 성실하게 지켜야 되는 것으로, 결혼 생활에서 언제나 '인간 중심적'으로 살고 상대방의 안녕을 염두에 둔다는 맹세, 정직하고 개방적인 커뮤니케이션을 실행하겠다는 맹세이다.”

그녀는 창의적인 성실성이란 말은 ‘배우자의 자유와 성숙함, 발전에
헌신하겠다’ 는 뜻이라고 했다.

믿음이 없으면 행복도 없다

결혼 생활에서 믿음의 중요성은 스티븐 코비가 잡지 〈우수 경영자〉에
쓴 칼럼에서도 강조되고 있다.

코비는 오리건의 한 아름다운 해변 도시에서 세미나를 개최했는데, 한
남자가 상담을 하고 싶다며 그에게 다가왔다.

남자는 이렇게 이야기를 시작했다.

“이 아름다운 해변가를 보십시오. 이곳에서 즐거운 시간을 보내야 마
땅하겠지만, 난 이런 세미나에 오는 것을 정말로 좋아하지 않습니다.”

코비는 남자에게 관심을 갖게 돼 그 이유를 물었다.

“내 머리 속엔 오직 오늘밤도 아내에게 전화로 시달려야 할 텐데라는
생각뿐입니다. 아내는 내가 집을 떠나 있을 때마다 마치 심문하는 것처
럼 질문을 해댄답니다. ‘아침은 누구와 먹었죠? 무엇에 관한 이야기를
했죠? 어떤 재미있는 일을 했나요? 누구와 함께 있었어요?’ 그녀의 어조
는 언제나 ‘당신 말을 확인하려면 누구에게 전화를 걸어 봐야 되죠?’ 라
는 식이랍니다.”

코비는 계속해서 남자의 말을 들어주었고 마침내 아주 재미있는 사실

을 듣게 되었다.

"아내는 무슨 질문을 해야 하는지 모두 알고 있죠. 왜냐하면 우리도 바로 이런 여행에서 만났으니까요. 내가 다른 여자의 남편이던 때에요."

그 말의 의미를 생각하던 코비는 이렇게 말했다.

"당신은 정말 미묘한 곤경에 빠졌군요."

"그게 무슨 뜻입니까?"

코비의 말이 이어졌다.

"당신은 자신이 만들어 놓은 문제에 빠져 있군요. 부인의 태도를 변화시키고 신뢰를 얻을 수 있는 가장 좋은 방법은 그녀에 대한 감정의 은행통장을 만들어 저축을 시작하는 것입니다. 그렇다고 너무 빨리 좋은 결과를 기대하지는 마세요. 상당한 변화를 보이기 위해서는 수천 번 저축을 해야 합니다."

코비는 계속해서 '감정의 은행통장'에 저축하는 것은 구애와 친절한 행동, 정직과 노력에 의해 잔고가 올라간다고 설명하였다. 반대로 무례한 말, 위협, 과잉반응 등은 잔고를 감소시킨다.

결혼 관계에서 신뢰와 편안함은 '나는 믿을 만한 사람이므로 믿어도 좋다'라고 말해 주는 친절과 사랑, 정직의 저축을 통해 쌓인다. 그리고 완전한 신뢰와 편안함이 만들어지기까지는 오랜 시간이 걸리는 법이다.

그의 아내는 남편이 다른 여자들에게 어떤 모습을 보이는지 잘 알고 있다. 자신이 바로 한때 그 '다른' 여자였기 때문이다. 만약 그가 두 번째 아내에게 했던 것처럼 첫번째 아내에게도 열정적으로 구애했더라면 현재 상황이 어떻게 되었을지 궁금하지 않은가?

모든 결혼 관계에서 가장 잔인한 결별은 배우자가 불륜이라는 행동으로 신뢰를 저버린 경우일 것이다.

이 신뢰와 정절은 얼마나 중요한 문제인가?

오랫동안 나는 전국 각지를 돌아다니며 개인적인 성장과 교육에 대한 세미나를 열심히 개최했고 그 결과 아주 소수의 사람들만이 누릴 수 있는 기쁨과 특권, 친교 등을 누릴 수 있었다.

나는 두 명의 대통령과 상원의원들, 하원의원들, 주지사들, 국방부 장관 등과 함께 한 연단에 올라서 연설을 했다. 또한 10억 달러 이상의 재산을 지닌 친구를 두세 명 댈 수 있다. 평범한 사람들도 많이 만나 왔지만 스포츠 스타나 연예계의 거물들도 만났다.

14년 동안 세일즈맨으로 일하면서 나는 우리나라에서 볼 수 있는 모든 사회, 경제, 인종, 민족, 종교의 선을 넘어보았다.

이 모든 경험을 거치는 동안, 나는 배우자에게 100% 성실하지 않으면서 행복한 사람은 본 적이 없었다.

설교를 하거나 도덕적인 훈계를 하려는 것이 아니다. 다만 결혼해서 행복해지고 싶다면 다른 선택의 여지는 없고 절대적으로 성실해야 한다는 말을 하고 싶다.

〈유나이티드 리포터〉를 저술한 폴 존슨은 이렇게 설명한다.

"진실만이 가장 상식적인 충고이다. 이것은 일곱 단어로 요약될 수 있다. '결혼 전에는 순결하고, 결혼하고 나서는 정절을 지켜라.'"

그렇다면 이런 질문을 할 것이다. 그 말이 맞다면 현실적으로 수많은 남녀가 왜 혼외정사를 벌이는가? 내 대답은 대부분의 사람들이 '혼란스러워하기' 때문이라는 것이다. 계속해서 읽어보라.

쾌락 추구냐 행복 성취냐

행복하고 만족스러운 결혼 생활을 평생 유지하기 위해서는 쾌락과 행복의 근본적인 차이를 이해할 필요가 있다. 이런 이해는 매우 중요하다. 오늘날 우리 사회는 쾌락 중심으로 돌아가고 쾌락 자체를 거의 신격화하고 있기 때문이다.

쾌락과 행복의 차이는 무엇인가? 쾌락은 극히 순간적인 반면 행복은 훨씬 오래 지속된다. 쾌락은 우리가 탐닉하는 행동이고, 행복은 어떤 상태이다. 사전적인 의미로 보면, 쾌락은 '희열, 기쁨, 즐거움'이고 행복은 '좋은 상태, 평온한 태도, 행운, 번영' 등을 말한다. 행복은 우리의 안녕과 함께 하는 만족이며 가장 순수한 애정으로부터 우러나오는 정화된 즐거움이다.

간단히 말해서, 행복은 더 깊고 오랫동안 지속될 수 있는 감정이다.

나는 쾌락이 포함되어 있지 않는 행복은 없다고 확신한다. 이것은 확실하다. 하지만 쾌락이 행복을 포함하고 있지는 않다는 사실을 명심해야 한다.

쾌락에 탐닉하기 전에 우리는 다음의 세 가지 아주 중요한 질문을 스스로에게 해보아야 한다.

1. 이 쾌락을 무한히 반복하면 행복해질 수 있는가?

- 첫번째 예 : 나는 과자를 무척 좋아한다. 나는 하루에 세 번, 일주일에 7일, 일년 365일 동안 디저트를 먹고 간식으로 달콤한 쿠키를 먹을 수 있다. 과자는 정말로 나에게 큰 기쁨을 준다. 그렇다면 체중이 200kg이 넘게 나가도 여전히 행복할 수 있을까?

- 두 번째 예 : 나는 코카인이 엄청난 쾌락을 준다는 이야기를 수없이 들었다. 하지만 과학적으로 코카인의 반복된 사용은 두뇌가 도파민이나 부신수질호르몬을 만들어 내는 능력을 파괴한다. 이 두 가지 물질이 몸에 없다면 쾌락이나 기쁨, 행복을 느끼는 것이 불가능하다. 모순적이게도 사람들은 쾌락을 얻기 위해 코카인을 이용하지만 그것은 결국 행복해질 수 있는 가능성까지 파괴한다.

그렇다면 다시 처음 질문으로 돌아간다. 내가 이 쾌락을 되풀이해서 행복해질 수 있겠는가? 대답은 '아니오' 이다. 쾌락을 좇을 때는 절대적으로 주의를 해야 한다.

2. 내가 이런 쾌락에 빠져 있음을 배우자에게 흔쾌히 알려줄 수 있는가?

혼외정사와 관련 있는 경우는 '아니오' 라고 대답할 것이다. 그리고 이 '아니오' 라는 대답은 많은 결혼을 지켜 줄 것이다. 심지어 불륜으로 이어질 수 있는 '지나친 우정' 의 시작도 이 질문으로 막을 수 있다.

내가 이성 직원과 45분 간 점심을 함께 하면서 '개인적인' 문제를 상담한다는 것을 배우자에게 말할 수 있겠는가? 오늘은 오전 근무만 하고 그 사람과 함께 좋아하는 영화를 보면서 울고 웃었다고 배우자에게 기꺼이 이야기할 수 있는가?

행동에 옮기기 전에 이런 질문을 해보는 습관을 들이면 실제로 일이 벌어지고 난 후의 고통과 슬픔을 겪지 않게 된다.

3. 그 쾌락을 위해 다른 사람의 행복을 희생시켜야 하는가?

만약 대답이 '그렇다' 라면 그런 쾌락은 자제해야 한다. 휴일 내내 친구들과 보내거나 골프(또는 사냥, 낚시, 근무 등)로 시간을 보내는 것도 어느 정도 쾌락을 가져올 수 있다. 하지만 가족의 행복은 어떻게 되는가?

내 친구는 댈러스 카우보이 대 워싱턴 레드 스킨 미식축구 경기의 로열석 표를 포기하고 아들의 교회 연극 공연을 보러 간 적도 있었다. 그가 경기를 관람하고 얻을 수 있는 기쁨은 아들이 아버지가 자기를 얼마나 중요하게 생각하는지 알게 된 기쁨에 비하면 아무것도 아니었다.

만약 내가 회사 이익의 99%를 내 개인 구좌에 입금시킨다면 나는 몇몇 쾌락적인 활동을 할 수 있을 것이다. 그러나 회사의 성장은 제한된다. 또한 80명이 넘는 직원들의 급료도 지불할 수 없을 것이다. 이는 불공정할 뿐만 아니라 그들을 불행하게 만들 수도 있다. 누군가를 불행하게 하면서 행복해진다는 것은 절대적으로 불가능하다.

불륜이 그렇게 나쁜가?

만약 내가 불륜의 심각성과 배우자에 대한 정절의 중요성을 과장하고 있다고 생각한다면, 다음에 소개하는 USA 투데이 지의 여성 3천 명과 남성 1천 명에 대한 설문조사 결과를 주의 깊게 읽어보기를 권한다.

이 설문조사에 따르면 남녀 10명 중 7명이 정절이 근사한 성관계보다 더 중요하다고 답변했다. '정절과 경제적인 안정 가운데 어떤 것이 더 중요하다고 생각하는가' 라는 질문에는, 여자 10명 중 6명이, 남성은 5명이 정절을 선택했다. 그리고 대다수(75%)가 정절이 로맨스를 유지하는 것보다도 더 중요하다고 답했다.

결론은 분명하다. 상대방에 대한 성실함은 결혼의 다른 모든 낭만적인 부분들을 보다 흥미롭게 만들어 줄 수 있고 발전과 행복의 선결요건인 안정을 가져다준다.

생각해 봐라, 만약 배우자가 당신과 사랑을 나누고 있을 때 '애인' 생각을 하고 있음을 알게 된다면 당신은 성적으도 흥분할 수 있겠는가?

이를 명심하고 당신과 배우자가 시간에 쫓기지 않을 때 이 주제에 대해 마음을 열고 토론하도록 강력하게 권하고 싶다.

이 장을 다 읽고 나서 내가 한 말에 대해 배우자가 동의하는지 않는지를 솔직하게 물어보라. 배우자가 당신을 정말로 사랑한다면, 이 이득보다 손해가 훨씬 많은 게임을 하는 것이 절대 좋은 생각이 아님을 확신할 것이다. 우리 세미나에 참석한 수많은 여성들이 이미 이 사실을 확인해 주고 있다.

언젠가 모든 남성들이 원하는 이상적인 배우자 자질을 다 갖춘 여성이 몹시도 상심한 모습으로 남편이 새 비서와 점심을 먹으러 갔을 때 얼마나 걱정했었는지 눈물을 흘리며 말한 적이 있다.

남편은 아내가 이성적이지 못하다고 비난하면서 조금도 걱정할 일이 없다고 위로하였다. 하지만 일년 후 그들의 결혼은 산산이 무너져 버렸고, 여덟 살도 되지 않은 세 아이들은 더 이상 집에서 아빠를 볼 수 없게 되었다.

우리가 우정에서 선을 넘었을 때 불륜이 시작된다.

불륜은 당신뿐만 아니라 배우자의 결혼 생활까지 망칠 수 있다. 또한 배우자에게 불신을 심어 준다. 어떤 결혼도 신뢰가 없이는 행복이나 마음의 평화를 얻지 못한다.

또한 불륜은 또 다른 불륜으로 이어질 수 있으며 이는 에이즈와 같은 치명적인 질병이 만연하는 시대에서는 매우 위험천만한 일이다. 한 번 정도는 괜찮다고 생각하고 시작하는 불륜은 어떤 사람이나 어떤 일에 지속적으로 집중할 수 있는 능력을 파괴하며 결국에는 문란한 성생활로 이어진다.

진정한 행복은 정신적인 요소까지 포함된 관계에서 나오는 것이며, 비도덕적인 성관계에서 사람들은 모든 일을 쾌락을 위한 수단으로만 보게 된다.

나는 나를 믿지 않는다

한 젊은 여인이 다른 여성과는 한 번도 단 둘이 식사를 한 적이 없다는 내 얘기를 듣고 나에게 편지를 썼다. 내가 나 자신을 믿지 않으며 자기 신뢰가 그리 강하지 않은 것이 분명하다는 내용이었다. 나는 그녀가 최소한 한 가지는 맞았다고 답신했다.

내가 나를 믿지 않는다는 것은 내 본성을 믿지 않는다는 뜻이며, 하나님이 내가 견디어 낼 수 있는 것 이상의 유혹에 넘어가지 않도록 하셨다는 식으로 자만하지 않는다는 것이다. 나는 그분이 옳다고 확실하게 믿지만, 또한 내 뜻대로 달아날 수 있는 기회를 허락하지 않는 상황에 빠져들 수 있음도 알고 있다.

바로 그렇기 때문에 출장을 갔을 때 한 여성하고만 있게 되는 일을 한사코 피하려 하는 것이다. 심지어 출판 홍보 때도 기자나 출판계 사람들과 함께 다니며 여성과 단 둘이서 다니려 하지 않는다.

어떤 사람들은 내가 너무 지나치다고 여길지도 모르겠다. 그들의 말이 맞을 수도 있지만, 그들이 틀릴 수도 있다는 가능성은 나에게 가장 안전한 길을 선택하라고 말해 준다. 또한 아내는 내가 그렇게 하는 것을 100% 인정해 준다는 말을 하고 싶다. 심지어 아주 열정적으로 내 방법을 지지한다.

나는 자라면서 어머니께 이런 말을 수없이 들었다.

"미안할 짓을 하는 것보다는 안전한 쪽을 택하는 게 낫다."

사실, 유혹에 넘어가면 얻는 것보다 잃을 것이 훨씬 많다. 나는 골프나 다른 어떤 일에도 단돈 1달러 내기조차 하지 않는다. 도박사가 아니기 때문이다.

그렇기 때문에 나는 이성과 시간을 보내는 즐거움을 위해 나에게 가장 소중한 사람과의 관계를 망치는 도박은 하고 싶지 않다.

나의 옛 동료였던 남자는 39년을 함께 살아온 아내와 헤어지게 되었다. 그녀가 단순히 '차 한 잔 마시는 관계'였던 남자와 연인으로 발전하게 되었고, 결국에는 이혼하고 '단순히 친구예요. 세상에, 나보다 훨씬 젊은 사람이라구요'라던 그와 결혼한 것이다. 하지만 나중에는 그 결혼도 결국 파국을 맞게 되었다.

또 다른 한 동료는 아이들과 손자들 그리고 증손자까지 있었지만 젊은 여자를 만나 50년 간 결혼 생활을 해온 아내와 이혼했다.

나는 이런 이혼을 하는 데 어떤 연유가 있었는지는 모르겠지만 다음 두 가지는 확실히 안다.

첫째, 신뢰가 깨지고 불륜이 저질러지면 가족은 3세대까지 불행하게 된다.

둘째, 두 이혼 모두 상식적인 원칙들을 따랐으면 벌어지지 않았을 수도 있다.

의지력과 상상력은 어느 쪽이 이길까?

불륜 행위로부터 자신을 보호할 수 있는 최상의 방법은 불순한 생각들을 하지 않는 것이다. 이유는 명백하다. 간통은 육체적으로 저질러지기 전에 마음으로 먼저 저질러지기 때문이다.

자신의 정신에 포르노 잡지나 외설적인 비디오, TV 프로그램, 포르노 영화 등을 주입시킨다면 당신은 외설적인 상상력만을 키우게 돼 결국에는 성적 유혹을 당했을 때 도덕적 결단력이 약해지고 만다.

한 현자는 이렇게 말했다

"의지가 상상력과 대결한다면 상상력 쪽에 돈을 걸어라."

그런 쓰레기 같은 것들을 마음속에 집어넣지 않도록 하라. '뿌린 대로 거둔다' 는 말은 진실이다.

노먼 커즌스는 〈새터데이 리뷰〉에서 이에 대해 자세히 설명하고 있다.

이런 외설물들이 널리 유포되었을 때의 문제점은 그것이 우리를 타락시키기 때문이 아니라 둔감하게 만들기 때문이며, 열정을 보여주는 게 아니라 감정을 불구로 만들기 때문이고, 성숙한 태도를 키우지 못하고 유치한 집착을 반영하기 때문이며, 장막을 걷어버리지 않고 관점을 왜곡시키기 때문이다. 섹스의 기술은 찬양받지만 사랑은 거부당한다. 거기에서 볼 수 있는 것은 자유가 아니라 인간성의 말살이다.

남편이 포르노를 본다면 아내에게서 점점 매력을 느끼지 못하게 될 것이다. 그는 열일곱 살이나 열여덟 살의 젊은 모델들과 이미 아이를 두셋 낳은 아내를 비교하기 시작한다.

포르노에 대한 충동은 성욕에서 나온다. 리처드 엑슬리의 말에 따르면, 성욕은 생리적인 현상이나 호르몬의 부산물이 아니다. 만약 그렇다면 한 잔의 물이 목마름을 해결하거나 훌륭한 식사로 식욕을 만족시킬 수 있는 것처럼, 성욕은 성적 경험으로 충족될 수 있다. 하지만 엑슬리는 '성욕은 충족시키려 하면 할수록 더 많이 요구한다'는 사실을 발견했다. 그렇기에 성욕에 대한 과도한 집착을 거부하는 것은 정당한 충동의 억압이 아니라 성도착을 없애버리는 일이다.

그는 욕망에 대한 집착과 신이 주신 선물인 섹스 사이의 관계를 암세포와 정상세포의 관계로 비유했다. 암세포는 잘라내야 하지만 정상세포는 더욱더 키워나가야 한다. 집착은 도려내야 하지만 섹스는 소중히 여겨야 한다. 섹스를 부인한다고 해서 금욕적인 성자가 되는 게 아니다. 우리가 결혼이라는 울타리 안에서 이를 존중할 때 오히려 완전히 자유로워지고 성적으로 스스로를 무한히 표현할 수 있게 된다.

나는 낸시 레이건 여사가 마약과의 전쟁에서 했던 말과 똑같은 말을 쓰라고 권하겠다.

"그냥 싫다고 말하라."

책임감 있는 스승을 찾아라

또 다른 실제적인 조처는 당신이 믿을 수 있는 사람들, 즉 배우자나 동성 친구와 자신의 고통과 약점을 나누는 것이다.

만약 도덕적으로 실패한 정치인이나 종교 지도자들이 미리 이렇게 조심했더라면, 많은 사람들의 경력이 무너지거나 인생이 엉망이 되는 일은 없었을 것이다.

앞에서 나는 결혼 생활의 문제를 친구에게 말하지 말라고 했었다. 여기서 모순되는 말을 하려는 것은 아니다. 중요한 것은 책임감이다.

만약 심각하다고 생각되는 문제로 고통받고 있다면 그런 근심을 당신에게 '스승'과 같은 특별한 사람과 상의하라. 내가 아는 한 목사는 다른 세 사람과 정기적으로 모임을 갖고 윤리적인 문제나 개인적인 '약점'들에 대해 이야기한다. 그들은 서로에 대해 책임을 지고 있다. 만약 어떤 상황이 적절한 대응책을 필요로 할 지경에까지 이르게 되면 이들이 '도움을 줄 수 있는' 손길이 되는 것이다. 그들은 또한 지난번 모임 이후 일어난 도덕적, 윤리적인 잘못을 함께 이야기했다. 그들이 서로에게 의지할 수 있음을 깨달은 것은 많은 도움이 되었다.

또 다른 중요한 조처는 감정에 얽매이거나 의존적이 되지 않도록 하는 것이다. 당신의 결혼 생활과 가족을 희생하면서까지 다른 사람을 돕는 것은 하나님이 바라는 바가 아니며, 자신의 배우자에게 상처를 줄 수도 있는데 이성을 도와주려고 애쓰는 것 또한 결코 신의 뜻이 아니다.

비록 의도는 좋았다 할지라도 감정적인 관련이 곧장 성적 관계로 연결되는 경우가 많기 때문이다. 나는 젊은 목사에게서 이런 경우를 보았다. 그는 남편이 다른 여자 때문에 떠나버린 젊은 이혼녀를 상담해 주고 도와주었다. 그러다 목사의 아내가 위험한 상황임을 감지하고 남편에게 돌아올 것을 간청했다. 남편은 아내가 어리석게 군다고 생각했지만, 결국 그들은 이혼율을 높이는 데 일조하고 말았다.

직장 내에서 이성과의 관계를 조심하라. 직업상의 관계로만 남는 것이 필수적이다. 시간과 우정의 정도에 대한 한계를 정해 지킬 필요가 있다.

마크 트웨인이 다음과 같이 훌륭한 충고를 해주었다.

"유혹을 막을 수 있는 좋은 방법이 몇 개 있지만, 가장 확실한 방법은 겁쟁이가 되는 것이다."

마크 트웨인이 정확한 충고를 했다.

남자들이여, 아내를 보호하라

오늘날의 자유롭고 개방적인 사회에서 가장 비극적인 일은 모든 부부들이 너무나 자주 다른 '멋진' 부부와 만난다는 것이다. 시간이 지나면서 그들은 가까워지고 편안한 사이가 되며 심지어 아주 친밀한 사이가 된다.

그 결과 상식과 예절의 많은 장벽들이 무너지게 된다. 도덕적인 규범이 약해지면서 그들은 재미는 있지만 다소 지저분하고 외설적인 이야기까지 나누게 된다. 이렇게 함께 웃는 동안 자기 제어가 상당 부분 무너지게 된다.

남성들이여, 당신은 그런 일을 막고 제지시켜야 할 의무와 책임이 있다. 그런 생활에 노출되지 않도록 아내를 보호해야 한다. 처음에는 아주 순수하게 시작되었다 할지라도 익숙해지면 '다른 시도'를 하게 되기 때문이다. 비도덕적인 말과 행동에 빈번히 노출되면 이는 비도덕적인 생각으로 이어지고 모든 경우 비도덕적인 행동이 따라온다.

오늘날, 심지어 소규모 그룹에서도 불륜의 관계로 발전할 상대를 찾아 탐색하는 사람들이 있다. 그들은 노리는 상대를 유심히 살피고 상대방의 말을 듣는다. 한쪽이 상대방의 천박한 제의에 열정적으로 대응하면 사냥꾼은 그것을 알아차리고 유혹이 시작된다. 우연한 마주침이나 식품점에서의 예기치 않은 만남이 시간이 지나면서 불륜으로까지 발전된다.

인생에서 가장 비극적인 일은 남편이나 아내가 배우자이자 가장 친한 친구를 동시에 잃어버리는 일이다. 이 글을 읽는 사람들 가운데 그런 친구는 결코 사귄 적이 없다고 주장하는 이들도 있을지 모른다. 만약 정말로 그렇게 생각한다면 당신은 꿈속에서 살고 있는 것이다. 나는 진정으로 당신에게 그런 일이 일어나지 않도록 열심히 바라고 기도하겠다.

의심스러운 행동을 멈추게 할 수 있는 가장 좋은 시기는 그것이 처음 뇌리에 떠올랐을 때이다. 이는 무지하리만큼 순진한 사람이 되라는 게 아니라 배우자와 결혼 그리고 당신 자신을 보호하라는 뜻이다.

생각이 행동을 지배한다

불륜은 결코 돌발적인 행동이 아니다. 마음속에 먼저 뿌리내리며, 그런 주입이 사고와 행동에 영향을 미치는 것이다.

지미 스와거트(유명한 TV 전도사였으나 섹스 스캔들로 인해 몰락함)의 경우를 생각해 보라. 나는 그를 비난하려는 것이 아니며 그 상황을 가볍게 여기지도 않는다. 그의 타락은 전 기독교계의 비극이었다. 우리는 하나님이 그를 구원해 주기를 기도한다. 그러나 한동안은 수백만 명이 부정적인 영향을 받을 것이다. 이 모든 것이 그가 포르노에 빠져들었고 그것이 그의 사고와 행동에 영향을 미쳤기 때문이다.

현실과 상상은 다르다

여성은 남성에 비해 덜 시각 지향적이지만 날마다 드라마를 보는 아내들은 실질적으로 문제를 불러일으킬 수 있다. 그녀는 정기적으로 사랑과 섹스, 불륜, 학대, 배신을 비현실적으로 또는 극도로 왜곡해서 극화해 놓은 것을 본다.

아내가 일단 이런 '아름다운 사람들'을 보는 습관을 들이면 본능적으로나 무의식적으로 실제의 단조로운 남편과 비교하게 된다. 그녀의 배우자는 열심히 일을 하고 성실하며 사랑의 표현을 아끼지 않고 집 안을 꾸미는 데 도움을 주며 아내의 건강과 행복에 일조한다. 이를 작가들에 의해 창조된 TV 속의 '근사한 남자들'과 비교해 보면 꽤 지루하게 들릴 것이다.

사실, 사람의 상상력은 멋대로 뻗어나갈 수 있는 능력이 있다. 일단 상상력이 작동되기 시작하면 20년 동안 성실하게 사랑해 온 배우자의 실체는 너무나 다정하고 사려 깊은 TV 속 젊은 의사나 변호사의 매력과 비교할 수도 없게 된다.

내 제안은 확실하다. 만약 날마다 집에만 있는 여성이라면 그런 드라마는 쳐다보지도 마라. 그런 것들은 배우자와의 관계에 해만 끼칠 것이다.

여기 중요한 질문이 하나 있다. 당신은 날마다 '드라마'를 보면서 정말로 낙관적이고 도덕적으로 건전한 사람으로 남을 수 있다고 생각하는가?

왜 모험을 하려고 하는가? 배우자에게 육체적으로 구애할 수 있는 가장 좋은 방법은 먼저 정신적으로 구애하는 것이다.

솔로몬이 말했던 것처럼 젊은 시절을 회상해 보라. 당신 마음속에 들어 있는 비디오 테이프에서 당신이 배우자를 처음 만났을 때 그가 얼마나 매력적이고 멋있었는가를 떠올려 보라.

결혼 서약에서 맺어진다는 말의 뜻은 당신들이 '하나의 몸'이 됨을 의미하며 다른 사람이 부부 사이에 끼어들 수 없다는 뜻이다.

책임감이 가장 강력한 무기

이 장을 끝내면서 나는 지금까지 보고 들어왔던 불륜과 이혼의 비극이 여러분에게 닥치지 않도록 가장 간단하며 깔끔하고 동시에 실용적이고 효과적인 충고로 결론을 지으려 한다.

내 친한 친구 제임스 메리트 박사가 이런 얘기를 했다. 그와 그의 아내인 테레사는 매일 밤 서로를 사랑하고 있다는 말을 하면서, 이런 말로 하루를 마무리한다고 한다.

"난 당신이 내가 오늘 당신에게 충실했다는 것을 알아주길 바라요."

이 말을 들었을 때부터 내 아내와 나 또한 매일 밤 똑같이 그렇게 해왔다. 결혼한 지 이틀이 되었든 60년이 되었든, 이렇게 하면 결혼을 굳건히 할 수 있고 두 사람 중 한 명이 타락할 가능성을 극적으로 감소시킬 것이다.

한 번 생각해 보라. 만약 매일 밤 잠들기 전에 그 문제에 직면해야 한다면 제대로 행동하게 될 것이라고 생각지 않는가? 책임감이야말로 가장 강력한 무기인 것이다.

 사랑하지 않고 행복한 사람은 없다

10 싸울 때는 정당하게 싸워라

오직 용감한 사람만이 용서할 줄 안다. 비겁한 사람은 절대로 용서하지 않는다.
그것은 그의 본성이 아니기 때문이다.
— 로버트 멀러

싸울 때는 정당하게 싸워라

어떤 부부가 결혼한 지 50년만에 처음으로 부부 싸움을 했다. 그러고 나서 남편은 멋진 메모를 부인의 베개 밑에 넣어두었다. 거기에는 이렇게 쓰여져 있었다.

"사랑하는 여보, 신혼기간이 끝날 때까지 싸움은 미뤄둡시다. 당신의 사랑하는 남편으로부터."

하지만 현실적으로 대부분의 사람들은 그만한 사랑과 인내, 성격을 갖지 못해 싸움을 미루지 못한다. 몇 년 전 연합통신에는 새신부가 신랑과 말다툼을 하고는 결혼식 피로연이 끝나고 집에 오는 길에 남편을 차로 치어 숨지게 했다는 기사가 실렸었다.

분명 모든 부부들은 갈등을 겪는다.

결혼 전문가 H. 노먼 라이트는 다음과 같이 말했다.

"원만한 부부 생활을 하는 사람들이라고 해서 행동이나 생각이 똑같은 것은 아니다. 그런 부부들은 수용과 이해, 칭찬이라는 과정을 통해 서로의 차이점을 받아들이는 방법을 알게 된 것이다. 다른 사람과 다르다는 것은 매우 자연적이며 정상적이다. 그리고 그것은 부부 관계에 흥미를 더해 줄 수 있다.”

라이트나 다른 결혼 상담가들의 말에 따르면, 모든 사람들의 가치와 욕구가 다르기에 갈등은 자연스러운 현상이다. 갈등은 다이너마이트와 비슷하다. 적절하게 대처하면 부부 관계가 더욱 발전하는 등 많은 이점이 생길 수 있지만 잘못된 방법으로 대처하면 끔찍한 재앙을 가져온다.

이기적인 독립심이 문제

서로를 사랑하고 있는 두 사람 사이에 도대체 왜 갈등이 생길까?

그것은 이기심 때문이다. 이기심은 모든 문제의 근본이고 썩은 사과에 들어 있는 벌레라 할 수 있다. 이기심은 결혼 생활의 모든 돈, 시간 결정, 섹스를 ‘내 방식대로’만 하기를 원하고, 자신의 쾌락과 권리를 먼저 생각하며, 배우자야 어찌 되건 자신의 독립이나 개인적인 야망만을 주장하는 것이다.

이런 이기심을 없애기 위해 우리는 항상 이 질문을 스스로에게 해보는 게 중요하다.

“내가 이 문제에 대해 지금 이기적인 행동을 하고 있지는 않는가?”

진정한 사랑은 요구하지 않는다. 단지 베풀어 줄 뿐이다.

만약 지금까지 이 책을 진지하게 읽었다면, 당신은 내가 아내보다는 남편에게 더 많이 말하고 있음을 알아챘을 것이다. 이유는 두 가지다.

첫째, 남자들은 배우자의 욕구에 무관심한 데 여자들보다 죄책감을 덜 느낀다.

둘째, 남자들은 명령권을 쥐고 있기에 더 많은 책임감을 가진다.

이제부터 결혼 관계에서 발생하는 문제점들을 살펴보도록 하자.

버릇 없는 남편들

어머니들을 포함해 우리 사회 전체가 남자들을 버릇 없게 만드는 데 일조를 한다. 어디에서나 이를 볼 수 있다.

한 가족이 앉아 TV를 보고 있다. 남편이나 아버지들은 운동 경기를 보고 싶어한다. 그들은 다른 가족과 의논할 생각도 않고 자신이 보고 싶은 채널로 돌려 버린다. 남편은 힘든 한 주를 보냈다(아내는 아무 일도 하지 않았다). 따라서 그는 토요일 아침 일찍 자신이 좋아하는 골프나 낚시를 하러 가버린다. 그에게는 그런 보상을 받을 자격이 있기 때문이다. 남편이 힘든 하루 일을 마치고 집에 돌아와 소파에 털썩 몸을 던진다. 그는 뉴스를 보면서 커피나 차를 명령한다(물론 기분 좋게 미소지으면서).

남편이 건강을 위해 아침에 일찍 일어나 조깅이나 산책을 할 때 아내는 아이들을 깨우고 옷을 입힌 후 아침을 준비한다. 아내는 남편이 조깅에서 돌아와 씻고 식탁에 앉을 때까지 식사할 준비를 전부 다 해놓는다.

남편은 새 차를 샀다. 가계 예산이 빠듯하지만 평생 너무나 갖고 싶어했기 때문이다. 만약 빚을 다 갚고 여유가 생길 때까지 기다려야 한다면 나이가 너무 들어 즐기지도 못할 것이다.

그는 저녁 식탁에서 일어나 TV를 켠다. 일주일 내내 기다려 왔던 프로그램이 있기 때문이다. 게다가 아내가 설거지를 하고 부엌을 치운 뒤 아이들을 재우는 데는 별로 오래 걸리지 않을 것이다. 그러고 나서 그들은 뉴스를 함께 본다. 부부가 함께 지내는 시간도 중요하기 때문이다.

지친 아내(남편은 그 이유를 이해하지 못한다)와 잘 먹고 푹 쉰 남편은 침대로 들어간다. 재미있는 사실은 아내가 남편만큼 잠자리에 흥미를 보이지 않으면 그는 놀라고 상처받으며, 당황하고 심지어는 화를 낸다. 결국 그는 그 여자와 결혼한 사이이고, 아버지나 할아버지가 '섹스'는 그의 '권리'라고 확실하게 가르쳐 주었던 것이다.

좋다, 현실적으로 많은 남편들이 이 정도는 아니라는 것은 인정하겠다. 하지만 많은 남성들이 베푼 것보다 더 많은 것을 받을 수 있다는 기대를 당연시하며 자랐다. 버릇이 망쳐진 남성들은 어린애같이 그런 것들을 기대할 뿐만 아니라 요구하고 뜻대로 되지 않으면 화를 내는 경우가 너무나 많다.

마땅히 부끄러워해야 할 일

창피하지만 나는 다음 사건에 대해 유죄를 인정한다.

우리가 결혼해서 사우스캐롤라이나 주 콜롬비아의 작은 아파트에서 살림을 시작한 지 몇 달이 지났을 때, 아내가 친정에 다녀오겠다고 했다. 나는 당황스러웠다. 왜 열여덟 살의 신부가 결혼한 지 일년도 안 돼서 친정 엄마를 보고 싶어하는지 이해할 수가 없었다. 이렇게 훌륭하고 친절하며 다정한 남편이 있는데도 말이다. 남성들이여, 내 기분에 공감할 수 있겠는가? '상처받고' 거부당했다는 느낌으로, 나는 순교자처럼 용감하게 그녀의 여행을 '허락' 했다. 하지만 우리는 돌아올 날짜를 확실하게 정했고, 나는 그녀가 정확하게 그 날짜에 돌아오리라고 생각했다.

하지만 도착 예정 시각 2시간 전에 나는 아내에게서 하루 더 있겠다는 전화를 받았다. 세상에, 나는 너무나 화가 났다. 나는 다시 전화해서, 그녀가 집에 오리라고 예상하고 있었는데 더 있는다는 전화에 너무나 실망했을 뿐만 아니라 무척 화가 났으며, 당장 '집에 돌아오길' 바란다고 말했다. 그러고 나서 미숙한 감정의 폭발과 이기심이 결합된 태도로 전화를 끊어버렸다(그날 하루 온종일 그녀는 얼마나 '즐거운' 마음이었겠는가? 하지만 난 아내에게 '본때' 를 보여주었다).

아내는 다음날 돌아왔지만, 나는 유치하게도 그런 비겁한 행동을 한 아내를 '벌주기' 로 했다. 그래서 그녀가 '용서받지 못할' 행동을 해서 진심으로 미안하다는 사과를 했음에도 불구하고 각방을 썼다.

결국, 제정신을 찾은 나는 내가 너무나 유치하고 이기적이며 어른답지 못한 행동을 했음을 깨달았다. 나는 사과를 하고 용서를 구했다. 다행히 그녀는 내 사과를 너그럽게 받아주었고 그 사건은 그렇게 막을 내렸다.

아내가 집에 전화했을 때부터 내가 사과를 하고 용서를 구할 때까지 얼마나 비참한 상태였겠는가! 하지만 나만큼은 아니었을 것이다.

결론적으로, 상대방에게 벽을 쌓으면 필연적으로 두 사람 모두 불행해진다. 불행을 몰아낼 유일한 방법은 그 벽을 쌓았던 사람이 먼저 용서를 구함으로써 무너뜨리는 것이다.

남성들이여, 그런 여자는 세상에 없다

오늘날 슈퍼 아내에 대한 환상이 우리를 끊임없이 괴롭히고 있다. 그런 여자는 존재하지도 않았고 앞으로도 존재하지 않을 것이다. 헌신적인 직원, 노력하는 주부, 베스트 드라이버, 멋지고 재미있는 파티의 안주인, 숙제 전문 도우미, 훌륭한 요리사, 좋은 친구, 동료, 열정적인 애인. 어느 누구에게도 이 모든 역할을 해내는 데 필요한 연료를 공급해 줄 수 있을 만큼 충분히 큰 연료 탱크는 없기 때문이다. 이 가운데 딱 하나만 제대로 해내려 해도 보통 남자들은 지치고 말 것이다.

일방적인 봉사, 잘못된 가치기준, 배우자의 욕구에 대한 무관심은 필연적으로 갈등을 가져오고 환상을 깨뜨리며 고통과 이혼 또는 긴장으로 얼룩진 결혼 생활을 초래한다.

남성들이여, 만약 배우자가 사회에서 열심히 일하고도 가정에서 또다시 남성들보다 두세 배 더 일해야 한다면 피로가 누적되어 필연적으로 분노를 터뜨리게 됨을 명심하라.

물론 남편이 언제나 '나쁜 사람'은 아님을 나 또한 잘 알고 있다. 나는 가족을 위해 몇 시간 잔업을 하고서 어지럽혀진 집에 와서 혼자 저녁을 해먹는 남편을 본 적도 많다. 또한 하루 종일 일에 시달리다 들어온 남편에게 아내가 세탁물을 찾아오지 않았다고 잔소리를 해대는 것도 보았다. 그렇다면 무엇이 정답인가?

균형이 중요하다

오늘날같이 바쁜 사회에서 남편과 아내는 종종 자신의 일이나 친구, 취미 활동 등으로 너무나 바빠 서로의 관계를 무시하는 경우가 많다.

찰스 스윈든은 다음과 같이 말했다.

"우리는 일을 숭배하고 있다. 여가를 누려야 할 때 일을 하고 예배를 봐야 할 때 여가 생활을 즐기지 않는가."

메리 케이 화장품사의 창립자인 내 친구 메리 케이 애시는 U.S. 뉴스 앤 월드 리포트 지와의 인터뷰에서 이렇게 말했다.

"나는 가능한 한 오랫동안 일하고 싶습니다. 하지만 그 과정에서 남편이나 가족을 잃는다면 잘못된 길을 가고 있는 것이죠. 혼자서 돈을 세는 것은 아무 재미가 없으니까요."

메리 케이가 그렇게 놀라운 성공을 거둘 수 있었던 이유는 회사에서 직원들에게 하나님을 제일 먼저 생각하고, 그 다음으로 가정을, 그리고 일은 세 번째에 두라고 했기 때문이었다.

이 방법은 당신의 인생을 매우 균형 잡히게 만들어 준다. 계란을 한 바구니에 모두 넣는다면 그 바구니에 문제가 생길 때 큰 곤란에 빠지기 때문이다. 예를 들어, 남자들은(여성들도) 회사에 모든 것을 거는 경우가 너무나 많다. 문제는 직장을 잃거나 회사의 경기가 안 좋아지면 자기 가치를 일에 모두 걸었기 때문에 삶 자체가 황폐해진다는 것이다.

기업 심리학자 데이비드 시로타는 이렇게 설명한다.

"자신의 전부를 일을 얼마나 잘해 냈느냐에 걸었을 때 진정 문제가 생긴다. 정상적이고 건강한 사람은 인생에서 일, 여가, 사랑 세 가지 측면을 갖고 있기에 균형만 잘 유지한다면 세 가지 모두를 얻을 수 있다."

남편이나 아내가 오직 일에만 매달리면 그 배우자는 무시당하기 때문에 자아상이 저하되어 고통받는다. 그런 배우자는 화가 나고 우울해져서 약물이나 알코올 중독, 불륜 등에 빠져들 수도 있다.

이는 결국 결혼 생활의 파탄까지 몰고 올 것이다.

팀 킴멀은 저서 〈고속도로 가의 작은 집〉에서 '성취 중독자들은 직장 외에도 존재할 수 있다'고 지적한다. 리틀 야구나 피아노 레슨, 학교 활동, 심지어 교회 활동에 중독되어 버린 어머니들이 그 예이다.

인생 수레바퀴

다음의 그림을 잘 살펴보고 당신이 현재 각 분야에서 어떤 위치에 있는가를 등급별로 나타내는 수레바퀴의 각 살에 표시를 한다(1은 가장 낮은 점수이고 10은 가장 높은 점수이다). 그 표시들을 원 모양으로 연결한다. 수레바퀴의 중심에 자신의 이름을 적는다.

이 그림은 당신의 '인생 수레바퀴'를 나타낸다. 인생 수레바퀴가 원만하지 않다고 할지라도 그리 문제가 되지는 않는다. 그보다 인생 수레바퀴의 원이 정확한 동그라미를 그렸다 할지라도 전부 '1'에 해당하는 것 같이 낮다면 발전 가능성이 적기에 더 큰 문제가 된다.

뛰어난 연설가이자 트레이너인 내 친구 브라이언 플래니건은 몇 년 전 내가 지금 여기서 설명하고 있는 실험을 했었다고 한다.

그는 사교면에서 자신을 '8'에 표시했고, 아내는 자신을 '2'로 표시했다. 브라이언은 두 사람 모두 '8'이라고 생각했는데, 이는 그가 매일 집에서 나가기 때문이었다. 브라이언은 '친구들'과 함께 통근용 고속철도를 타고 시내로 나가며, 동료들과 점심을 먹고 고객들을 방문한다. 그는 항상 사람들과 함께 있는 것이다. 반면, 신디(자신의 선택에 의해서)는 한 살 된 패트릭 플래니건을 돌보며 집에만 있다.

브라이언이 이렇게 말했다.

"신디는 훌륭한 어머니이자 아내이고, 전업 주부로서의 생활을 정말로 즐기고 있습니다. 전직 교사인 그녀는 우리 아이들과 집에 있게 될 날을 고대해 왔죠. 하지만 사교 생활(한 살 된 아이에게 책을 읽어 주고 한 살짜리 아이가 있는, 극히 소수의 엄마들과 얘기를 나누는)은 제한되어 있었습니다. 인생 수레바퀴는 이런 상황을 알려주었고, 우리는 즉각적인 개선에 나설 수 있었죠."

브라이언과 신디는 저녁 데이트를 시작했다. 그들은 1주일에 한 번(최소한 2주일에 한 번) 베이비시터에게 아이를 맡기고 함께 외출했다. 그렇지 않은 주말이면 친구들과 그 아이들이 방문하도록 했다. 또한 브라이

1. 자신과 배우자의 인생 수레바퀴를 그린다(배우자가 등급을 이렇게 매길 것이라고 생각되
는 것으로).

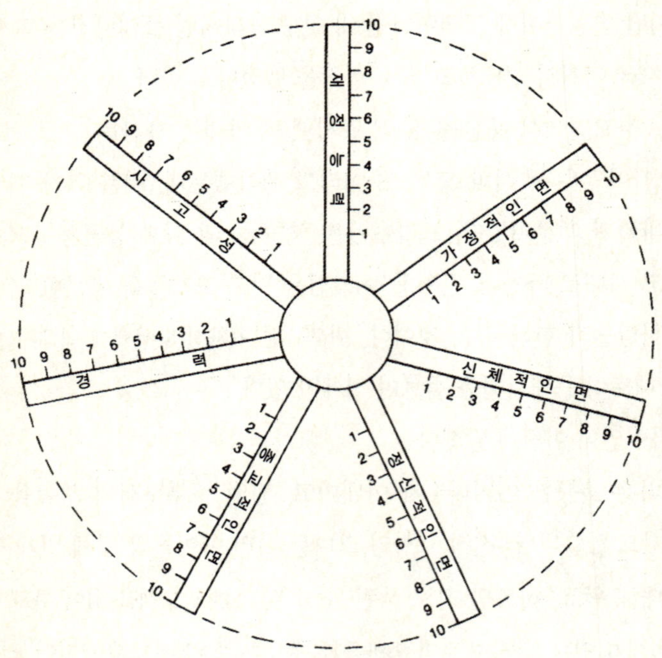

2. 배우자에게도 똑같은 일을 따로 해보도록 한다.

3. 그림을 보고 함께 토론하고 비교해 본다.

4. 두 사람이 모두 발전하고 싶은 부분에 대한 상호간의 목표를 세운다.

언은 주말에 집안 일을 많이 도와주었고, 신디는 새로 생긴 여유 시간 동안 원하는 일을 하면서 보낼 수 있었다.

현재 상황을 평가해 봄으로써 브라이언과 신디는 균형을 이룰 계획을 세울 수 있었다. 당신도 그렇게 할 수 있다.

균형만큼 중요한 게 평온함과 만족이다.

라인홀드 니버는 이렇게 말했다.

"신이여, 우리에게 변할 수 없는 것을 평온하게 받아들일 수 있는 포용력과 변해야 할 것을 변화시킬 수 있는 용기, 그리고 그것을 구별할 수 있는 지혜를 주소서."

만약 우리가 평온함과 균형을 발전시킨다면 결혼 생활에서 사소한 것들을 위한 시간, 배우자에게 구애하고 아이들과 놀아줄 시간을 찾아낼 수 있을 것이다.

내 친구이자 동료인 실라 머리 베셀은 지금까지 정년퇴직을 하는 남자가 이렇게 말하는 것은 들어본 적이 없다고 한다.

"만약 처음으로 돌아가 다시 시작할 수만 있다면, 나는 아침에 좀더 일찍 일어나 곧장 회사에 출근해 훌륭한 실적을 쌓겠다. 그리고 늦게까지 남아서 열심히 일하겠다."

반대로 그녀는 나와 마찬가지로, 이렇게 말하는 사람은 많이 보았다.

"만약 처음으로 돌아가 다시 시작할 수만 있다면, 가족들과 더 많은 시간을 보내겠다. 아이들에 대해 더 잘 알도록 노력하고 아내에게 더 열심히 구애하겠다."

여기서 가장 모순적인 사실은 1장에서도 분명히 밝혔듯이 그가 가족에게 시간을 더 많이 투자했더라면 사회적으로도 더 큰 성공을 이루었을 거라는 사실이다. 또한 가정 생활에서 갈등이 적어지고 '싸움'도 거의 일어나지 않았을 것이다.

'만약 처음으로 돌아가 다시 시작할 수만 있다면……'

이런 말을 하지 않기 위해 두 사람 모두가 승리할 수 있는 공정한 싸움 방법을 알아보자. 이는 매우 중요하다. 침대를 같이 쓴다고 해도 기본적으로 자기 중심적이고 이기적인 인간은 '싸움'을 하기 때문이다.

O.K. 목장의 결투

먼저 배우자는 가장 친한 친구라는 사실을 기억하라. 그리고 해결되지 못한 갈등은 곪은 뒤 '그냥 낫는 게' 아니라 더 커질 수 있음을 명심하라. 또한 누가 옳은가가 아니라 무엇이 옳은가를 생각해야 한다. 무엇보다도 모든 싸움에서는 누구에게 잘못이 있는가와는 상관없이 먼저 화해의 손을 내미는 사람이 보다 성숙한 인간이며 배우자를 기쁘게 해주기 위해 고개를 숙이는 것이 약간 어색할 수도 있지만 그러면 뒤로 넘어질 확률은 거의 없다는 것을 명심하라.

이제 싸울 준비를 한다. 의자 두 개를 서로 얼굴을 마주 봤을 때 50센티미터 정도 떨어지게 갖다놓는다. 그리고는 배우자에게 당신이 우호적인 '싸움'을 원하며 그래서 중립적인 싸움터를 선택했다고 얘기한다. 배우자를 맞은편 의자에 앉히고 서로 얼굴을 마주 보며 앉는다.

만약 배우자가 당신의 제안에 따라주지 않을 것이라는 생각이 든다면 한 번이라도 이런 일을 시도해 보았는지 묻고 싶다(분명히 그런 일은 없었을 것이다). 또한 일이 이렇게 엉망이 되기 전 이런 과정을 거쳤더라면 배우자가 당신의 뜻에 따라주었을 뿐만 아니라 그 과정의 유머와 실용성을 곧 깨달을 수 있었을 것이다.

이제 얼굴을 마주 보고 의자에 앉았으면 손을 뻗어 배우자의 양손을 잡는다(의자에 앉아서 얼굴을 마주 보고 손을 잡으면, 서로를 때리거나 심한 욕을 하거나 비난하는 일은 거의 일어나지 않을 것이다). 그리고 조용한 목소리로 문제를 이야기한다. 배우자에게 당신의 감정을 말하는 것이다. 당신이 상대방을 사랑하고 둘 사이에 다른 어떤 것도 끼어들지 않기를 바란다고 말한다. 사랑하는 사람의 손을 잡고 대화를 나누면 서로 빈정대거나 집중력이 흐트러질 가능성이 낮아진다. 문제를 중심으로 해서 싸워야지 인격을 놓고 싸워서는 안 된다.

이런 말들로 시작해라.

"당신에게서 정말로 실망한 것은……."

"그건 정말 기분 나빴어요."

무엇보다도 절대 인신 공격적인 말을 해서는 안 된다.

"그건 당신이 한 일 중에서 가장 멍청한 짓이야!"

"당신이 어떻게 그런 식으로 말할 수 있죠!"

당신은 중요 문제만을 이야기해야 한다. 그러면 사실들을 주의 깊고 조용히, 다정한 표현을 써서 이야기할 수 있다.

O.K. 목장의 결투하기

1. 서로 (감정을 담아) 이렇게 말한다 : "당신은 나의 가장 소중한 친구이다."

2. 진심을 담아 이렇게 이야기한다 : "누가 옳은가보다 무엇이 옳은가가 더 중요하다."

3. 혼자 생각해 본다(눈을 감아도 좋다) : "해결되지 못한 갈등은 '곪아서' 사라지지 않고 오히려 더 커진다."

4. 문제를 해결하기 위해 뒤로 물러나 상대에게 고개를 숙이기로 결심한다. 그러면 적어도 결코 뒤로 넘어질 염려는 없다.

5. 50센티미터 정도 떨어져 앉아, 손을 잡고 눈을 마주 본다.

6. 어느 쪽에 잘못이 있든 상관없이(비난을 하지 말고 원인을 바로잡도록 한다) 먼저 말을 꺼낸다. 명심하라, 먼저 화해의 손길을 내미는 사람이 더 성숙한 것이다.

7. 문제에 대해 논의하라. 화가 날수록 천천히 그리고 조용히 이야기한다.

8. 문제 자체만을 이야기하라. 인신공격은 절대 하지 말고 사실만을 다뤄라. '그런 멍청한 짓을……' 또는 '이런 바보 같은……' 이라는 말 말고, '내가 실망한 점은……' 또는 '이 일에 대한 내 생각은……' 이라고 말한다.

9. 해결책과 타협점을 모색하라. 그렇게 하지 못했으면 의자를 돌리고 '내일 다시 싸우자' 라고 한다.

10. 즐거운 기분으로 잠자리에 든다. 당신과 배우자는 침대에 들어가기 전에 화해해야 한다!

침대에 들기 전에 화해하라

결혼 생활에서 가장 불행한 일들 중 하나는 싸움이 침대에 들어가기 전까지 해결되지 않는다는 것이다.

싸움이나 갈등이 아침 8시에 시작되든 오후 5시에 시작되든 규칙은 분명하다. 만약 남편과 아내 사이의 불화가 둘 사이에 불편한 감정이나 상처, 고통을 남겨놓는다면 반드시 잠들기 전에 해결하도록 하라.

무엇보다도 그것만이 둘다 편안히 잠잘 수 있는 유일한 방법이다. 또한 분노의 원인이 마음속에 남아 있다면 무의식 속에 새겨지고 더 곪아서 일을 훨씬 어렵게 만들기 때문이다.

'싸움'을 내일로 미루겠다고 결정했다면, 이미 다툰 문제들은 전부 해결해야 한다. 마음속에 감춰둔다거나 불평을 미뤄둬서는 안 된다. 현재 제기된 모든 문제들을 깨끗하게 해결해라.

서로 서약을 했음을 기억하라. 그 서약은 불화가 심각할 경우 화해할 수 있는 길을 찾겠다는 의미이다.

결혼 생활에 있어서 대부분의 문제들은 별것도 아닌 사소한 사건을 트집잡아 생기는 경우가 많다. 거기에 고집과 자존심이 더해지면 남편과 아내는 서로 사과하지 않으려 하며 용서를 구하려 들지 않는다. 분명 이상적인 결혼은 이런 사건들을 거치고도 살아남는다. 하지만 그런 일이 거듭되면 서로에 대한 감정이 조금씩 바래져 진정한 결혼 관계가 아닌 이름뿐인 결혼으로까지 치달을 가능성이 더 많다.

나의 좋은 친구 딕 가드너는 종종 많은 사람들이 사용하는 매우 유명한 경구 '인생은 그것을 하기엔 너무나 짧다'를 외치곤 한다.

그러나 우리가 결혼 생활에서의 불협화음으로 인한 분노나 원망, 불만에만 매달려 있으면 인생은 너무도 길다. 규칙은 분명하다. 만약 해결하지 못한 문제들이 있다면 그 문제가 크든 작든 간에, 침대에 들기 전에 해결해야 편안히 잠들 수 있다.

지금까지 내가 이야기한 것은 작은 논쟁이나 말다툼이었지 전면전은 아니었다. 그러나 대다수 부부 싸움이 처음에는 작은 문제로 시작됐다가 점점 커져서 나중에는 걷잡을 수 없게 된다는 점에서 작은 논쟁 때부터 해결하는 게 매우 중요하다.

하지만 만약 당신과 배우자가 지금 심각한 상태에 있다면, 지금까지 논의해 온 것 이상을 시도해 보아야 한다. 자격이 확실한 상담원, 심리학자, 정신분석학자들이 결혼의 진정한 구원자일 수도 있다. 나는 그들 덕분에 결혼을 지켰을 뿐만 아니라 처음의 좋았던 시절로 되돌아간 부부들을 많이 보았다.

때때로 그 부부들은 감정에 너무 휩싸여 있어 문제를 제대로 보지 못하고 이성을 잃은 나머지, 상대방이 전적으로 잘못한 것이며 유일한 해결책은 이혼이나 배우자가 100% 변화하는 것뿐이라고 생각하게 된다.

배우자와 의견일치를 계속해서 보지 못할 때 어떤 일이 발생하는지 보면, 남편과 아내가 진정한 친구가 되는 것이 얼마나 중요한지 깨닫게 될 것이다. 당신은 배우자와 싸우고 절대로 용서하지 못하거나 '화해' 하지 못할 수도 있다. 하지만 배우자가 진정한 친구라면 당신은 문제를 해결하기 위해 상담과 같은 필요한 조처를 기꺼이 받을 것이다.

원수도 사랑하라는데

거의 20년 동안 목사로 봉직한 돈 호킨스가 어느 날 자기 교구의 한 부부가 찾아왔던 이야기를 해주었다. 그들은 이혼을 하기 위해 저명한 변호사를 찾아가기 직전에 들른 것이다. 들어보니 남편이 불륜을 저지른 것 같았다. 아내는 화가 나 있었고 어떤 방식으로든 복수해 주려고 했다.

돈의 말에 따르면, 그들 사이에는 살벌한 긴장이 감돌고 있었다고 한다. 남편은 한쪽에 앉아서 비난을 퍼부었고 아내는 반대편 끝에 얼음처럼 차갑게 앉아 가끔씩 날카로운 대꾸를 했다.

돈은 이 부부에게 내가 이 책에서 권장하고 있는 방법을 사용했다. 즉, '다시 시작해 보라' 고 제안했다. 그들이 막 사랑을 시작했던 때로 되돌아가 보라는 것이다. 그러자 남자가 말했다.

"하지만 난 이 여자를 더 이상 사랑하지 않아요."

돈이 남자에게 말했다.

"당신은 성경을 존중하겠죠, 그렇죠?"

"그렇습니다."

"자, 성경에는 '네 아내를 사랑하라' 고 나와 있습니다."

"그렇죠. 하지만 우린 더 이상 남편과 아내로 살지 않습니다. 침실을 따로 쓰고 있거든요."

“아, 각방을 쓰신다는 거군요?”

“그렇습니다.”

“그렇다면 성경에 이런 말이 있죠. ‘네 이웃을 사랑하라.’”

“난 이 여자를 이웃이라고 생각하지 않습니다. 오히려 우리는 적과 같은 관계입니다.”

그 말에 돈은 열성적으로 대답했다.

“잘됐군요. 좋은 소식이 있습니다. 성경에 ‘네 원수를 사랑하라’는 대목도 있으니까요.”

그러자 남편과 아내 둘다 돈에게 이렇게 말했다.

“하지만 우리는 이제 서로를 사랑하지 않는다고 생각합니다. 자신을 속이며 살고 싶지도 않고요.”

목사는 마지막으로 충고했다.

“일주일 동안 모든 싸움을 중지하는 게 어떨까요? 집에 돌아가서 서로를 사랑하던 때처럼 상대방을 대우해 주세요.”

그는 남편에게 이렇게 얘기했다.

“직장에서 아내에게 전화를 하세요.”

아내에게는 이렇게 얘기했다.

“훌륭한 식사를 준비해 두세요.”

그리고 두 사람 모두에게 말했다.

“서로에게 다정하게 말하고 때때로 포옹을 하거나 손을 잡으며 애정을 표현하십시오. 일주일 동안 그렇게 해본 뒤 어떤 변화가 생겼는지 한번 지켜봅시다.”

다음주 그 부부는 다시 돈을 찾아왔다. 그는 부부가 따로 앉지 않고 같은 의자에 함께 앉는 것을 보고 놀랐다. 돈이 남편에게 물었다.

"어떻게 하기로 했습니까?"

아내가 대신 대답했다.

"남편은 우리의 십년 결혼 생활 중 그 어느 때보다 더 잘해 주었답니다."

남편도 웃으면서 말했다.

"여보, 당신은 원수를 사랑할 수 있게 된 것 같군."

여러분이 섣부른 오해는 하지 않기를 바란다. 이 이야기를 하면서 돈은 조심스럽게 이 부부의 문제점은 하루밤 사이에, 또는 아침 햇살에 사라지는 안개처럼 쉽게 해결할 수 있는 것은 아니었다고 말했다. 단지 다시 시작할 수 있는 발판은 확실히 마련된 것이다.

오랜 결혼 생활에서 쌓인 갈등과 분노, 고통, 상처를 해결하는 데는 많은 노력이 필요하다. 그러나 그들이 처음 구애를 시작했을 때처럼 서로를 위하는 모습으로 돌아간다면, 결혼 관계를 이끌어 갈 계기를 마련할 수 있다.

문제에 직면하라

만약 남편이 아내를 학대한다면 처음 그런 일이 발생했을 때 그 상황에서 당장 빠져나와야 한다. 가까운 친척이 없다면 아이들과 함께 학대받는 여성들을 위한 안식처로 가서 남편이 술이나 약물에서 깨기를 기다려야 한다. 그리고 다시 돌아가는 문제에 대해 논의하기에 앞서 당장 그에게 상담을 받도록 해라.

통계상으로 보면 아내를 학대한 남편은 깊이 뉘우치며 다시는 그러지 않겠다는 맹세를 하고, 왜 그런 짓을 했는지 자신도 도저히 알 수가 없으며, 당신을 깊이 사랑하고 있고, 이 세상에서 당신이 가장 소중한 사람이며, 당신 없이는 살아갈 수 없고, 당신이 원하는 일이라면 무엇이든 할 수 있으며, 갖고 싶은 것은 무엇이든 사주겠다고 한다. 당신이 즉시 돌아오기만 한다면 말이다. 하지만 절대 그렇게 하지 말라!

그 당시에는 남편이 하는 말이 정말로 진심일 수도 있다. 하지만 폭력적인 배우자에게 돌아가기 전에 반드시 상담을 받도록 요구하라. 남편의 첫 전화에 달려가는 일은 없어야 한다.

상담을 할 돈이 없다면 공공복지기관이나 사회봉사단체에서 도움을 받을 수 있다.

나는 알코올 중독자인 남편과 30년을 살아온 여자를 알고 있다. 그는 다시는 아내를 때리지 않겠다는 약속을 끝없이 반복했다. 그러나 그는 계속 아내와 아이들을 학대했다. 온전한 정신일 땐 좋은 사람이었지만 너무 자주 술에 취했다.

결국, 더 이상 참을 수 없었던 아내는 30년만에 남편을 버리고 집을 나왔다. 그리고 이번에는 아무리 남편이 간청을 해도 아내의 마음을 돌릴 수는 없었다. 얼마 후 남편은 예수 그리스도와 주님께 새 사람이 되겠다고 서약했다. 그런 후 아내에게 다시 집에 돌아와 달라고 간청했지만 오랫동안 그녀는 너무나 많은 간청과 약속을 들어왔기에 남편이 일년 동안 성실하게 산다면 돌아가겠다는 조건을 달았다.

그 동안 남편은 아내에게 결혼하기 전처럼 열정적이고 진실하게 구애했지만 부부로 살지는 않았다. 일년이 지나서 아내는 그가 완전히 변했다는 것을 확신했고, 다시 돌아가 죽음이 그들을 갈라놓을 때까지 사랑과 애정으로 가득한 결혼 생활을 했다.

이 이야기는 행복한 결말을 맺었지만 남편이 학대를 할 때 아내가 저지하지 않는다면 결코 남편은 책임감을 느끼지 못했을 것이고 그랬다면 결국 비극적인 일이 일어났을 것이다.

결혼 생활에서 문제에 직면한다고 해서 전부 해결할 수는 없겠지만, 문제를 외면한다면 아무것도 해결할 수 없다.

용서하거나 잊어버려라

나는 위의 이야기가 결국은 해피 엔딩이 된 이유는 아내가 그 오랜 세월 동안 남편이 가져온 모든 고통을 용서했기 때문이라는 점을 강조하고 싶다.

용서가 없었더라면 같이 산다 해도 더 이상의 기쁨과 재미는 없었을 것이다. 그들은 '상호 불가침 조약'을 맺고 같은 집에서 살겠지만 그들의 감정은 사랑하는 부부의 감정과는 달랐을 것이다.

이 성공담은 두 가지 중요한 요소를 가지고 있다.

첫째, 남편은 자신의 죄와 잘못을 회개했다. 그런 다음 용서를 구했고 그것이 받아들여졌다.

둘째, 갈등이나 어려움이 정말로 끝났을 때 결혼이 지속되고 행복해지기 위해서는 두 사람의 용서가 필수적이다.

그녀가 용서했기 때문에 결혼은 구원받고 그들은 남은 인생을 즐겁게 보낼 수 있었다. 아내의 용서 때문에 두 사람 모두 승리한 것이다.

배우자를 용서하게 되면 그 다음으로 자기 자신도 용서할 필요가 있다.

모든 문제가 해결되고 당신이 완전히 자유롭다는 것을 확실히 하기 위해 당신 스스로를 용서하고 잘못한 부분에 대해서는 배우자의 용서를 구하라. 이렇게 하면 몸과 마음이 상쾌해지고, 아무런 장애물 없이 배우자에게 구애를 하는 쾌락과 즐거움을 다시 얻게 될 것이다.

가장 순수한 형태의 용서는 우리가 행한 잘못의 영향으로부터 자유로워지는 것이다. 용서는 처벌이나 적대감이 있을 자리에 사랑을 베풀게 한다. 용서는 거부 대신 받아들이는 것이며 복수할 권리를 포기하도록 한다. 무엇보다도 용서는 과거의 잘못을 계속하지 않도록 선택하는 것이다.

도덕적인 문제가 있었을 때, 특히 간통이나 학대가 개입된 경우라면 진정한 용서를 하기란 매우 어렵기 때문에 상담으로 죄책감이나 거부, 비난, 분노, 고통과 같은 감정을 풀어내도록 도와주는 것이 필요하다.

우리는 기계가 아니라 피와 살을 가진 인간이기 때문에 학대나 불륜과 같은 상처가 우리에게 고통을 줄 때 용서를 선택하기는 매우 어렵다. 하지만 어느 쪽이 현명한 선택인지는 확실한 만큼 나는 당신이 매우 신중하게 생각해 주기 바란다.

당신은 상대방이 용서가 아니라 처벌을 받아야 마땅하다고 생각할 수도 있다. 그런 감정은 이해가 가지만, 만약 용서가 없다면 마음의 평화나 행복을 얻기는 힘들다. 용서를 한다면 결혼을 지킬 수 있는 기회도 훨씬 많아질 것이다. 그리고 시간이 지나서 배우자가 정말로 변했고, 진실로 후회하고 있다는 사실이 증명되면 결혼은 아름답고 행복해진다.

그것은 쉬운 일이 아니지만 이혼한 부부들의 10%만이 10년이 지난 후에도 진정으로 행복하다고 한 사실을 보면 결혼 생활에서 용서와 구원이 더 훌륭한 선택인 것 같다.

우리는 '용서하고 잊어버리라'는 말을 자주 듣지만 그 충고는 결국 용서하거나 아니면 사랑이 넘치는 결혼 생활을 할 수 있는 기회를 잊어버리라는 뜻이다.

사실 학대받았거나 배우자의 도덕적인 문제점을 알게 된 경우, 잊는다는 것은 어려운 정도가 아니라 불가능하다. 완전히 잊을 수는 없겠지만 시간이 지나면 당신의 기억은 긍정적이고 애정 깊은 사건들로 다시 채워지게 되고 상처보다는 좋은 일에 더 관심을 기울이게 된다.

결국 당신의 상처는 기억 속에서 점점 희미해지고 아주 특별한 계기가 있어야만 떠오를 것이다. 그런 경우에도 스쳐가는 생각에 지나지 않을 것이다.

UN의 전 부사무총장이었던 로버트 멀러의 아름다운 언어들을 조심스럽게 그리고 기도하는 마음으로 읽어보라. 그는 이것을 국제 용서 주간(나는 이 주간이 매주 일요일 새벽 12시에 시작해서 매주 토요일 밤 12시까지 이어진다고 생각한다)을 위해 쓰게 되었다.

용서하는 마음

용서하는 마음을 가지십시오.

분노는 부정적인 것이고 독을 담고 있으며

자기 자신을 점점 소멸시켜서 사라지게 해버립니다.

먼저 용서하십시오.

먼저 활짝 웃으면서 손을 내미십시오.

그러면 모든 인류의 얼굴에서

행복이 꽃피는 것을 볼 수 있습니다.

항상 먼저 용서하십시오.

남이 용서할 때까지 기다리지 마십시오.

용서함으로써 운명을 정복할 수 있고

인생을 설계해 나가며 기적을 실천할 수 있습니다.

용서는 가장 고귀하며 가장 아름다운 사랑의 형태입니다.

용서의 대가로 당신은 평화와 행복을 받게 될 것입니다.

여기 진정으로 용서할 수 있는 마음을 얻기 위한

계획이 있습니다.

일요일 : 당신 자신을 용서하십시오.

월요일 : 가족을 용서하십시오.

화요일 : 친구와 동료를 용서하십시오.

수요일 : 국가의 경제기관을 용서하십시오.

목요일 : 국가의 문화기관을 용서하십시오.

금요일 : 국가의 정치기관을 용서하십시오.

토요일 : 다른 나라들을 용서하십시오.

오직 용감한 사람만이 용서할 줄 압니다.

비겁한 사람은 절대로 용서하지 않습니다.

그것은 그의 본성이 아니기 때문입니다.

11 사랑은 결코 실패하지 않는다

사랑은 모두가 갈망하는 것이며, 사랑하고 사랑받는 것은 가장 축복받은 일이다.
그러나 사랑이란 무엇인가?
가장 적절한 정의는 다른 사람의 목표와 안녕을 자신의 목표와 안녕만큼
중요하게 생각하고 보살펴 주는 것이라고 생각한다.
고인이 된 남편이 오랫동안 병석에 있을 때, 나는 그를 살릴 수 있다면
내 목숨이라도 기꺼이 내놓을 수 있음을 알게 되었다.
그리고 사랑이 얼마나 깊을 수 있는지도 깨달았다.
너무나 많은 사람들이 사랑은 낭만적인 만남이며
달콤한 열매와 찬란한 환희만 있다고 오해하는 것 같다.

— 조이스 브라더스 박사

2차 대전 당시 해군 소속의 젊은 파일럿이었
던 나는 비행훈련 전의 어느 금요일 저녁 YWCA에 나갔다. 거기서는 젊
은 여성들이 주최하는 사교모임이 열려 다과가 제공되었기 때문이었다.

그 당시 나는 젊은 여성들과 먹을 것, 두 가지에 상당한 관심이 있었기
때문에 버스비를 투자해 3마일이나 떨어진 그곳에 갔다. 이 특별한 금요
일 밤은 내가 YWCA에 간 유일한 날이었고, 또 진 애버내시가 간 유일
한 날이었다는 사실로 우리의 만남이 신의 뜻이었음을 알게 되었다.

밤 9시가 조금 넘어서 주크박스 옆에 서 있던 내 눈에 들어온 것은 너
무나 사랑스러운 모습이었다. 158센티미터의 키에 긴 다갈색 머리를 어
깨까지 내려뜨린 여성이 서 있었다. 그 순간 나는 다른 여자를 찾을 필요
가 없다는 사실을 알았다. 적어도 그날 밤에는 말이다.

나는 그녀에게 다가가 아주 기본적인 인사를 했다.

"안녕하세요."

그녀 역시 기본적인 인사로 대답했다.

"안녕하세요."

그러고 나서 나는 그녀에게 춤을 청했다. 비록 춤을 춘다는 생각은 나를 두렵게 만들었지만, 이토록 매력적인 여성과 가까이 설 수 있다는 생각이 그 두려움을 극복하게 해주었다. 그녀는 승낙했고 나는 너무나 흥분되었다!

얼마 지나지 않아서 우리는 세계 정세에 대한 토론에 빠져들었다. 그녀 눈의 반짝임이 동의하지 않는다는 의미임을 깨닫는 것은 매우 즐거운 경험이었고 우리는 인종에 관한 화제로 옮겨갔다.

그녀는 그리 멀리 떨어져 있지 않은 가장 친한 친구 닷 캡스의 집에서 그날 밤을 보낼 예정이었기에 파티가 끝나자 나는 버스로 집까지 바래다주었다. 나는 그녀의 전화번호를 확보했고 그렇게 로맨스는 시작되었다.

사랑 또는 매혹

솔직하게 말하면, 나는 진 애버내시를 처음 본 순간부터 그녀에게 완전히 매혹당했다.

마음속 깊이 나는 우리의 관계가 처음 만난 저녁 이상으로 발전하기를 바랐다. 나는 그녀에게 푹 빠져 있었지만 내가 그녀를 사랑했다거나 그녀가 나를 사랑했다고 표현하는 것은 터무니없는 일이었다.

'첫눈에 빠진 사랑'은 영화나 TV에서나 일어나는 것이며 현실에서는 아주 드문 일이다. 사랑이 영화나 TV처럼 빠르고 쉽게, 아무 고통 없이 이루어진다는 생각이 오늘날 결혼 생활의 불화에 큰 원인이 된다고 나는 생각한다. 첫눈에 빠진 사랑이 불가능하다는 것은 아니다. 하지만 그건 극히 드물다.

한달이 지나자, 나는 진 애버내시를 사랑하는 것 같다고 생각했고, 여섯 달이 흐르자 그녀를 사랑하고 있음을 알았으며, 1년이 지났을 때는 의심의 여지가 없었다. 그것은 평생 동안 지속될 수 있는 관계였다. 어쨌든 나는 그렇게 믿었다.

사실, 그 당시에 나는 진정한 사랑이 어떤 것인지 제대로 알지 못했다. 정신분석학자인 로스 캠벨은 '사람의 성격이 완전히 드러나기까지는 2년이 걸린다'고 했다. 몇 번 이상적인 데이트를 한 상대가 평생을 함께 살아갈 수 있는 사람이 아닐 경우도 있다.

다른 사람을 완전히 이해하기 위해서는 2년이 필요하다. 봄, 여름, 가을, 겨울을 두 번 지내는 것이다. 사랑하는 사람의 성격을 완전히 알기 위해서는 그 사람의 모든 사회적, 직업적, 또 가족 상황을 알아야 한다. 그렇게 하고 나서야 정말로 사랑의 깊이를 느끼고 인정할 수 있다.

2년이면 그 사람의 성격이 대부분 드러난다. 그 사람이 기분 좋을 때와 나쁠 때를 보게 되고, 눈물 흘리는 모습을 보며, 웃는 목소리를 듣고, 건강이 좋을 때나 때로 몹시 피곤해하는 모습도 보게 된다.

당신은 그 사람이 관대한 사람인지 인색한 사람인지, 아이들이나 동물을 사랑하는지, 믿음과 도덕적인 가치관이 어떤지 알게 된다. 그 사람이 가족이나 친구들과 어떻게 지내는지를 알게 되고, 습관이나 교육적인 관심, 배경 등도 알 수 있다.

다른 사람들 앞에서 그 사람과 함께 있는 것이 편안한지 불편한지도 알게 되며, 그 사람을 친구나 가족에게 소개할 때 자랑스러워할 수 있는지 아닌지, 또는 어떤 상황에서 당신을 당황스럽게 하는지 아닌지를 알 수 있다.

당신은 이 사람을 장래 아이들의 엄마나 아빠로 선택하고 싶은지 아닌지를 결정하게 될 것이다. 간단히 말해서, 성공적인 결혼을 완전히 보장할 수는 없지만 2년 동안의 구애 기간은 단순히 '호르몬 분비'에 기초해서 얻는 정보보다 훨씬 값진 것들을 줄 수 있다.

성숙한 사랑과 미숙한 사랑

결혼하고 5년이 지났을 때 나는 아내를 내가 사랑할 수 있는 최대한의 한계까지 사랑한다고 생각했다. 10년이 되었을 때 그리고 15년, 또 20년이 되었을 때도 똑같은 생각을 했다.

조이스 브라더스 박사는 이렇게 말했다.

"나는 사랑이 성숙해져 갈수록 더 좋아지고 따뜻해지며 깊어지는 걸 알게 되었습니다."

에리히 프롬은 성숙한 사랑과 미숙한 사랑을 다음과 같이 비교했다.

"유치한 사랑은 이런 원칙을 따른다; 나는 사랑을 받기 때문에 사랑한다. 그러나 성숙한 사랑은 이런 원칙을 따른다; 나는 사랑하기 때문에 사랑받는다.”

성숙한 사랑은 행동에 나서고 다른 사람의 필요를 충족시켜 주지만, 누구를 완전히 구원하려 들거나 모든 사람들의 욕구를 충족시키려 하지는 않는다.

베아트리츠 뒤조반 박사는 이렇게 말했다.

“성숙한 사랑은 각각 서로가 자신의 전부이며 가치 있는 사람이라고 생각하는 두 사람 사이에서만 발전할 수 있다. 사랑은 한쪽이 다른 한쪽에게 자신의 욕구를 채워 주길 기대할 때는 불가능하다. ‘만약 당신이 정말로 나를 사랑한다면 다른 사람은 필요 없을 것이다’ 라는 말은 아기였을 때 엄마와의 사이에서 경험했던 일치감을 얻기 위한 욕망의 또 다른 표현이라고 할 수 있다.”

다른 말로 하면 그것은 성숙한 사랑이 아닌 미숙한 사랑이다.

사랑이라고 불려지는 것들

우리는 사랑이라는 말을 여러 가지 의미로 사용한다. 우리는 신을 사랑하고 인간을 사랑하며, 애완동물을 사랑하고 음식물을 사랑한다는 말을 한다.

〈둘이 한 몸이 될지니라〉라는 부부들을 위한 성경 연구서에서 J. 앨런 피터슨은 사랑의 네 종류에 대해 열거하고 있다.

첫번째는 스톨게(stergo)로, 인간의 본성에 내재되어 있는 사랑이라고

한다. 이것은 부모가 자식에게 보여주는 사랑과 같으며, 희생적인 경우
가 많다.

한 어미닭과 어린 병아리들어 폭풍이 불어닥쳤을 때 뒷마당을 걸어다
니고 있었다. 비가 내리기 시작하자 어미닭은 병아리들을 불러모으고는
날개로 덮어 주었다. 폭풍이 거세지자 우박이 더 힘찬 기세로 어미닭을
내리치기 시작했다. 그러나 어미닭은 여전히 어린 병아리들 위에서 꼼짝
도 않고 있었다.

마침내 우박이 너무 세게 내리쳐서 어미닭은 죽고 말았다. 하지만 폭
풍이 끝나자 병아리들은 모두 어미닭의 날개 밑에서 한 군데도 다치지
않고 걸어나왔다.

어미닭은 병아리들을 위해 목숨을 희생한 것이다.

두 번째는 에로스(eros)이다. 비록 현대 문화에서 에로스는 보통 부정
적인 의미로 쓰이고 있지만 좋은 것일 수도 있고 나쁜 것일 수도 있다.

에로스의 기초는 주로 육체적인 것이며 감정에 의해 유발된다. 에로스
는 성적 욕망과 연애 감정의 중심이다. 우리가 이미 살펴본 것처럼, 성경
에서는 이런 사랑에 대해 긍정적인 부분들을 많이 언급하고 있다.

우리가 다른 사람에게 시각적으로 이끌렸을 때, 이는 에로스의 시작이
다. 기본적으로 이것은 외부적인 자극으로부터 온다.

YWCA에서 아내를 처음 보았을 때 나는 그녀의 외모에 이끌렸다. 그
녀를 더 알게 되면 될수록 내 감정은 그 이상의 진정한 사랑으로 바뀌게
되었다.

세 번째는 필레오(phileo)이다. 이것은 두 사람이 서로 공통적인 요소

들을 공유하고 있다는 사실에 기초해서 상호간에 매력을 느끼는 것을 말한다. 인생에 대한 관점이나 생각의 유사성에 따른 기호나 흥미 등이 그것이다.

아내와 나는 시간이 지날수록 우리 둘에게 공통점이 많다는 것을 알게 되었다.

네 번째는 아가페(agape)로 가장 기본적이고 아름다운 사랑의 형태이다. 피터슨은 이것을 '사랑받는 상대의 가치를 깨달음으로써 가슴으로부터 우러나오는 사랑' 이라고 설명했다.

이런 사랑은 어떤 대가도 바라지 않으며, 다른 사람에 대한 배려만을 먼저 해준다. 그것은 궁극적인 사랑이며 우리 안의 최상의 모습을 끌어내 준다.

아래의 편지는 2,000년 전에 유태인 학자가 고린도에 사는 친척에게 보낸 것으로 아가페적인 사랑을 설명하고 있다. 사실, 많은 사람들이 이것을 가장 아름다운 사랑의 편지라고 생각한다.

> 내가 사람의 방언과 천사의 말을 할지라도 사랑이 없으면 소리나는 구리와 울리는 꽹과리가 되고, 내가 예언하는 능력이 있어 모든 비밀과 모든 지식을 알고 또 산을 옮길 만한 모든 믿음이 있을지라도 사랑이 없으면 내가 아무것도 아니요. 내가 내게 있는 모든 것으로 구제하고 또 내 몸을 불사르게 내어 줄지라도 사랑이 없으면 내게 아무 유익이 없느니라. (고린도전서 13:1-3)

그리고 이제 사랑이란 정녕 무엇인지 설명하는 것을 들어보라.

사랑은 오래 참고, 사랑은 온유하며, 투기하지 아니하며, 사랑은
자랑하지 아니하며, 교만하지 아니하며, 무례히 행치 아니하며,
자기의 유익을 구하지 아니하며, 성내지 아니하며, 악한 것을 생
각하지 아니하며, 불의를 기뻐하지 아니하며, 진리와 함께 기뻐
하고, 모든 것을 참으며, 모든 것을 믿으며, 모든 것을 바라고, 모
든 것을 견디느니라. 사랑은 언제까지나 실패하지 아니하리라.
(고린도전서 13:4-8)

부부들이여, 하루를 마감할 때 이런 질문을 해보아라.

"내가 오늘 배우자에게 인내심을 보였는가? 내가 오늘 배우자에게 온
유했는가? 내가 오늘 배우자를 시기하지 않았는가? 내가 오늘 배우자의
감정과는 상관없이 내가 한 일을 교만하게 자랑하지 않았는가?"

몇 가지 기억해 두어야 할 중요한 것들이 있다. 사랑은 결혼을 위한 기
초가 아니라는 것이다. 결혼이야말로 사랑을 위한 기초이다. 사랑받는 것
은 이 세상에서 두 번째로 멋진 일이다. 가장 멋진 일은 사랑하는 것이다.

진정한 사랑을 위한 일일 체크 리스트

1. 오늘 난 나의 배우자에게 사랑한다는 말을 했는가?
2. 오늘 난 나의 배우자를 위해 사랑이 담긴 행동을 했는가?
3. 오늘 난 나의 배우자를 위해 인내심을 보였는가?

4. 오늘 난 나의 배우자에게 친절히 대했는가?

5. 오늘 난 나의 배우자를 시기하거나 샘내지 않았는가?

6. 오늘 난 나의 배우자에게 교만하거나 자만하지 않았는가?

7. 오늘 난 나의 배우자에게 이기적이거나 무례한 행동을 하지 않
   았는가?

8. 오늘 난 나의 배우자에게 내 방식만을 고집하지 않았는가?

9. 오늘 난 나의 배우자에게 흥분하거나 과민하게 반응하지 않았
   는가?

10. 오늘 난 나의 배우자에게 미움을 품지는 않았는가?

11. 오늘 난 나의 배우자와 함께 승리에 찬 진실을 맛보며 기뻐했
    는가?

12. 오늘 난 나의 배우자에게 진정 충실하였는가?

13. 오늘 난 나의 배우자가 나에게 최고라는 것을 믿고 기대하였
    는가?

14. 오늘 난 나의 배우자를 위해 나의 힘을 최대한 발휘하였는가?

15. 오늘 난 나의 배우자에 대한 신의를 지켰는가?

16. 오늘 난 나의 배우자에게서 소망을 찾았는가?

17. 오늘 난 나의 배우자를 사랑하였는가?

18. 가장 위대한 힘이 사랑이라는 것을 나는 알고 있는가?

그 어느 때보다 좋아진다

결혼한 지 26년이 지난 오늘날 나는 그녀의 존재를 그 어느 때보다 더욱 예민하게 느끼는 듯하다. 예기지 않게 사람들 틈에서 그녀를 보게 되면, 내 마음속 어디선가 작은 노랫소리가 들리는 것처럼 기쁘다. 사람들 사이에서 그녀와 눈이 마주쳤을 때면 내게 당장 필요한 영감이 바로 거기에 들어 있는 것 같다.

저녁에 집에 올 때면 나는 액셀러레이터를 일부러 조심해서 밟는다. 그녀가 나를 기다리고 있는 집에 어서 도착하고 싶다는 일념에 너무 빨리 달리지 않게 하기 위해서이다. 그녀가 나를 맞으러 서둘러 집에서 나오는 것을 볼 때 가장 큰 희열을 느낀다. 그리고 내 앞에 펼쳐진 길을 바라보면 노부부가 손을 잡고 인생의 황혼녘을 향해 걸어가는 모습이 보인다. 마지막은 처음보다 훨씬 좋아질 것임을 나는 분명히 알 수 있다.

찰리 셰드는 약 25년 전에 이 글을 썼으며 그 내용은 완전히 들어맞았다. 결혼 생활은 점점 좋아졌고, 사랑은 계속해서 커져갔다. 결혼한 지 50년이 지났을 때, 그의 사랑하는 아내는 남편의 품에서 숨을 거두었다. 50년이 넘는 아름다운 사랑의 결말이었다. 찰리가 아내와 천국에서 만날 때 다시 그런 사랑이 시작된다고 생각해 보라. 얼마나 황홀한 일인가!

물론, 어쩌면 많은 이들이 찰리와 그의 아내 같은 경우가 흔한 것은 아니라고 할지도 모른다. 하지만 나는 분명히 그렇지 않다고 말할 수 있다.

5년 전 앨칸소의 리틀 록에서 연설하던 때를 생생히 기억한다. 나는 그곳에서 밤을 보낼 것이라고 거의 단정짓고 있었다. 그런데 세미나 주최측에서 일정이 예상보다 일찍 끝나서 내가 더 이른 항공편으로 집에 갈 수 있을 것 같다고 했다. 나는 기분이 좋아져서 전화를 하지 않고 가서 아내를 놀라게 해주기로 결정했다.

그러나 공항에 도착하고 보니 비행기 좌석이 없었다. 대기 승객 명단에 이름을 올려놓았는데, 비행기에 탈 수 있을지 마지막 순간까지 알 수가 없었다. 간신히 비행기를 탄 나는 소년마냥 흥분해서 남편이 갑자기 집에 돌아왔을 때 아내가 어떤 반응을 보일까 기대하고 있었다. 비행기가 공항에 도착하여 나는 내 차를 타고 집을 향해 출발했다.

보통, 나는 안전하고 모범적으로 운전하기 때문에 공항에서 댈러스 외곽으로 들어갈 때쯤에 차의 속도계가 80마일(약 130킬로미터)을 가리키고 있는 것을 보자 상당히 놀랐다.

나는 액셀러레이터에서 발을 떼고 말 그대로 크게 웃어버렸다. 그 일은 아주 멋진 방법으로 내가 정말로 아내에게 푹 빠져 있음을 알려준 사건이었다. 그렇다, 그 사건은 해피 엔딩으로 끝났다. 아내는 놀라워했을 뿐만 아니라 내가 집에 돌아온 것을 너무나 기뻐해 주었다.

나는 배우자와 이런 관계를 만들 수 있는 가능성이 매우 높다고 생각한다. 물론 쉬운 일은 아니다. 노력이 필요하지만 당신이 뭔가 '희생' 해야 할 일은 없다고 확신한다. 작은 투자를 함으로써 평생 동안 배당금을 받을 수 있다.

사랑하는 방법을 배운다

나는 사랑은 학습되는 것이라고 믿지만 사랑을 배우는 것은 자전거 타기나 수학공식 푸는 법을 배우는 것과는 다르다. 그러나 사랑은 분명 학습되는 것이고 어떤 사람들은 사랑하는 방법을 배우지 못했기 때문에 사랑에 실패하기도 한다.

여기 당신이 사랑을 배울 수 있도록 도움을 주는 몇 가지 실제적인 제안이 있다.

먼저, 즐거운 시간들을 특별한 경우로만 한정짓지 마라. 그런 시간들을 날마다 갖도록 하라. 사랑하는 사람에게 함께 있기 때문에 이 시간이 즐겁다는 것을 알려준다.

두 사람 모두 즐길 수 있고 함께 하면 더욱 즐거운 일을 구하라, 설거지나 세탁 등 당신이 혼자 하기 싫어하는 일들도 함께 한다면 즐거운 것이 될 수 있다. 함께 산책을 하고 테니스를 치며 정원을 손질하고 세차를 하라. 가장 중요한 것은 정기적으로 두 사람이 함께 나눌 시간을 만들고 즐긴다는 점이다.

우리가 사랑할 때는 어떤 일이 생기는가? 그 효과와 결과는 무엇인가? 존 드렉슬러는 이렇게 말했다.

"서로를 사랑할 때 우리는 서로를 사랑스럽게 만들어 준다. 서로를 존중할 때 우리는 서로를 존중할 만한 인물로 만들어 준다. 서로를 존경할 때는 서로를 존경할 만한 사람으로 만들어 준다."

닐 스트레이트는 말했다.

"사랑이란 묘약은 너무나 강력한 물질이어서 그것을 쓰면 인생은 더 굳건해지고 삶이 새롭게 향상된다."

앤 랜더스는 사랑을 '위로 올라가는 것'이며 당신이 위를 쳐다보게 만들고 고차원적인 생각을 하게 만들며, 이전보다 훨씬 나은 사람으로 만들어 주는 것이라고 말했다.

또 윌리엄 아서 워드는 이렇게 말했다.

"사랑은 인생에 목적과 의미, 방향을 준다. 사랑은 인생에 기쁨과 향기, 웃음, 재미, 아름다움을 제공한다. 사랑은 우리가 희생하고 베풀며 봉사하고 노래할 수 있게 한다. 그리고 사랑은 궁극적으로 결혼을 유지시킨다."

〈가족〉이라는 책을 저술한 켄 드럭 박사는 이렇게 말하였다.

"15년 동안 나는 많은 부부들을 상담해 왔다. 그래서 가장 행복하고 굳건한 결혼은 부부가 서로에게 연인이고 친구이자 인생을 살아가는 동반자인 경우임을 알게 되었다."

다른 말로 하자면, 균형 잡힌 결혼은 두 사람이 서로 상대방을 당연한 존재로 여기지 않는 법을 알고 있는 경우였다. 그런 결혼이야말로 성공적인 것이다.

거짓이 아닌 진정한 사랑

몇 년 전, 아내는 예금을 하러 은행에 갔다. 은행원이 돈을 셌는데 정말로 속도가 빨랐다. 젊은 아가씨는 20달러짜리 돈 한 묶음을 들고 바람처럼 빨리 세다가 갑자기 손을 멈췄다. 그리고는 한 장을 꺼내더니 이렇게 말했다.

"지글러 부인, 여기 한 장이 위조지폐인데요."

그녀가 위조지폐라는 걸 금방 알아낼 수 있었던 이유는 은행에서 교육을 철저히 했기에 가짜를 만졌을 때 그 차이를 금방 느낄 수 있었기 때문이다.

불행하게도, 오늘날의 우리 사회에서는 다양한 거짓 사랑과 진정한 사랑을 구별하기가 그리 쉬운 일이 아니다. 사랑을 교육하는 곳은 없고 간접적으로 교육한다 해도 왜곡된 경우가 많기 때문이다. 앞에서 언급했던 것처럼, 젊은이들은 영화나 TV를 통해서 '진짜' 같은 사랑을 보게 된다. 그런 프로그램에선 한 남자와 여자가 만나서 '의미 있는' 관계를 만들고 (먼저 식사를 한다) 침대로 들어간다. 그리고는 다들 예상했듯이 그들은 종종 사랑을 선언한다. 능숙한 배우들이기 때문에 그들의 행동은 순진한 젊은이들에게는 진정한 사랑으로 비추어지기도 하는 것이다. 사실, 그들이 경험한 것은 매혹이며 앤 랜더스는 그것을 '순간적인 욕망'이라고 말했다. 매혹은 호르몬에 의한 끌림에 지나지 않는다. 반면, 사랑은 타오르는 우정이며 언젠가는 뿌리를 갖고 성장할 수 있는 생명체이다.

닐 스트레이트의 표현에 의하면, 사랑은 '심장이 할 수 있는 가장 훌륭한 운동이자 인생의 모든 부분을 더 좋아지게 만드는 운동'인 것이다.

찰리 셰드가 아내와의 관계에 대해 글을 썼을 때 똑같은 생각을 한 것이 분명하다.

"우리는 날마다 서로 간단한 칭찬을 한다. 그게 그렇게 엄청난 일은 아니지만 오랜 세월 동안 반복해서 더해지면 거대한 모습을 갖출 것이다!"

그 어느 때보다 아름답다

오랜 세월 여러 청중들 앞에서 연설하던서 여행하는 동안, 나는 아내가 결혼식 날보다 지금이 더욱 아름답다고 말하곤 했다. 사실, 그 말은 나를 어색하게 했다. 그리고 몇몇 청중들도 어색해했을 가능성이 충분히 있다.

내가 어색해했던 이유는 진실을 왜곡하거나 과장을 했기 때문이 아니라 그 말의 비현실성 때문이었다. 원숙한 60대의 할머니가 열여덟 살의 신부보다 더 아름답다는 말은 모든 시나 논리를 부인하는 것이다. 하지만 내 마음속에서 그 말은 언제나 진실이다.

그 어색함은 몇 해 전 이스라엘을 여행하던 도중 완전히 해결되었다. 그것은 아마도 내가 '산상수훈'을 그리스도가 설교를 했던 바로 그 자리에서 읽었기 때문일 수도 있다. 그리고 그리스도가 걷던 갈릴리 바닷가와 배를 탔던 바다를 직접 보고 체험했기 때문일 수도 있다. 아마도 그분이 부활하셔서 십자가 처형이 이루어졌던 골고다를 바라보신 그 무덤에 들어갔기 때문일 수도 있다.

물론 이런 모든 것들이 영향을 미쳤을 수도 있다. 하지만 그 일요일 아침, 우리가 예루살렘의 호텔에서 헤이즐허스트의 침례교 목사인 벤 글래선 목사의 주재로 예배를 했을 때 그 깨달음이 분명하게 다가왔다.

벤은 아름다운 목소리를 갖고 있었기 때문에 설교중에 '당신은 얼마나 위대한가' 라는 찬송을 불렀다. 그 아름다운 노래를 듣고 있을 때, 하나님이 나에게 엄청난 일을 행하셨다. 내 뺨에는 눈물이 흐르고 나는 사랑과 감사의 마음에 휩싸였다.

그 순간 하나님이 내게 직접 말씀하신 것 같았다. 이런 일은 쉽게 일어나는 일이 아니지만 과거에도 일고여덟 번 가량 있었다. 하나님은 보통 성경을 통해 내게 말씀하셨지만 그 일요일 아침 하나님은 분명히 내 마음속에 아내가 결혼했을 때보다 지금이 더 아름다운 이유를 알려주셨다.

그분이 자애로운 아버지처럼 말씀하시기를, 내가 그분의 눈을 통해서 아내를 볼 수 있도록 허락하신다는 것이다. 물론 하나님은 우리를 완벽한 존재로 보신다. 얼마나 황홀한 경험이었는지!

사랑, 진정한 사랑은 정말로 아름다운 경험이다. 정녕 그것을 위해 노력하고 기다리고 기도할 가치가 있다.

12 사랑은 구운 고구마이다

우리는 자신이 행복해지기 위해서가 아니라
다른 사람을 행복하게 해주기 위해 결혼하는 것이다.
— 로이 L. 스미스

여러분과 내가 이 책을 처음 대했을 때 우리는 양쪽 모두 어떤 기대에 차 있었을 것이다.

나는 여러분의 결혼 생활을 더 재미있게 해줄 뿐만 아니라 인생 역시 그렇게 해줄 수 있는 아이디어들을 나누어 주겠다는 기대로 가득 차 있었다. 여러분의 기대는 아마도 괜찮은 조언을 몇 가지 얻을 수 있으리라는 희망에서부터, 엉망이 된 결혼 생활을 위한 기적의 치료약을 기대하는 것까지 각양각색이었을 터이다.

당신이 어떤 기대를 했는지와는 상관없이, 분명히 뭔가 도움이 될 만한 것을 발견하지 않았다면 지금 이 말을 읽고 있지 않을 것이다. 당신이 아직도 이 책을 읽고 있다는 사실은 인내심이 있다는 것을 말해 주며, 그것은 성공적인 결혼 생활을 유지하는 데 필수적인 자질이다.

우리가 이 책의 마지막 장을 향해 나아가는 지금, 나는 이 책에 제시된 아이디어나 제안이 먹혀들 것이라고 확신한다. 이렇게 말할 수 있는 이유는 많은 부부들이 오랜 세월 동안, '결혼 후의 참사랑—사랑은 평생동안 지속될 수 있다'에 대한 세미나나 테이프를 듣고 많은 감사의 말을 해주었기 때문이다.

편집장이 마감시한을 맞춰 달라고 요청해 왔을 때, 나는 로버트 풀검이 쓴 〈내가 정말 알아야 할 모든 것은 유치원에서 배웠다〉에서 이런 말을 읽게 되었다.

무엇이든지 나누어 가져라. 정정당당하게 행동하라. 남을 때리지 말아라. 물건은 항상 제자리에 놓아라. 네가 어지럽힌 것은 네가 깨끗이 치워라. 남의 물건에 손대지 말아라. 남의 마음을 상하게 했을 때는 미안하다고 말해라. 음식을 먹기 전에는 손을 씻어라. 화장실을 쓴 다음에는 물을 꼭 내려라. 밖에 나가서는 차조심하고 손을 꼭 잡고 서로 의지하라.

이 유치원 모래성의 지혜에는 모든 결혼 생활을 더 낫게 만들 수 있는 교훈이 가득 담겨 있다. 만약 이 말을 냉장고와 욕실 거울에 붙여놓고 교훈으로 삼는다면 많은 도움이 될 것이다!

성공적인 결혼 생활을 위한 3가지 제안

어느 일요일, 댈러스 모닝 뉴스에서는 집을 나와 결혼한 도리스 스완과 해롤드 Y. 스미스의 50년 동안의 참사랑 이야기가 소개되었다.

젊은 부부를 알고 있던 사람들은 그들의 결혼이 50년은 고사하고 그 해 겨울조차 넘기기 어려울 거라고 말했다. 두 사람은 포트워스에 있는 작은 신학 대학교에서 처음 만났다. 도리스는 해롤드를 보자마자 그가 어린 시절부터 꿈꿔 왔던 인생의 동반자가 될 특별한 사람이라는 것을 알아차렸다. 해롤드는 친구가 약혼 반지 사는 길에 동행했다가 보석상에게서 격려의 말을 듣고 도리스한테 줄 반지를 샀다. 이 젊은 커플은 곧 약혼을 하고 그 해 11월 몹시도 추웠던 금요일 날, 도망을 쳐서 텍사스주 클레번의 치안판사 앞에서 결혼을 했다.

그 사건은 큰 파문을 일으켰고, 학교 관계자들은 그런 결혼은 금방 깨질 것이라고 생각했다. 그러나 이 부부는 텍사스주 플레전트 산에 해롤드가 직접 세운 집에서 세 명의 아이들을 낳고 키웠다. 오늘날 해롤드와 도리스는 11명의 손주들을 자랑한다.

성공의 비결? 도리스는 댈러스 모닝 뉴스에서 "지난 50년은 사랑하는 사람과 함께 꿈길을 걷는 것 같았어요"라고 했다. 그녀는 또한 이렇게 말했다.

"행복한 결혼은 그냥 만들어지지 않아요. 성공적인 결혼 생활을 위해서는 노력이 필요하답니다."

도리스와 해롤드는 다음의 세 가지 규칙을 잘 따랐기 때문에 성공적인 결혼 생활을 할 수 있었다고 생각한다.

첫째, 하나님을 사랑하고 섬긴다.

둘째, 우리 삶은 상황이 아니라 선택에 따라 결정되었음을 명심한다.

셋째, 하루하루를 충실히 산다. 그렇게 하면 결코 내일을 두려워하거나 어제를 부끄러워하지 않을 것이다.

나는 그 충고를 좋아한다.

해롤드와 도리스 스미스는 오랜 결혼 생활에 동반되는 특별한 혜택을 즐기고 있다. 우리 부부도 그들과 마찬가지로 손자들에게 느끼는 즐거움을 누리고 있다. 그리고 솔직히 말하면, 손자들과 함께 하는 것이 이렇게 재미있을 줄 알았다면 나는 그들의 부모들에게 훨씬 더 잘해 주었을 것이다.

기쁨은 결코 멈추지 않는다

어느 여름날, 아내는 여동생이 수술을 받게 되어서 슈리브포트에 갔고, 나는 집에서 혼자 일을 하며 약간 외로움을 느끼고 있었다(사실, 나는 처량한 파티를 하는 중이었다. 이 경우 유일한 문제점은 나 외에 아무도 참석하지 않았고 다과도 전혀 없다는 것이다).

나는 손녀인 '키퍼'에게 전화를 했다(낚시꾼이 낚아올린 멋진 고기를 '키퍼'라고 한다. 우리는 캐서린 진 알렉산드라 위트마이어를 처음 보는 순간 그 아이가 '키퍼'라는 걸 알 수 있었다). 그리고 집에 와서 나와 하룻밤을 지내지 않겠느냐고 물었다. 키퍼는 몹시 기뻐하며 초대를 기꺼이 받아들였다. 나 또한 손녀와 단둘이 하룻밤을 지낼 기회가 없었기 때문에 너무나 기뻤다.

아이들은 자랄수록 더 독립적이 되기 때문에 부모나 조부모와 시간을 잘 보내려 하지 않는다. 그래서 어렸을 때 함께 시간을 보내며 좋은 관계를 위한 씨를 뿌려 놓아야 하는 것이다.

나는 재빨리 달려가 손녀를 데려왔다. 우리는 집에 바로 오지 않고 아이스크림 가게에 들렀다. 그리고 집에 와서 잠시 산책을 했다. 키퍼는 수다쟁이고, 나도 역시 조금은 말을 잘하는 것으로 알려졌기 때문에 우리는 즐거운 시간을 가졌다.

우리는 앉아서 이야기를 하고 수다를 떨면서 놀았다. 10시가 되자 잘 준비가 된 것이 확실해 보여 방에 데려가 재웠다. 나는 할 일이 아직 남아 있어서 두세 시간 동안 일을 했다. 그리고 잘 준비를 하다가 잠시 예쁜 꼬마 숙녀를 보러 갔다. 키퍼는 몸을 동그랗게 구부리고 완전한 만족과 신뢰의 모습으로 잠들어 있었다. 아이를 내려다보며 몸을 숙여 뺨에 뽀뽀를 해주고 머리를 넘겨주면서, 아내와 내가 헤어졌더라면 이렇게 멋진 모습은 있지 못했을 것이며 우리 삶은 그로 인해 불행해졌으리라는 생각을 하지 않을 수 없었다.

이혼한 사람들이 아이들을 만나지 않는다는 말은 아니다. 하지만 정상적인 가정에서 누리는 많은 기쁨들을 맛보지 못하는 것은 절대적인 사실이다. 휴가 기간도 다를 것이고, 크리스마스, 추수감사절, 새해, 생일, 결혼 기념일, 발렌타인데이, 독립기념일, 노동절, 졸업식, 학교 파티, 야구경기, 친구집 방문, 야구경기 관람, 박물관, 동물원 등 수많은 일들이 예전과 똑같지 않을 것이다. 아예 함께 하지 못할 수도 있다. 이 모든 일들이 새 생활과 맞을 수는 없는 것이다. 새 남편, 새 아내, 아이들, 친척들,

조부모들, 새롭고 다른 문제들이 끝없이 발생할 것이다.

만약 이 책에 실린 원칙들을 실천하기 시작하거나 계속 실천하기로 했다면, 당신은 미래의 가족들과 누릴 수 있는 행복의 기회를 더 많이 만들수 있다.

사랑은 구운 고구마

내가 이 책을 끝내면서, 특히 이 장을 끝내면서 사용한 마지막 비유를 보면 놀라게 될 것이다. 하지만 이야기를 끝낼 즈음엔 당신도 그것이 훌륭한 선택이라고 생각할 것이다.

이 시점에서 당신은 이렇게 생각할 것이다.

"하지만 도대체 어떻게 구운 고구마라고 할 수가 있단 말인가?"

그러니까 구워진 맛있는 고구마의 이야기를 들어보라.

먼저 남자 주먹만한 크기의 고구마를 준비하자. 그것보다 크면 퍼석하기 쉽고 더 작으면 섬유질 투성이다. 이 고구마를 적당한 온도로 맞춘 오븐에 굽는다. 오븐이 너무 뜨거우면 껍질이 말라붙어서 먹을 수가 없게된다. 이건 상당한 손실인데 사실 껍질은 고구마에서 제일 맛있는 부분이기 때문이다.

고구마가 보기 좋게 잘 익을 때까지 굽고 나면, 오븐에서 꺼내 반으로 자른 다음, 마가린을 듬뿍 발라서 흠뻑 스며들게 한다(나는 콜레스테롤 수치 때문에 진짜 버터는 먹을 수가 없다).

고구마 구석구석에 마가린이 확실히 배어들게 한다. 다른 것을 첨가하는 일은 신성모독이며 신이 만든 가장 훌륭한 음식을 망치는 짓이다. 그러므로 부디 고구마에 다른 것을 첨가하지 마라. 구운 고구마를 좋아하는 진정한 미식가는 식사에 곁들여 먹는다는 생각은 꿈도 꾸지 않는다. 구운 고구마는 간식이나 디저트로 먹는다. 먹기 전에 입을 차갑고 맑은 물로 헹궈라. 그러면 미각이 살아나 최대한의 즐거움을 느낄 수 있다.

고구마를 처음 한 입 먹을 때는 눈을 감는다. 지금까지 그 순간의 환희를 느껴보지 못했다면 진정 놀라운 경험이 될 것이다. 그야말로 황홀하다!

내 엄청난 상상력으로도 그렇게 훌륭한 요리에 조금이나마 감동받지 않을 사람은 생각해 볼 수도 없다. 그런데 너무나 놀라운 것은 나는 이 세상 그 많은 사람들 가운데 구운 고구마에 대한 사랑과 정열을 함께 나눌 수 없는 유일한 여성과 결혼을 했다는 사실이다. 아내가 고구마를 싫어한다는 것은 아니다. 하지만 택하느냐 마느냐 정해야 한다면 그녀는 택하지 않을 것이다. 나는 도대체 어떻게 그럴 수 있는지 상상할 수도 없다.

그러나 구운 고구마에 대한 아내의 무관심에는 매우 긍정적인 점도 있다. 내가 집 현관에 들어설 때, 구운 고구마의 정말로 맛있고 황홀하며 달콤한 냄새를 맡게 되면 머리를 무엇으로 맞은 것 같다. 그 냄새는 오븐에서 흘러나와 부엌 바닥을 거쳐서 복도를 지나간다. 거기서 왼쪽으로 커브를 틀어 거실을 잠깐 거친 다음, 현관 앞에서 나를 반기는 것이다.

그런 일이 있을 때면, 나는 아내가 식품점어 가서 내 생각을 했다는 것을 알게 된다. 고구마를 집어들 때나 집에 돌아와 씻을 때도, 또 조심스럽게 오븐 속에 넣을 때도 오직 나를 위해서 그렇게 하는 것이다. 심지어

오븐을 켤 때도 내 생각을 했을 것이다. 이유는 명백하다. 앞서도 이야기 했던 것처럼, 아내는 나처럼 구운 고구마를 좋아하지 않는다. 그녀는 나를 사랑하기 때문에 고구마를 준비한 것이다.

나는 사랑, 참사랑은 구운 고구마라고 확신한다. 이 시점에서 당신은 속으로 이렇게 생각할지도 모른다.

"하지만 지그, 구운 고구마는 너무 사소한 것이잖아요!"

분명 나는 그 말에 동의해야 할 것이다. 하지만 그렇다면 사랑, 진정한 사랑은 과연 무엇인가? 사랑은 당신이 배우자를 기쁘게 해주고 싶다는 이유로 아무 이유 없이 배우자에게 해주는 사소한 일들의 나열인 것이다. 당신이 구운 고구마를 요리하는 것과 같은 그런 사소한 일을 할 때, 당신은 아무 사심 없이 '난 당신을 사랑해요!' 라고 말하는 것이다.

자주 인용되는 경구 가운데 '다른 사람이 원하는 것을 얻을 수 있도록 도와주어라, 그러면 당신은 인생에서 원하는 모든 것을 얻을 수 있다' 라는 말이 있다. 이 말은 인생의 다른 어떤 부분에서보다 결혼이라는 신성한 결합에 가장 적합하다.

사랑은 구운 고구마이다. 간단히 말해서 서로 사랑하는 부부가 날마다 정기적으로 서로에게 사소한 일들을 수백 개씩 해주는 것이다. 나는 안정되고 사랑이 넘치는 결혼 생활은 두 사람이 서로를 위해서 날마다 하는 사소한 일들의 토대 위에서 만들어진다고 확신한다. 만약 당신이 이런 생각을 받아들인다면, 사랑과 로맨스는 결혼이 존재하는 한 살아 있을 것이다. 그리고 결혼은 당신이 존재하는 한 영원할 것이다.

 사랑하지 않고 행복한 사람은 없다

부록 : 참사랑 체크 리스트

1. 당신은 배우자를 어떻게 만나게 되었는가?

   ____

2. 배우자에게 처음 가장 끌렸던 점은 무엇인가?

   ____

3. 결혼하기 전에 구애 기간은 얼마나 길었는가?

   ____

4. 당신의 구애 과정은 천천히 진행되었는가?

   ____

5. 처음에는 단순한 친구로 시작되었는가?

   ____

6. 어릴 때부터 함께 자랐는가?

   ____

7. 처음에는 단순히 그저 아는 사이였는가?

   ____

8. 결혼 전의 관계는 어느 정도 친밀했는가?
   - 육체적으로 ______________________________
   - 정신적으로 ______________________________
   - 영적으로 ________________________________

9. 신부의 부모님이 결혼을 승낙했는가? ______________________

10. 신랑의 부모님이 결혼을 승낙했는가? ______________________

11. 결혼식은 조촐한 가족행사였는가, 아니면 성대하고 멋진 결혼식이었는가?

12. 당신이 배우자와 결혼한 가장 큰 이유는 무엇인가?

13. 결혼해서 가장 좋았던 점은? 그리고 현재 가장 좋은 점은 무엇인가?

14. 결혼해서 가장 어려웠던 점은? 그리고 현재 가장 어려운 점은 무엇인가?

15. 결혼 생활에서 신체적으로나 정신적으로 학대나 폭력이 있었는가?

16. 만약 그렇다면 한 번으로 끝났는가, 아니며 계속되고 있는가?

17. 종교를 갖고 있는가? 갖고 있다면 어떤 종교인가?

18. 당신과 배우자는 종교를 같은가? 그렇지 않다면 어떻게 다른가?

19. 종교 생활이 결혼 생활에 확실히 도움을 주는가?

20. 종교 생활이 결혼 생활에 문제를 일으키는가?

21. 두 사람이 함께 교회에 정기적으로 나가는가?

22. 자녀가 있는가? 있다면 몇 명인가?

____

23. 아이들은 결혼 생활에 어떤 영향을 미치는가? 문제를 일으키는가, 아니면 두 사람을 한 가족으로 더 가깝게 만드는가?

____

24. 두 사람 중 담배를 피우는 사람이 있는가?

____

25. 당신은 금주를 하는가, 적당히 마시는가, 아니면 술로 인해 문제가 생기는가?
　• 남　편 _______________________________________
　• 아　내 _______________________________________

26. 술이 결혼 생활에 문제를 일으키는가?

____

27. 금지된 약물을 사용해 본 적이 있는가? 있다면 아직도 사용하고 있는가? 그것이 과거나 현재 당신의 부부 관계에 문제가 되었는가?
　• 남　편 _______________________________________
　• 아　내 _______________________________________

28. 별거를 해본 적이 있는가? 있다면 그 상황은 어때했고 별거 기간은 얼마나 길었는가?

____

29. 시집이나 처가가 결혼에 어떤 영향을 미치는가? 일종의 자산인가 혹은 빚인가?

____

30. 시집이나 처가 식구와 얼마나 자주 시간을 보내는가?

____

31. 결혼 생활중 부부 한 쪽의 여행으로 떨어져 있던 기간은 얼마나 되는가?
____

32. 부부 둘다 사회 생활을 하고 있는가, 아니면 둘 중 한 사람만 하는가?
____

33. 파트타임으로 일한 적이 있는가?
____

34. 당신과 배우자는 어떤 점에서 비슷한가?
____

35. 당신과 배우자는 어떤 점에서 다른가?
____

36. 당신은 결혼할 때, 배우자를 변화시킬 수 있다고 생각했는가?
____

37. 가정 경제에서 누가 주도권을 잡고 있는가?
____

38. 가정에서 누가 생활비를 관리하는가?
____

39. 결혼 당시 남편의 나이는 : ________________________________

40. 결혼 당시 아내의 나이는 : ________________________________

41. 둘 중 한쪽이나 아니면 두 사람 모두 이혼을 심각하게 고려한 적이 있는가?
____

42. 결혼해서 가장 힘들었던 해는 언제였는가? 그 해에 어떤 상황이었는가?
____

43. 결혼 생활에서 직면한 특별한 위기는 무엇인가, 그리고 그것을 어떻게 대처했
   는가?(아이의 죽음, 배우자의 오랜 투병)

   ____

44. 당신의 부모님은 어떤 관계였는가, 당신과 부모님의 관계는 어떠했는가?
   • 남　편 ______________________________________
   • 아　내 ______________________________________

45. 가정에서 정신적인 지도자는 누구인가?

   ____

46. 아이들에 대해서 당신은 자신과 남편 혹은 아내가 어떻다고 생각하는가?

	자　신	상　대
엄격하다	______________________	______________________
보통이다	______________________	______________________
관대하다	______________________	______________________

   당신은 체벌이 긍정적인 효과가 있다고 믿는가?
   그렇다 ______________________　아니다 ______________________

47. 결혼 생활에서 로맨스를 유지시키기 위해 어떻게 했는가?

   ____

48. 배우자가 당신을 위해 하는 일 중에 당신이 감사해하고 사랑하게 만드는 일 다
   섯 가지는 무엇인가?

   ____

   ____

   ____

   ____

   ____

49. 저녁 식사는 남편, 아내, 아이들이 함께 해야 한다는 식의 특별한 식사 규칙이
    있는가?

    ____

50. 당신이 배우자와 함께 하면서 가장 즐기는 일 다섯 가지는 무엇인가(좋아하는
    순서대로)?

    ____
    ____
    ____
    ____
    ____

51. 당신은 생일이나 기념일, 다른 특별한 날들을 카드나 선물, 외식 등이나 아니면
    다른 특별한 방법으로 축하를 하는가? 그렇다면 어떻게 하는가?

    ____

52. 당신은 특별한 날이 아닐 때도 단지 배우자를 사랑하기 때문에 깜짝 선물 같은
    것을 하는가?

    ____

53. 1에서 10점까지의 숫자로 다음 특성에 배우자의 점수를 매겨 본다(1은 낮고
    10으로 갈수록 그 정도가 높아짐).

• 친절함	______	• 사려 깊음	______
• 잘 도와줌	______	• 열정적	______
• 신중함	______	• 점잖음	______
• 낭만적	______	• 강한 정신력	______
• 긍정적	______	• 격 려	______
• 유머감각	______	• 유쾌함	______
• 이해심	______	• 협동 정신	______

　　　•인내심　　____　　　　　•인정이 있음　　____
　　　•좋은 대화 상대____　　　　•이타심　　　　　____
　　　•관심이 많음　　____　　　　•훌륭한 조력자　____
　　　•공　　감　　____　　　　　•좋은 청중　　　____

54. 1에서 10점까지의 숫자대로 다음의 특성에 자신의 점수를 매거본다(1은 낮고 10으로 갈수록 그 정도가 높아짐).

　　　•친절함　　　____　　　　　•사려 깊음　　　____
　　　•잘 도와줌　　____　　　　　•열정적　　　　____
　　　•신중함　　　____　　　　　•점잖음　　　　____
　　　•낭만적　　　____　　　　　•강한 정신력　　____
　　　•긍정적　　　____　　　　　•격　　려　　　____
　　　•유머감각　　____　　　　　•유쾌함　　　　____
　　　•이해심　　　____　　　　　•협동 정신　　　____
　　　•인내심　　　____　　　　　•인정이 있음　　____
　　　•좋은 대화 상대____　　　　•이타심　　　　____
　　　•관심이 많음　　____　　　　•훌륭한 조력자　____
　　　•공　　감　　____　　　　　•좋은 청중　　　____

55. 배우자와 자주 손을 잡는가?

____

56. 배우자와 자주 포옹을 하는가?

____

57. 배우자에게 사랑한다는 말을 자주 하는가?

____

58. 배우자에게서 가장 바꾸고 싶은 점은 무엇인가?

____

59. 돈이 결혼 생활에서 문제가 되는가?

____

60. 결혼 생활은 동반자적 관계인가 아니면 한쪽이 일방적으로 따르는가?

____

61. 결혼 생활에서 상대방에 대한 분노를 표현할 수 있는 자유가 있는가?

____

62. 배우자가 당신을 화나게 할 때 자신의 기분을 이야기하는가?

____

63. 배우자를 지금 모습 그대로 받아들이려고 노력하는가?

____

64. 배우자가 당신을 지금 모습 그대로 받아들이려고 노력한다고 생각하는가, 아니면 배우자가 당신과 대화할 때 '그래야 한다' 또는 '그래서는 안 된다'는 말을 많이 사용하는가?

____

65. 당신은 결혼을 평생 동안의 서약이라고 생각하는가? 당신 배우자의 생각은 어떤가?

____

66. 오늘 결혼이라는 바다를 향해 첫 출항하는 젊은 부부들에게 해주고 싶은 조언이나 제안이 있는가?

____

____

____

____

조 동 춘

현재 〈사단법인 밝은가정협의회〉 회장이며 동해대학교 교수인 조동춘 박사는
'사랑받는 아내' 운동의 창시자이기도 하다. 그녀는 화목한 가정과
행복한 삶을 원하는 아내들에게 '사랑을 가꾸며 행복하기 살아가는 비결'을 25년 간
강연해 오고 있다. 그녀의 열정적인 강연과 TV, 라디오어서의 유니크한 강의는
수많은 여성들에게 선풍적인 인기를 얻고 있다. 신문과 잡지의 인기 칼럼니스트로
활약함은 물론 미국, 중국, 필리핀, 말레이시아 등 국제적으로도
눈부신 활동을 하고 있는 명강연가이기도 하다.
저서로는 〈의식 있는 여성이 행복을 만든다〉, 〈아내의 조건〉 등이 있고,
강연집으로 〈사랑받는 당신을 위하여〉가 있다.

사랑하지 않고 행복한 사람은 없다

초판 인쇄 | 2001년 11월 5일
초판 발행 | 2001년 11월 10일

지은이 | 지그 지글러
옮긴이 | 조동춘
펴낸이 | 한익수
펴낸곳 | 도서출판 큰나무
편집·교정 | 심은정 · 성효영
마케팅 | 한성호 · 남호근
관리 | 조은정
등록 | 1993년 11월 30일(제5-396호)
주소 | 120-837 서울특별시 서대문구 충정로 3가 3-95 2층
전화 | 02) 365-1845 · 1846   팩스 | 02) 365-1347
통신 | 천리안 큰나무북   E-MAIL | btreepub@chollian.net
홈페이지 | www.bigtreepub.co.kr

값 8,500원

ISBN 89-7891-122-6 03840